浙江省哲学社会科学规划课题成果

高校社科文库
University Social Science Series

教育部高等学校
社会科学发展研究中心

汇集高校哲学社会科学优秀原创学术成果
搭建高校哲学社会科学学术著作出版平台
探索高校哲学社会科学专著出版的新模式
扩大高校哲学社会科学学科研成果的影响力

现代诗学三大思潮论

汪亚明　魏一媚 ／著

On the Three Main Thoughts
of Modern Poetics

光明日报出版社

图书在版编目（CIP）数据

现代诗学三大思潮论 / 汪亚明、魏一媚著 . --北京：
光明日报出版社，2009.12（2024.6 重印）
（高校社科文库）
ISBN 978 - 7 - 5112 - 0456 - 1

Ⅰ.①现… Ⅱ.①汪… Ⅲ.①诗歌—文学研究—中国—现代
Ⅳ.①I207.22

中国版本图书馆 CIP 数据核字（2009）第 206533 号

现代诗学三大思潮论
XIANDAI SHIXUE SANDA SICHAOLUN

著　　者：汪亚明　魏一媚

责任编辑：田　苗　　　　　　　　责任校对：徐为正　张全録
封面设计：小宝工作室　　　　　　责任印制：曹　诤

出版发行：光明日报出版社
地　　址：北京市西城区永安路 106 号，100050
电　　话：010-63169890（咨询），010-63131930（邮购）
传　　真：010-63131930
网　　址：http://book.gmw.cn
E - mail：gmrbcbs@gmw.cn
法律顾问：北京市兰台律师事务所龚柳方律师

印　　刷：三河市华东印刷有限公司
装　　订：三河市华东印刷有限公司
本书如有破损、缺页、装订错误，请与本社联系调换，电话：010-63131930

开　　本：165mm×230mm
字　　数：245 千字　　　　　　　　印　　张：14
版　　次：2010 年 1 月第 1 版　　　印　　次：2024 年 6 月第 2 次印刷
书　　号：ISBN 978 - 7 - 5112 - 0456 - 1 - 01

定　　价：65.00 元

序

骆寒超

　　新诗研究可以从文化学、政治学、哲学进入，但要是热衷于用诗来印证文化观、政治观、哲学观，而无视于"诗"的本体存在，那我真不敢苟同。新诗研究也可以从传统渊源、影响比较进入，但要是研究一首诗、一位诗人、一个诗派，精力全花在和西方某诗、某诗人、某诗派对号、拉关系或者奢谈"楚骚风骨"、"晚唐遗音"、"苏辛家数"，而不知该诗、该诗人、该诗派自身的原创价值何在，那我也不敢苟同。出现这种现象，是"功夫在诗外"恶性循环的结果。不错，诗歌创作确实要有点诗外功夫，体验生活、激发灵感么！但搞诗歌研究必须"功夫在诗内"。恕我坦言：诗就是诗，不是文化，不是政治，不是哲学；新诗研究就是研究新诗，研究新诗的生存状态、存在方式、内部规律。正是从这一意义上，我愿意为这部《现代诗学三大思潮论》讲句公道话：这是一部"功夫在诗内"的著作，也是一部真正研究新诗内部规律的著作。

　　这部书的主撰者是浙江旅游职业学院的中年教授，他原是浙江师范大学人文学院中文系现当代文学学科的教授、硕士生导师，从事新诗研究 20 多年，还出版过一部论"中国诗坛泰斗"艾青的专著《土地与太阳：艾青的世界》（天津人民出版社）。我与他交谊有年，他对新诗研究的一份虔诚情意令我感动。因此我曾提议从现代诗学思潮史角度探讨一番中国新诗。他听进去了，并和他的同道者利用工作之余的时间默默地干了好几年，最近竟然把厚厚的一叠打印稿送到我的案头，嘱我写篇序。我在惊喜之余，欣然接受了。

　　这部书稿把中国现代诗学分成主情主义诗学、主知主义诗学和语言主义诗学三大潮流来梳理，并且还把现当代打通，对中国现代诗学做一通别开生面的整体研究。我以为且不管研究深度如何，至少这样做在国内的新诗研究界还属首创，值得大力肯定。当然，对"现代诗学"可以有不同理解。这部书稿对"现代诗学"的概念作了界定，采用中国传统诗学的说法，即既立足于本体形式构成的特征，又兼顾适应于形式构成的内容来界定，尔后三大诗学潮流的研究也就严格按此界定进行，做得井然有序，脉络分明。在论述主情主义诗学时不无精彩见解；在论及主知主义诗学、语言主义诗学和"知识分子写作"诗学渊源时，在大量第一手资料和诗歌文本的解读基础上，做了相当细致且言之成理的论析，见解独到，自成一家。有些观点虽可商榷，有待进一步深入研究，但这种探索精神是值得肯定与倡导的。

我深信：《现代诗学三大思潮论》的出版，不仅是汪教授和他的同道者多年辛勤耕耘的智慧结晶，同时还标志着中国现代诗学研究界一股新的力量已经显露出勃勃生机。

2009 年 4 月 6 日下午，写于西子湖畔栖霞岭下

CONTENTS 目　录

绪　论

现代诗学的概念界定及本书的写作构想

　　此所谓"现代诗学"，是指 20 世纪 80 年间中国新诗理论与实践的诗学成果。本书从情、知、言三大视角切入，梳理和研究 20 世纪中国新诗理论与实践的成败得失，意在建构起情、知、言三位一体的现代诗学体系。现代诗学在国内外的研究尚属起步阶段，绝大部分研究都属诗学问题研究。本世纪初美国诗人、文艺理论家欧内斯特·F·费诺罗萨（Ernest Francisco Fenollosa），从汉字的形体结构切入，写成《汉字作为诗歌媒介》一文，并试图建立汉字诗学，后经艾兹拉·庞德（Ezra Pound）的发挥，形成意象主义诗学，对中国现代诗学产生了很大影响。华裔美国学者叶维廉的《中国诗学》也多从中西语言的对比视角来探讨中国诗学问题。国内学者的现代诗学研究也取得了不小的成就，如骆寒超的《新诗创作论》、《新诗主潮论》，孙玉石的《中国现代主义诗潮史论》，龙泉明的《现代诗学》等。但这些研究主要还是问题研究，目前还没有整体的现代诗学思潮史研究，特别是以 20 世纪 80 年中国新诗的理论与实践为研究对象而建构起来的现代诗学理论体系。本书就试图在这方面作一些探索与尝试，以现代主情主义诗学、现代主知主义诗学和现代语言论诗学三大诗学潮流的交错行进，来描述 20 世纪中国现代诗学的演进轨迹，并进而建构起以情为血脉、以知为骨架、以言为肌体的现代诗学体系。具体内容可简括为现代诗学三大思潮：

　　一是主情主义诗学。此诗学观认为，现代诗的本质就是抒情。从康白情的"诗是主情的文学"，到早期浪漫派的"诗是情绪的直写"；从新月诗人对纯粹诗情的追求，到象征派、现代派主情诗人对潜意识世界的表现；从艾青对忧郁诗情力感美的追求，到"七月"诗人们对"典型环境中的典型情感"的执著；从革命诗派、中国诗歌会和 40 年代国统区的政治讽刺诗，到 50 年代的政治抒情诗、大跃进民歌、天安门诗抄等都以抒发强烈的政治激情为己任；70 年代末 80 年代初的"归来派"与朦胧诗派，虽分属现实主义与现代主义两种不同诗潮，但对诗的主情本质并无大异，只不过前者强调抒时代和人民之情，而后者注重抒人道主义之情而已；后起的先锋诗歌虽大喊拒绝抒情和冰点叙述，但其诗的内里仍以情感为底色。

二是主知主义诗学。此诗学观认为，现代诗的本质是抒写知性哲理。早期白话诗就有了说理的倾向，小诗派注重表现"零碎的思想"与"瞬间的感触"，现代派中的主知诗注重表现科学与宗教哲理，冯至的十四行诗注重表现生命的哲学感悟，"九叶"诗派中的现代玄言诗则以表现痛苦的与生命体验新智慧诗，台湾现代派中的主知诗则表现死亡哲学。即使大陆 50 年代的政治抒情诗也以马列毛泽东的斗争哲学为背景，至于 80 年代中后期至 90 年代先锋诗也以由西方传入的后现代哲学与美学为基础而显示出其独特价值。

三是语言主义诗学。此诗学观认为，诗的本质在语言本身。如果以西方诗学史作为参照，80 年中国现代语言诗学的演进轨迹与西方极为相似，即语言作为传达媒介的"工具论"诗学观，在中国现代诗学史上统治了近 60 年，直到 20 世纪 80 年代以后，以语言符号为本体的形式主义、结构主义诗学成为"语言论转向"的标志，并成为诗学界的热门话题。限于作者的学识与才情，此路诗学主要梳理与描述语言作为工具的古典主义诗学理论，同时具体分析 90 年代语言本体论诗学的实验者："知识分子写作"诗人群的诗学贡献与缺失。

本书作者所期望的价值：一是其情、知、言三位一体的现代诗学体系不失为一种独创性的理论构想，为现代诗学的进一步拓展提供一种新的思路，也为中国现代诗学的整体构建增添新的色彩；二是进一步拓展现代诗学的研究时空，使现代诗学具有更大的涵盖面与包容性，利于从整体上去梳理、认识和评价 20 世纪中国新诗在理论与实践两方面的经验教训，为新世纪中国新诗的复兴与繁荣提供有益的借鉴。

第一章

现代主情主义诗学的生成与流变

主情主义诗学观认为"诗是抒情的语言艺术",即诗的本质专在抒情。从新诗 80 余年的发展历程看,持这种诗学观的诗人与评论家不在少数。其间虽曾受到过主知诗学与语言诗学的冲击、责难甚至是颠覆,但主情主义诗潮一直汹涌在中国新诗的航道上,从未断流也未曾停息。这一事实本身,足可证明诗的抒情本质并没有被高度发达的现代物质文明所改变,我坚信只要人类还存在,只要人类还是个有感情的高等动物,诗的抒情本质就不会改变。因为诗是人类情感的寄托,也是人类灵魂的精神家园。为了理清主情主义诗潮的流变轨迹,本章着重评介现代 30 年间重要的诗学问题和诗学理念,以期给读者一个较为清晰的史的轮廓。

一、康白情与现代主情主义诗学观的生成

众所周知,主情主义诗学观在中西诗学史上一直占着主导地位。可以这样说,现代主情主义诗学观是在中西方传统主情诗学的共同影响下生成的,它是"五四"时期东西方文化思潮大碰撞与大交汇后在艺术园地里结出的美学之果。现代主情主义诗学观的生成,最早可追溯到 1917 年胡适在《新青年》2卷 5 号发表的《文学改良刍议》。此文虽非诗学专论,但在解释"八事"第一条"须言之物"的"物"时却说,他所谓的"物"并非古人所说的"文以载道"之"道",而是指"情感"与"思想"二事。他认为,情感是文学的灵魂,"文学而无情感,如人之无魂,木偶而已,行尸走肉而已"。刘半农在《我之文学改良观》① 一文中,则从语言的角度论及文学的精神问题。他认为,文字本身虽无精神,但由文字所表记的事物则已融入作者的主观精神,使文学

---

① 原载 1917 年 5 月《新青年》3 卷 3 号。

成为"有精神之物"。所以，作者应运用其精神，即"使自己之意识、情感、怀抱，一一藏纳于文中"，这样的文才会不失其精神，才会有真正之价值。在此，胡适、刘半农虽没有正面论及诗学问题，而主要阐述了文学的内在质地问题，但诗为文学之一部，文学的质的规定性也会在诗中获得生成的空间。因此，胡适、刘半农的文学观对现代主情诗学观的生成也不会没有启示作用。

在早期白话诗人群中，虽也有人谈及过诗的抒情性，如俞平伯曾说诗歌写作时"表情要切至"① 等，但白话新诗均以说理叙事见长，他们更注重诗中的思想。只有康白情在《新诗底我见》② 这篇诗学长文中，旗帜鲜明地提出了"诗是主情的文学"的主张，并从诗和新诗的定义、新诗的成因、新诗的形式与内容、新诗的创作流程以及新诗的贵族性与平民性等方面，对这一诗学观念作了全面系统的阐述，具有重要的理论价值。它的出现，标示着现代主情诗学观的初步形成。

1. 诗的主情本色

康白情的主情诗学观，主要是从诗的主情本色、情的传达策略、养情的途径与方法这三个相关的层面展开论述的。在回答"诗究竟是甚么"的问题时，康白情说："在文学上，情绪的想象的意境，音乐的刻绘的写出来，这种的作品，就叫做诗。"新诗是相对于旧诗而言的，它们虽有诗体外在形式的区别，但其内存的质地仍是一致的，所以他说："以热烈的感情浸润宇宙间底事事物物而令其理想化，再把这些心像具体化了而谱之于只有心能领受底音乐，正是新诗的本色呵。"这个定义道出主情诗学观的核心内容：诗情的本体论地位、诗情与想象的关系以及诗情与音乐的关系。康白情在谈及诗的内容时一再强调"诗是主情的文学"，"没有情绪不能作诗；有而不丰也不能作好。勿论紧张或弛缓，兴奋或沉抑，而我们的感情上只有快与不快。由是勿论我们的情绪为欢乐为悲哀，都可以引起我们的美底感兴，而催我们作诗，——甚且愈悲哀，在诗人的味上觉得愈美，诗人不必是神经质的；但当其诗兴大发，不可不具神经质底作用"。

诗的发生导源于情，那么情又是如何产生的呢？在康白情看来，宇宙原本只是一个客观的"真"的存在，它不管人间的善恶与美丑评判，但人间要把他看作美或不美，他却没法子拒绝。因为"情绪是主观的；而引起或寄托情

---

① 俞平伯：白话诗的三大条件。原载 1919 年 3 月《新青年》6 卷 3 号。
② 原载 1920 年 3 月《少年中国》第 1 卷第 9 期。

绪的是客观的。我们要对于宇宙绝对的有同情，再让他绝对的同情于我，浓厚的情绪就不愁不有了"。可见，情的生成源于作为创作主体的诗人，只有创作主体与宇宙客体间建立了情感交流与联系，诗情的产生才有保证。但是，主体情绪的发生机制到底是什么，论者并未作答。在我看来，这个问题应从生理与心理两个层面去理解。所谓情绪无非是指主体对需要是否得到满足的一种生理或心理反应。从主体方面看，你必须有一种与生俱来的生理与心理反应机制，显然人这种生命体不仅具有这种反应机制，而且比别的生物更敏锐细密，也更高深复杂。但这种反应机制如果只是孤立的存在，没有客观外在物的刺激，那么发生情绪的可能性就无法最终实现。所以，除了主体对客体的"绝对同情"（类似于克罗奇所说的"移情"）之外，充满生气的客观世界对人这一主体的刺激与启迪作用也不可忽视。尽管诗人的反应机制比一般人要灵敏得多，但有无外在刺激也是生成情绪的重要条件。如果没有外在的刺激，蛰伏或沉睡于诗人内心深处的"需要"就很难被激活，情绪特别是强烈情绪的生成就成了一句空话。对此，康白情虽有所悟，却谈得还不够到位。

有了情绪就使诗的生成有了某种可能性，但这种可能性的实现还得借助想象这一人所特有的心理机能。康白情说："有浓厚的情绪而没有丰富的想象去安排它，毕竟也不中用。我们要让死气的世界都带了生气，都着了情的色彩，非想象不为功。要把所要的材料加以剪裁，使其适合尺度，也非想象不为功。要把所得的材料加以调整，构成所要的东西，更非想象不为功。想象抽这一个印象底这一节，又抽那一个印象底那一部，构成一个新意境，构成一个诗的世界"。康白情还认为，想象是人类的一种天性，有时它会给诗带来一种神秘的美，所以我们也没有必要排斥它。

2. 诗情传达策略

在康白情看来，情绪的推动与想象的整合仍不能完成诗的最终生成，一首诗的诞生还得经过两道工序：一是对印象的刻绘，二是对情绪节奏的模拟。康先生很重视描绘具体的印象，认为要想把自己的感兴传达给读者，就必须将这种感兴的具体印象写出来。"我们写声就要如听其声；写色就要如见其色；写香若味若触若温若冷，就要如同感受其香若味若触若温若冷。我们把心底花蕊开在一个具体的印象上，以这个印象去勾引他（指读者）底心；他得到这个东西，便内动的构成一个，引起他自己的官快；跟着他再由官快进而为神怡，得到美的享受"，这显然是从接受之维来阐述诗的具像化问题的。而具像化的另一途径便是对情绪节奏的模拟，即诗的音乐性问题。对此，康先生显然对自然节奏情有独钟，他从情动于中而形于言的自然法则入手，认为诗的外在格律应随情的自然节律来设置。他说"感情底内动，必是曲折起伏，继续不断的。他有自然的法则，所以发而为声成自然的节奏；他的进行有自然的步骤，所以其声底经过也有自然的谐和。音呀，韵呀，平仄呀，清浊呀，有一端在里面，都可以使作品愈增其美，不过总须听其自然，让妙手偶然得之罢了"。所以，诗不应做，也不必打扮，而应整理。因为，做或打扮都会损伤自然之美，只有整理音韵格律才能助成自然之美的生成。当然新诗音节的整理，以"读来爽口，听来爽耳为标准"；若能做到泰戈尔所说的"那样软笑低吟，不是我底耳，只有我的心能听"，那就再好不过了。

3. 诗人之"养情"

在论述了诗的本色及其传达策略之后，接下来要阐述的便是，作为创作主体的诗人如何"养情"的问题。对此，康先生是从人格修养的高度来论述的，他认为新诗人要写出高雅的作品，必先有"高尚的理想"和"优美的情绪"；而要获得这种高尚的人格，就必须进行人格的修养。所以，康先生给新诗人提供了三种"养情"的途径：一是在"自然中活动"，因为"作诗要靠感兴；而感兴就是诗人的心灵和自然底神秘互相接触时感应而成的。所以要令他常常生感兴，就不能不常常接触自然"。他的诗友宗白华说得更生动形象："直接观察自然现象底过程，感觉自然底呼吸，窥测自然底神秘；听自然的音调，观自然底图画。风声，水声，松声，涛声，都是调声底乐谱。花草的精神，水月的颜色都是诗意诗境的范本。"所以，在自然中活动是养情做诗必不可少的。二是在社会中活动，因为只有接触社会生活，才能感受人性并透见其真相。在康白情看来，感情中最为重要的是对于人间的同情，而"同情是物理上底共鸣作用，是要互相接触才能生的。而同情的深浅，又和互相接触的次数成正比例。"所以，"我们要对人间有同情，除非在社会中活动。我们要和社会相感应而生浓厚的感兴，因为描写人生的断片，阐明人生底意义，指导人生底行为，庶几可以使诗无愧于为人生的艺术。"三是在艺术活动中养情，"因为不过美的生活，不能免掉人生的干燥。如音乐，如图画，如文学，种种艺术，非常事鉴赏，不足以高尚我们的思想，优美我们的感情"。

至此，康白情从诗的主情本色、诗情的传达策略及"养情"的途径等三个相关的层面上，搭建起了新诗主情主义诗学观的理论框架，成为中国现代主情诗学的第一块基石。

二、朱湘的东方情韵型诗学

朱湘是一个畸零的人,既不曾做成一个书呆子,又没有做成一个懂世故的人。在生活一方面,作者显示出中国诗人中少有的焦躁,他适应不了严酷的生活现实;他太相信别人,像孩子一样直率真诚,既无媚骨,也难随和;他四处碰壁,满头血水,被困在铁的牢笼里骚动不安地唱东方的歌,他一颗纯洁真挚的心紧抵着蔷薇的花刺,非到汹涌而出的心血染红白色的花朵不住口。然而他的诗却平静恬淡得令人吃惊。他的诗,是微波荡漾却因这微波而显寂静的平湖,是春雨迷蒙中江南雨巷的紫丁香,是月色溶溶里恋人窗前的小夜曲,是小提琴协奏曲中如歌的行板。他的诗,洋溢着古老东方的情愫,是幽静深远的东方之梦,是虚空里袅着的东方歌音,悠远轻柔,历久不息。

1. 朱湘:嫡生的中国诗人

他用呕血的歌喉唱恬静的东方之歌,苦苦追寻日思夜想的东方梦,最后,在世人的白眼、窘迫的经济、不良的健康围成的困境中蓦然回首,当所乘的客轮经过传说太白捞月的采石矶时,纵身一跃,追寻屈子的踪迹,蹈赴清流,寻其归宿。

朱湘自称是嫡生的中国诗人。确实,他的思想、审美情趣、创作原则都是纯中国化的,中国几千年的文化传统造就了诗人朱湘,他饮的是哺育过屈原的湘江水,沐的是东方古国的月华,诗人体内流的是华夏民族的一腔热血,他的赤子之心和着中华生生不息的脉搏跳动,他用全身心如痴如醉地热恋着祖国,追着长风呼唤他的中华,沐着细雨抚摸梦中的故土,一心一意地唱古老东方的歌曲,不到呕干心血不住口,这便是挚爱祖国的诗人朱湘。留学在大洋彼岸,朱湘无时无刻不在怀恋梦中的江南——祖国,他心目中的"江南"本身就是"一片如梦的温柔",那儿有"一足的白鹭立于柳岸的平沙",有"桂树"、"梅馨",有"和暖的春阳",有"含情之倩女莲步舒缓"(《南归》)。然而,他"爱我的国却不为我的国所爱",冷酷的世态逼得他走投无路,1933年12月5日,诗人带着心爱的诗集踏上了永远的旅途,绿水和紫泥,是他仅有的殓衣。

世间有一些人,他们的灵魂太优美、太可爱,又柔又脆,仿佛一缕轻云,只能远远地照瞩人间,飘然天上;一坠入世,就立刻感到他们的不相宜,结果是遭受种种人类的自然的摧残折磨,以他们的痛苦、他们的不幸展示美艳却令人心痛的昙花一现。雪莱死于海,济慈死于贫病及批评的残酷,朱湘死于流不

尽许多愁的一江春水。然而，他们的灵魂、他们的诗永远映照在爱美的世人心中。

不死的也死了，是朱湘的体魄；死了也不死，是朱湘的诗。历史不会忘记他为之歌哭的中国梦，文学不会忘记他的东方歌音。

2. 朱湘诗的东方情韵

朱湘虽是个现代诗人，骨子里却烙上了深深的中国印记，他是东方的一只小鸟，只想见荷花阴里的鸳鸯，只想闻泰岳松间的白鹤，只想听九华山上的凤凰，（《南归》）在给朋友的信中，他说自己作诗的目的就是称述华族民性的各相。诗人着力表现的是东方味十足的内涵，他用惟妙惟肖的一枝生花妙笔描绘一幅幅华夏风俗画，用诗的形式表现本民族的传说故事，赋予新时代的光彩；他的诗映照出中华民族特有的精神世界，诗人表现的孤独空寂是东方的沉静，闪烁着哲理光辉的孤寂，诗人表现的喜悦也是东方情调的平和的喜悦，绝非西方人击节高歌、肆意挥洒的狂喜，朱湘诗中表现的爱情同样是东方风味的含蓄诚挚的爱情。朱湘诗表现的虽是东方韵味十足的歌音，但他并不沉湎于怀古的旧梦中无力自拔，他的诗也透露出时代的足音，东方味中蕴涵着时代感，是20世纪二三十年代的东方梦。

朱湘的诗和中国的历史文化传统有着血肉联系。他有不少描写本民族的传说故事、生活习俗、风物人情的诗，长篇叙事诗《王娇》取材于话本小说"王娇鸾百年长恨"，诗人用一枝清秀明丽的笔娓娓述说了一个哀艳的爱情故事，对美丽聪慧、善良刚烈的王娇寄予无限同情，诗人删去了原来故事中不相干的情节，突出了人物细腻复杂的心理描写，不但使几百年前的僵尸复活，而且使"她"变成一个具有现代人灵性的可怜可爱、可悲可叹、可尊可敬的婷婷少女了。"她"追求自由的爱、平等的爱，自尊自重，宁可一死也不充当玩物，朱湘赋予了王娇"五四"时代追求自由平等、追求人的尊严的时代光彩，使王娇成为属于新时代的光彩照人的女性形象。《昭君出塞》似一曲凄婉幽怨的古筝曲，诉说着昭君远去天涯的悲楚，朱湘在诗中描绘了一幅幅栩栩如生的华夏风俗画，皇帝上朝时是如此富丽堂皇、庄严壮观，"朱红的大柱上盘着金龙"、"杏黄的旗旌在殿脊飘扬"（《晓朝曲》）；婚礼的喜庆场面又是热闹红火，"喜幛悬满一堂"，"红毡铺满地上"（《婚歌》），乐声悠扬，响彻通宵；中国特有的端午佳节更是热闹非凡，"满城飘着艾叶的浓香"，家家老少都拿酒尝，儿童穿着老虎衣裳，额上画着"王"字，倾城出动去看划龙船，到处是一派喜气洋洋的节日景象（《端阳》）。诗人在惨淡的现实生活中四处碰壁，但他仍执著于他的中国梦，渴望着中国的强盛，渴望神州大地上万民共庆万民同乐，因此他描绘壮丽的上朝画、喜庆婚礼和欢度佳节的彩图，这一幅幅风俗画里都融铸着诗人美好的憧憬和祝愿。

朱湘并不仅仅停留在描绘华夏民族的传说故事和五彩缤纷的风俗画上，而是深入中华民族丰厚的精神世界深处，表现炎黄子孙特有的精神生活。中国文人追求的是一种深沉静默地与无限的自然浑然融化、体合为一的精神境界，表现的是深深的静寂，是痛定思痛，过滤澄清后罩上了宁静深厚的哲理光辉的孤寂悲哀，是领悟到宇宙真谛、与自然融合为一时达到的忘我境界的平和的喜悦，是宁静心灵的极乐，绝少表现西方人那种酣畅淋漓、肆意挥洒的狂风暴雨似的大喜大悲。朱湘的诗和中国文化传统是一脉相承的，他有不少诗表现了深深的失意的孤寂和悲哀，显得沉静深厚，是对人生和自然真谛的追寻和思索。《废园》、《鸟辞林》表现了被人遗忘、落寞惆怅的寂寥情怀，是对年华易逝、生命孤寂的长太息。"有风时白杨萧萧着/无风时白杨萧萧着/萧萧外更听不到什么//野花悄悄地发了，/野花悄悄地谢了；/悄悄外园里更没什么。"（《废园》）"更听不到什么"、"更没什么"的废园里，只有萧萧着的白杨，只有悄悄开放悄悄凋零的野花，只有漫不经心无情无义的一阵阵清风，生命常常被人遗忘，生命是如此孤寂，没有哪怕是一瞬间的辉煌，生命在静穆中悄悄地消亡；《残灰》、《弹三弦的瞎子》是呜咽颤抖的申诉，一个老人独坐在将要熄灭的炭火旁，追忆着"靠在妈妈怀抱中央"的童年，怀念着和心爱的女郎并坐的青年，儿女成群绕膝前的中年，悲叹着"一个人伴影独住空房"（《残灰》）的暮年。人生的艰辛、暮年的凄苦全融入"无人见的暗里飘来，无人见的飘入暗中"的三弦琴低抑的音调中，如泣如诉，是对当时社会冷酷无情、灰暗无望的世态委婉曲折的控诉，是淋漓的鲜血和惨淡的人生在诗人诗中的反光，是时代折射在诗中的缩影。朱湘诗表现的孤寂悲哀是一支"朦胧的、在月下"吟唱的"古旧的歌"，是一句"有如漂泊的风"的"悄然的话"，是与露珠一样冷、不知何时无声落下的一滴"迟缓的泪"（《夜歌》）；诗人善于描绘东方情调的自然景物，表现和自然体合为一时的喜悦和悠然意远、恬然自足的心境。诗人寄情于春花秋月、高山流水、鱼虫草木。浑然坐忘于山水之间，如树如石如云如水，坐化于自然当中，而自然的一花一鸟、一山一水、一树一石又都负荷着无限的深意、无边的至情，微小的流星、风荷，在诗人笔下都成了中国风味的生命情调和艺术审美情趣的象征。朱湘用轻快明朗的笔触写小河，"白云是我的家乡，松盖是我的房檐"，"慈爱的地母怜我，伊怀里我拥白絮安眠"(《小河》),诗人和欢快的小河浑然交融,小河又和整个大自然共呼吸,息息相关,互相融合;"两行绿柳伸过来,一霎时将我抱进了伊的怀里"(《等了许久的春天》);我心因春景欢悦,春景因此更添欢悦之色彩,读者也不禁在这一片平和的喜悦中与诗人一道陶然共忘机了。诗人时而是"啼春之鸟"(《春鸟》),伴着悠扬的秧歌啼唱,时而是飘然天上的"酪色的闲云"(《夏院》),是微微摆动的蕉叶,看"几只蜻蜓飞过庭院中"(《雨前》),悠扬意远,怡然自乐。

朱湘的诗作中有不少情诗,表现也是中国人特有的爱情生活和情感历程,含蓄深沉、真挚持久,但往往是苦恋着却又得不到,不免笼上一层迷迷濛濛、凄婉哀怨的雾霭。"有许多话要藏在心底/专等一个人……/等她一世都没踪迹/宁可不作声"(《断句》),这就是朱湘反复吟唱的东方的爱情,苦苦热恋着心目中的女郎,却又不敢表白,自惭形秽,羞涩彷徨。

> 天上摇曳着一片云,
> 我不好穿,我不好穿……
> 我是泥土里起的人;
> 我只能望了她舒展,
> 在太阳前面舒展衣衫。
>
> 石上流出了一股泉,
> 我不敢饮,我不饮……
> 我的口肮脏,自己羞惭;
> 我只能让那花去亲,
> 去亲泉水的纯洁之吻
>
> ——《天上》

诗人的情歌吟唱的几乎都是忧郁哀怨的爱情故事,"在发芽的春天",诗人想绣一身衣送给"伊",上面要挑红豆,还要挑比翼的双鸳,但是绣成了衣裳,却"过去了春光"(《情歌》)。朱湘的爱情诗吟唱的是东方的爱情,是自由平等的爱的星空下一颗真挚纯洁的心对另一颗心的渴望,带着醇厚的东方风味,细腻含蓄,情真意切,感人肺腑。

3. 朱湘诗的东方歌音

诗人在描绘东方情调的风物人情时,运用富有东方特色的艺术手法表现东方情调的内容,使内容和形式完美地结合在一起,相得益彰。他的诗是纯然属于东方的歌音。

决定诗的审美情调、诗的意境的是诗的意象，诗人从自己的情感出发，重新观照和锤炼客观物象，同时又通过客观物象反视自我内心。意象就审美心理的角度说，是心和物的统一；就艺术认识论的角度说，是意和象的契合；就作品表现的审美特征说，是情和景的交融。意象的营造是几千年的文化和艺术的发展积淀在人们心理深处的一种普遍的审美意味，当人与人、人与自然之间产生一种会心的交流，某种意象饱含诗的灵气脱颖而出，处于同一文化背景下的人们便会产生心弦的共振陶醉于诗的同一境界中，从而形成某种稳定性的中国情调的诗歌意象系统。浮云和落日造成的遥远空旷令人联想到漫漫的旅途，飘零的花瓣令人想到春去秋来年华易逝的惆怅无奈，落日的欲去未去令人想到依依不舍的恋情，月圆月缺令人品味悲欢离合的欢愉凄苦。西方诗人喜欢的意象是大海，是狂风暴雨，是峭崖荒谷，是日景，中国诗人喜好的却是明溪细柳，是微风疏雨，是湖光山色，是月景。朱湘诗中常出现深受中国诗人青睐的宁静轻柔的小河、夏夜等意象，朱湘有两首题为"小河"的诗，他笔下的小河或者在"慈爱的地母"怀里拥白絮安眠，或者"高兴地低歌"，欢快地流向大海，小河成了诗人欢快明朗心境的象征；"惺忪的月亮微着夜神"，"远田有群蛙高声笑乐"，"叶底的萤光一瞥目传情"的夏夜（《夏夜》、《宁静的夏夜》），则寄托着诗人宁静悠远、恬然自得的情怀；朱湘诗中的"残灰"令人联想到姗姗而来的死神，"只余老了的心，/象残烬明灭的灰间，/被一阵冰冷的风/扑灭得无影无踪"（《情歌》），"一个老人独坐在盆旁"，有如"这堆将要熄灭的灰烬"（《残灰》），"萧萧的白杨"则表现出孤寂冷廖的意境（《废园》、《墓园》），俊逸挺拔的白杨孤独的迎着自然的风风雨雨，与之作伴的惟有轻风和流云，白杨和诗人孤寂清高、不肯随俗的情怀水乳交融，朱湘使"萧萧的白杨"成为孤寂生命的象征物。诗人善于用合乎中国人审美情趣的意象的巧妙更替含蓄自然地表现东方人心灵深处细腻复杂的情感流动过程，《有忆》刻画出诗人一次微妙的心路历程，从获得片刻宁静的平和的喜悦之情到略微感到寂寞孤独的惆怅到因体验人生寂寥凄清而生的悲凉之感，层次清晰，自然细致。"淡黄色的斜晖"略有暖意，给大地罩上了一层朦胧柔和的黄纱巾，这时候，诗人心中充满了获得片刻宁静的喜悦，洒满了柔和温情的"淡黄色的斜晖"；"入了梦的乌鸦"，在暮色中独自安歇的"紫色的群山"的色彩变得深浓，诗人感到了一种沉重的东西，寂寞孤独之感压在了心头；"寂寞的街巷"走过"咣"的敲一声竹筒的卖元宵的"老人"，一声回荡在空巷的竹筒声、一个老人踽踽独行渐渐模糊的背影使诗人心中的孤寂和淡淡的哀愁流衍成深深的悲凉凄楚,诗人并不直接描述情绪的流动,而是通过诗的意象的更迭微妙得体地传达流动的情感,含蓄细致,使诗具有耐人细细咀嚼的深厚丰满的东方诗的神韵。

作为诗人,朱湘最大的艺术成就在于诗的音韵节奏上,他学习西方诗歌整饬而多变的格律体长处,又勤于吸取中国古典诗词的优良传统,造成一种既整饬多变又悦耳动听的艺术效果。中华民族很早就发现了宇宙旋律及生命节奏的奥秘,以平和的音乐的心境爱护现实,美化现实,这是一个最尊重乐教、最了解音乐价值的民族,庄子的《养生主·庖丁解牛》形象生动地阐明了这样一种思想,“道”的生命和“艺”的生命,游刃于虚,莫不中音,合于桑林之舞,乃中经首之会,音乐的节奏是它们的本体,也就是儒家哲学所说的“大乐与天地同和”,“大礼与天地同节”。中国文学讲究在和谐悦耳的音韵节奏中表现或悲或喜的情感活动,寓丰富的内心世界于平静悠扬的旋律中,深谙传统艺术精神的朱湘,在诗歌创作中最注重的是音乐美,并且颇有建树,朱湘认为“诗无音乐,那简直与花无香气,美人无泪珠相等”。各种类型的情绪状态大凡需要借助各种有规则的形式的节奏、旋律、音响来表达,急促、激烈的情绪需要通过短促的音步、频繁的韵脚来表达,舒展、悠闲的情绪需要通过缓慢的音步、稀疏的韵脚来显现。朱湘注重字音的长短轻重的交替调配,更注重诗句内部情绪节奏的起伏流动。《葬我》每句都是由一个三音步、两个二音步组成,匀称舒展轻柔,节奏流畅分明。《有一座坟墓》大体上是奇数句一个三音步,一个两音步,偶数句一个三音步,两个二音步,抑扬顿挫,错落有致。朱湘根据情感表达的需要押各种形式的韵,有句句通韵或一韵到底的,如《昭君出塞》、《残灰》,有一节之中首尾相押、之间另押一韵的抱韵式,如《晓朝曲》,有偶句用韵并且依次各节押韵的,如《月游》、《还乡》。在诗的音步、用韵乃至诗句诗节的建行排列上,朱湘都有新的贡献,在继承优良传统的基础上,他创造了均齐中有变异、在变异中求整齐、错落有致、音韵和谐动听的新诗体,他戴着脚镣跳舞,但是跳得自如飘逸,越发显得美妙无比。

朱湘诗作中最脍炙人口的恐怕要算《采莲曲》了,起伏跌宕的情思,充满花香和歌声的宁静迷人的境界,半开的荷花和羞涩俏丽的采莲女互相辉映,甜美和谐,细腻传情,全诗气韵舒展典雅,音节婉转悠扬,将东方人近乎古典的、富丽的色彩和优雅的音乐融铸在诗行中,诗行长短参差,摇曳有致,如果说汉代“江南可采莲,莲叶何田田,鱼戏莲叶东,鱼戏莲叶西,鱼戏莲叶南,鱼戏莲叶北"的采莲曲是朴素明快的民间小唱，朱湘的《采莲曲》可谓是典雅富丽的咏叹调了。有人形容《采莲曲》的节奏旋律恰如小提琴协奏曲溅射在水波上，实不为过。

菡萏呀半开，
蝴蝶呀不许轻来，
绿水呀相伴，
清净呀不染尘埃。
溪间采莲，
水珠滑过荷钱。
拍紧，
拍松，
桨声应答着歌声

——《采莲曲》

菡萏如火，绿波荡漾，无数羞涩的妙龄女郎轻摇小船于花间，白衣与翠盖红裳相映，袅袅的歌音与咿咿呀呀的桨声相和，诵之恍如置身莲渚之间。《采莲曲》的诗行整齐匀称又错落有致，短音步与长音步交替使用，句中又用一轻柔娇羞的"呀"字，"拍紧"、"拍松"则以先重后轻的韵表现出采莲舟过时随波上下的感觉，悠扬动听，轻柔美妙。当"凉风飘去莲舟"，花香消融入一片苍茫，"虚空里袅着的歌音"却萦绕在读者心中，经久不散。

朱湘的诗是袅袅回荡在东方天空中的歌音，有着动人心弦的东方旋律，歌者如梦如幻、如泣如诉，听者如痴如醉，与诗人一起在诗的王国里逡巡，或悲或喜，和诗人共歌共舞，同泣同诉。

朱湘不曾像郭沫若那样站在地球边上放号，迅速直接地传达时代的声音，充当时代的号手，洋溢着阳刚之气，他的诗藏热情于平静的调子中，不时闪耀出星星点点的哲理火花，有着阴柔恬静的美。朱湘的诗没有闻一多的深沉厚朴，也没有徐志摩的飘逸潇洒，但自有其引人注目的风采，他拥有一个个纯净美丽的东方梦，有悠扬动听极尽婵缓之美的东方旋律，明丽宁静而不纤细。我们不能要求玫瑰花和紫罗兰散发同样的芳香，它们都有各自令人痴迷的风采，有各自的存在价值。让野蔷薇开它自己的花，让荆棘长它自己的刺，让无花果结它自己的果子，世界才会如此五彩缤纷，诗坛才会百花争艳，百舸争流。

三、徐志摩的唯美型主情主义诗学理念

徐志摩是一位典型的唯美主义诗人，但以往的研究者都将注意力放在他的唯美诗歌的写作上，而对其诗学理念则重视不够。这大概是因为徐志摩对中国新诗的贡献主要表现在写作实践上，而诗学方面的建树则相对薄弱。他出过四个诗集，却没有出过一本像样的诗论著作，甚至连一篇较严谨地论述诗歌本体问题的文章也很难找到。因此，徐志摩并没有完整的诗学体系，他的诗学观念散见于演讲、序跋、后记甚至是一些散文和日记里。鉴于此，下文主要就徐志摩谈论过的几个诗学问题进行梳理和概括，并结合其实践来建构徐志摩的唯美型主情主义诗学理念，从而认定他对中国现代诗学的独特贡献。

1. 诗人、诗与真好诗

在回答什么是诗的问题时，徐志摩总是喜欢先谈论诗人，尔后论及诗的本体性问题。他在《诗人与诗》①的讲演中说，诗人究竟是个什么东西，他虽一时难以作答，但他从李白、席勒这样的中外大诗人身上看出，"诗人是天生的而非人为的（Poet is born not Made），所以真的诗人极少极少"。对于"道德不好的人不能做诗人"的流行说法，他认为要作具体分析，不能一概而论。像浪漫派诗人拜伦，不为英国社会所容而被逐出国门，那是因为他的第一宗教信仰是"纯粹的美"和"美的实在"，与当时流行的普通道德观念相抵触，所以难免受成见与偏见的制裁。从思维特点看，徐志摩认为诗人不能兼做科学家，"因为诗人的情重于智，数学家却只重印版式的思构"（同上）。所以，数学不好的人，他的想象力一定很发达，他就有可能成为诗人。从性情方面看，徐志摩认为诗人是半女性的（Poet is half Woman），"所谓半女性，自然不是生理上的，也不是容貌上的，乃是性情上的———一种缠绵的多愁性"（同上）。总之，在徐志摩眼中，诗人应该是有天赋、有道德、有丰富感情的人。

由这种诗人观出发，徐志摩在回答什么是诗的问题时，就认定这个问题是无法用科学手段来界定的。因为诗是人生天地间的基本现象之一，它"同美或恋爱一样"是不容分析的。有些人想用科学的方法来研究诗的音节、字句或评价标准，归纳出做好诗的定律，从而揭破历代诗人的秘密，他认为这犹如用科学方法来研究恋爱：记载恋人早晚的热度、心跳的缓急、他的私语和他梦话等等，想勘破恋爱的真理。"这都是人们有剩余能耐时有趣味的尝试，但我

---

① 原载 1923 年 6 月号《新民意报·朝霞》第 6 册。

们却不敢过分佩服科学万能的自大心"①。徐志摩虽不佩服科学的自大心，但人们还是忍不住要追问诗的本体问题。于是他在《诗人与诗》一文中认为，"诗就是诗"倒是一个虽有些滑稽却也较确切的解释，但人们的求知欲不会满足于这样一个等于没有解释的解释，所以他也只得勉强说："诗是写人们的情绪的感受或发生"。情绪的涵盖面甚广，喜怒哀乐怨等人的七情六欲都可归属于此，但任何情绪"只要你能身入其境，与你所写及的东西有同化的境界，就是情绪极真的表现"。他还说："诗是极高尚极纯粹的东西"，它是不带任何功利目的的，只有在我们得到一种"诗的实质"，先溶化在心里，直到"忍无可忍"，"觉得几乎要迸出我胸腔的时候，才把它写出。那才能算一首真的诗"。

关于真诗与假诗的问题，徐志摩也是将其与真人、假人放在一起来谈论的。他在《坏诗，假诗，形似诗》一文中说："人有真好人，真坏人，假人，没中用人；诗也有真诗，坏诗，形似诗（mere verse）。真好人是人格和谐了自然流露的品性；真好诗是情绪和谐了（经过冲突以后）自然流露的产物。假人或作伪者仿佛偷了他人衣服来遮盖自己人格之穷乏与丑态；假诗也是剽窃他人的情绪与思想来装缀他他自己心灵的穷乏与丑态。不中用人往往有向善的诚心，但因实现善最需要的原则是力，而不中用人最缺乏的是力，所以结果只是中道而止，走不到他心想的境界；做坏诗的人也未尝不感觉适当的诗材，但他因为缺乏相当的艺力，结果也只能将他想象中辛苦地孕成的胎儿，不成熟地产了下来，结果即不全死也不免残废。"显然，徐志摩期望人们写出更多的"真好诗"，他最厌恶的是"假诗"，认为假诗比坏诗更有害也更令人恶心，其动机只是欺诈，"仿佛是清明节城隍山上的讨饭专家用红蜡烛油涂腿装烂疮，闭着眼睛装瞎子，你若是看出了他们的作伪，不由你不感觉厌恶。"徐志摩还说"诗艺最重个性，不论质与式，最忌剿袭，Intellectual honesty 是最后的标准。无病呻吟的陋习，现在的新诗犯得比旧诗更深。"在此，徐志摩提出了一个老生常谈但又很难做到的诗学理念，即诗贵真诚的问题。

2. 诗的实质——灵感、性灵和经验

对于"诗的实质"是什么这个带有根本性的诗学问题，徐志摩的回答却是相当肯定的，那就是灵感、性灵和经验。他曾说，诗的秘密不能到字句里去找，而是要到诗人所求的"烟士披里纯"（即灵感）或"神感"里去找，"不

---

① 坏诗，假诗，形似诗。原载 1923 年 5 月 6 日《努力周报》第 51 期。

论是从他爱人的眉峰间，或是从弯着腰种菜的乡村女孩的歌声里，神感一到，戏法就出，结果是诗，是美，有时连他自己看了也很惊讶，他从没有梦想到能实现这样的境界"①。徐志摩自己就是一个性灵的崇拜者，他在《志摩杂记》和《我所知道的康桥》等文中，一再谈到英国剑桥大学的留学生活培育了他这种性灵，他说："我的眼是康桥教我睁的，我的求知欲是康桥给我拨动的，我的自由的意识，是康桥给我胚胎的"。"在星光下听水声，听近村晚钟声，听河畔倦牛刍草声，是我康桥经验中最神秘的一种：大自然的优美，宁静，调谐在这星光与波光的默契中，不期然的淹入了你的性灵"。他还在《志摩日记》中写道"我想在霜浓月淡的冬夜，独自写几行从性灵暖处来的诗句"。只要读一读《〈猛虎集〉序文》②，我们也可以获得类似的印象：徐志摩之所以成为诗人那完全是性灵的功劳。他说："生命的把戏是不可思议的！我们都是受支配的善良的生灵，哪件事我们作得了主？整十年前我吹着了一阵奇异的风，也许照着了什么奇异的月色，从此起我的思想就倾向于分行的抒写"。而就在这一时期（1921 年），"我的诗情真有些像是山洪暴发，不分方向的乱冲"，我的"生命受了一种伟大力量的震撼，什么半成熟的未成熟的意念都在指顾间散作缤纷的花雨。我那时是绝无依傍，也不知顾虑，心头有什么郁积，就付托腕底胡乱爬梳了去，救命似的迫切，哪还顾得了什么美丑！我在短期内写了很多，但几乎全部都是见不得人面的"。到 1922 年回国后两年内写成的第一部诗集《志摩的诗》，早期那种诗情的汹涌性已稍有减褪，但大部分仍是"情感的无关拦的泛滥，什么诗的艺术或技巧都谈不到"。直到看了闻一多的新格律诗，他的野性才得到了一点控制。稍后出版的《翡冷翠的一夜》，在技艺上得到了闻先生的赞赏，说它是一个"绝大的进步"。1927 年以后，他的生活死水一潭，诗的灵感也几乎枯竭，产量也在"向瘦小里耗"。直到 1930 年前后，由于受到几位年轻诗人的鼓舞，也由于往返于京沪两地繁忙生活，"重又摇活了我久蛰的性灵"，"抬起头居然又见到天了。眼睛睁开了心也跟着开始了跳动。嫩芽的青紫，劳苦社会的光与影，悲欢的图案，一切的动，一切的静，重复在我的眼前展开，有声色的和有情感的世界重复为我存在；这仿佛是为了要挽救一个曾经有单纯信仰的流入怀疑的颓废，那在帷幕中隐藏着的神通又在那里栩栩的生动，显示它的博大与精微"。正是这种性灵复活给他带来《猛虎集》的

---

① 坏诗，假诗，形似诗。原载 1923 年 5 月 6 日《努力周报》第 51 期。
② 《徐志摩诗全编》，浙江文艺出版社 1990 年 2 月第 1 版，第 585～589 页。

出版，但由于他个人生活理想和政治理想的先后破灭，加之社会对他的种种责难，使他感到身心俱疲，满头都是血水。他有一种不被理解的痛苦与难受，他无法申辩也不想申辩，他只要求人们"记得有一种天教歌唱的鸟不到呕血不住口，它的歌里有它独自知道的别一个世界的愉快，也有它独自知道的悲哀与伤痛的鲜明"，他要人们知道他就是这样一种痴鸟，"他把他的柔软的心窝紧抵着蔷薇的花刺，非到他心血滴出来把花染成大红他不住口"。

从徐志摩的写作实践可以看出，他是十分推崇灵感与性灵的，他随时听从灵感的召唤，也任凭灵感的悄然离去，从不勉强从不怨恨，一切都是那样的自然那样的真切。因为诗是来不得半点的虚假的，任何无病呻吟，任何矫揉造作，都将受到读者无情的唾弃。因此，真好诗应该是真人格与真诗格的和谐统一，是诗人真灵性的自然流露。当然，写诗不能单靠灵感，还得去观察、去谛听、去思想。因为外在的感觉对于性灵的刺激不可能太深，所以"天赋我们的眼睛，我们要运用他能看的本能去观察；天赋我们的耳，我们要运用他能听的本能去谛听；天赋我们的心，我们要运用他能想的本能去思想；此外还要依赖一种识潜——想象化，把深刻的感动让他在潜识内融化，等他自己结晶，一首诗这才能够算成功"（《诗人与诗》）。徐志摩在这里实际上揭示了诗的发生模式：由观察——思想——内化——结晶。而这"内化"便是体验和经验积累的过程。徐志摩是很看重经验的，他曾说要写我们"有价值的经验"，并将其客观化，使读者看了会生出"同情的感动"（《诗人与诗》）。又说："诗无非是由内感出发，使人沉醉，自己也沉醉；能把泥水般的经验化成酒，乃是诗的功用"①。当然，徐志摩并不认为诗人的经验是一成不变的，而是随着时代的变化而变化的。他认为，由于现代社会是物质主宰一切的社会，我们所见的都是汽车、飞艇、电影，密密的电线和成排的烟窗，令人头晕目眩，实际上是改变了我们"经验的对象"，人的精神生活也差不多让这忙乱的生活放逐了。他说："每日我在纽约只见些高的广告牌，望不见清澈的月亮；每天我只听见满处汽车火车和电车的声音，听不见萧瑟的风声和嘹亮的歌声。凡在西洋住过的人，差不多没有不因厌恶而生反抗的"（同上）。所以，未来派的诗，表面看来是快速、嘈杂、怪异、刺激，甚至是有些神经错乱，但这恰恰是他们对于现代大都市生活的切身体验，因而是"极端的诚实"的诗。徐志摩在谈到哈代和波特莱尔的诗时也说："哈代但求保存他的思想的自由，保存他灵魂永久

---

① 未来派的诗。原载《近代文学丛谈》1934 年 11 月新文化书社第 3 版。

的特权。——保存他的倔强的质疑的特权"①；而波特莱尔散文诗则是"性灵的抒情的动荡，沉思的纡徊的轮廓，天良的俄然的激发"②，还说波特莱尔与但丁、卢梭一样，他们都是"灵魂的探险者"，而"起点是他们自身的意识，终点是一个时代全人类的性灵的总和"（同上）。由此可见，诗人徐志摩对于性灵与经验的真诚性要求是相当高的，它不仅要有"自身的意识"，还应涵括一个时代全人类的情感。他的许多抒情诗都是这两者的完美融合，像《再别康桥》、《少扬娜拉》、《海韵》、《我骑着拐腿的瞎马》、《黄鹂》、《拜献》等，既有诗人独特的私人性经验，也融进了那个时代人类共通的情感。即使那些遭人责难的"思想残破"的诗，如《秋虫》、《西窗》等除去其政治偏见外，诗的情感仍具有相当的真实性。

3. "完美的形体是完美的精神唯一的表现"

徐志摩的诗形观带有浓厚的唯美主义和理想主义色彩，他总是从"诗是生命体"这一基本理念出发来谈论诗的形式问题。他可以说是现代诗学史上最彻底也是最理想化的形式与内容的统一论者。他《诗刊弁言》中说："我们相信完美的形体是完美的精神唯一的表现；我们相信文艺的生命是无形的灵感加上有意识的耐心与勤力的成绩；最后我们相信我们的新文艺，正如我们的民族本体，是有一个伟大美丽的将来的"③。在《诗刊放假》中他又强调，一首诗应该是一个"有生机的整体"，"正如一个人身的秘密是它的血脉的流通，一首诗的秘密也就是它的内含的音节的匀整与流动"，更具体地说，"一首诗的字句是身体的外形，音节是血脉，'诗感'或原动的诗意是心脏的跳动，有它才有血脉的流转"④。在谈及译诗难的问题时他也说："诗的难处不单是他的形式，也不单是他的神韵，你得把神韵化进式去，像颜色化入水，又得把形式表现神韵，像玲珑的香水瓶子盛香水"⑤。总之，诗是"质"与"形"完美统一的生命体。就像陆小曼所说，他的有些诗写得"像活的一样"，"有些神仙似的句子看了真叫人神往，叫人忘却人间有烟火气。它的体格真是高超，我真佩服他从什么地方想出来的"⑥。

---

① 汤麦司·哈代的诗。原载 1924 年 1 月 25 日《东方杂志》第 21 卷 2 号。

② 波特莱尔的散文诗。原载 1929 年 12 月 10 日《新月》第 2 卷第 10 期。

③ 原载 1926 年 6 月 10 日《晨报副刊·诗镌》第 11 期。

④ 一个译诗问题。原载 1925 年 8 月 23 日《现代评论》第 2 卷 38 期。

⑤ 《云游》序，《徐志摩诗全编》，浙江文艺出版社 1990 年 2 月第 1 版，第 591 页。

⑥ 原载 1924 年 12 月 1 日《语丝》第 3 期。

在这一生命诗学观的统摄下，徐志摩谈得较多的仍是音节问题。他曾说：
"诗的灵魂是音乐的，所以诗最重音节"（《诗人与诗》），因为"诗的生命是
在他的内在的音节（Internal rhythm）"（《诗刊放假》）。所以，作诗实际上是
一个"音节化"的过程，它的内在依据是诗感是情绪，而不是外在的形式。
行数的长短、字句的整齐与否，取决于你所体会到的"音节的波动性"。所以
徐先生所谓的"音节化"，实际上就是诗化，就是内在的诗感与外在的节奏的
统一。他在谈及波特莱尔的名作《死尸》时说："诗的真妙处不在他的字义
里，却在他的不可捉摸的音节里"，"我一直认我是一个干脆的 Mystic，为什么
不？你深信宇宙的底质，人生的底质，一切有形的事物与无形的思想的底质
——只是音乐，绝妙的音乐，天上的星，水里泅的乳白鸭，树林里冒的烟，朋
友的信，战场上的炮，坟堆里的鬼磷，巷口那只石狮子，我昨夜的梦……无一
不是音乐做成的，无一不是音乐，你就把我送进疯人院去，我还是咬定牙龈认
账的。是的都是音乐——庄周说的天籁地籁人籁，全是的。你听不着就该怨你
自己的耳轮太笨，或是皮粗，别怨我。你能数一二三四能雇洋车能做白话新诗
或是能整理国故的那点子机灵儿真是细小有限得可怜哪——生命大着，天地大
着，你的灵性大着"①。这段充满激情的独白，显然是诗人对《死尸》的生命
化诠释，表面说的是音乐，内里则是对诗的本质——性灵的顶礼膜拜。所以，
徐先生的音节观仍是以诗的内质为出发点的，他关注的重点仍是诗的内容，决
定诗形的仍是诗感，而内在的诗感与外在的音节的和谐统一，便是其追求的最
高境界，像《再别康桥》、《海韵》这样的诗就达到了这样的境界。就是那首
表现诗人伤感、困惑进而迷失方向的《我不知道风是在哪一个方向上吹》，也
获得了诗情与诗形的和谐一致。

　　整体看来，徐志摩的诗学理念带有浓厚的感性色彩，是一种个人经验的诗
性言说。但从他谈及的几个问题看，他的观点已涉及了现代诗学的主要方面，
如诗的本体论、诗与形式、诗与人格、诗与真诚等诗学的关键问题，他都有独
到发现与见解，对中国现代诗学的建构作出了贡献，对新世纪的汉诗写作也不
无裨益。

四、艾青的忧郁型主情主义诗学及文化成因

　　毋庸讳言，忧郁作为一种病态情绪是不利于人的身心健康的。但是，为什

---

① 原载 1924 年 12 月 1 日《语丝》第 3 期。

么作为审美对象的忧郁却具有永不衰竭的艺术魅力呢？艾青的诗充满了忧郁情调却为何又给人一种智的启迪与力的美感呢？笔者认为这是由"忧郁"这种情感类型的基本性质决定的。中国古人虽未对此做过科学界定，但似乎已经悟出了它的基本特点：忧郁是一种复合情绪。譬如《说文》释曰："忧，不动也"；"郁，木丛生者"。"忧郁"作为一个词，始见于管子的《内业》："忧郁生疾，疾困而死"，其意为"忧伤郁结"。可见，古人心目中的"忧郁"是一种由各种情感郁积而成、处于心境状态、带有恒久性的复合情绪。现代情绪心理学的看法也与此相似，认为忧郁是在自我意识不断增长的基础上，因欲望不能满足或自我受到威胁时而产生的一种复合情绪。既然是"复合情绪"，那必然蕴含着多种情感，而各种情感因性质和色调的不同必然会引起冲突，出现多种情感间的对流与激战，进而形成强大的情感张力场，即使是同色调的情感因不断地郁积重叠，也必然会造成情感强度的剧增。如果这种郁积的情感张力获得有效的艺术传达，就会给人以撼人心魄的审美感受。从总体上看，艾青虽然是一位真、善、美三位一体诗歌美学的追求者，但其诗学内核却是忧郁型主情主义诗学，这是他区别于其他诗人最显著的美学特征。

1. 忧郁的结构形态

既然忧郁是人的一种基本复合情绪，而诗歌艺术则以表现人的情绪为天职，那么诗人艾青将忧郁体验融铸于自己的诗歌文本也就变得自然而合理了。问题是艾青的忧郁是否具有自身的特点？其内部结构和组合方式呈现出何种独特的形态？笔者认为，艾青诗的忧郁是一种多层次聚合的结构形态，至少可以包含三个层面：民族忧患感、自我压抑感和生命悲凉感。其中，民族忧患感处于显性状态，也最为引人注目；生命悲凉感处于隐性状态，最易为人们所忽视；而处于这两者之间的自我压抑感，则成为联系民族忧患感与生命悲凉感的中介和纽带，并使之成为一个有机整体。

艾青所生活的年代，是我们民族遭受苦难最深重、最残酷，又是反抗战斗最激烈最悲壮的年代。因此，艾青的诗始终回响着悲愤的倾诉、绝望的抗争和热烈的憧憬的声音。在诗人的笔下，古老而丰厚的土地忍受着暴风雨的打击；那绝望的《死地》也"依然睁着枯干的眼/巴望天顶/落下一颗雨滴。"；那滚过黄河故道的《手推车》所发出的尖音也"响彻着/北国人民的悲哀"；那"万里的黄河/汹涌着浊浪的波涛/给广大的北方/倾泻着灾难与不幸；/而年代的风霜/刻画着/广大的北方的/贫穷与饥饿啊。"正是这贫穷与饥饿、愚昧与闭塞、战争与死亡像阴影一样缠绕着这个古老的种族。然而，诗人并没有悲观绝望，他含泪的倾诉是为了惊醒苦难而沉睡的民族，正如诗人自己所说的那样："我们揭露这种贫穷落后，特别是农村的闭塞、愚昧。要不，我们永远只能用火药枪去抵敌日寇的大炮，用两条腿去和他们的铁甲车比赛。"① 正是这种科学启蒙与救亡图存的理性思维，使艾青笔下的抒情形象：那些被逼出正常生活轨道的不幸者身上，诗人看到了蕴藏于其间的巨大的反抗力量和坚韧的生存意志。诗人认定他们就像深埋在地底的煤（《煤的对话》），只要给以火，就会点燃起民族抗战的熊熊大火，使我们那多难的祖国在烈火的焚烧中获得新生。于是，诗人一再吟咏道："我爱这悲哀的国土"（《北方》），"为什么我的眼里常含着眼泪/因为我对这土地爱得深沉"（《我爱这土地》），"中国/我在没有灯光的晚上/所写的无力的诗句/能给你些许的温暖么?"（《雪落在中国的土地上》），一种刻骨铭心的爱国主义情感力透纸背，感人肺腑；于是，诗人一再讴歌太阳、黎明、火把，写下一首首催人奋发鼓舞斗志的光的赞歌。由此可见，悲愤与抗争、热爱与憧憬构成了艾青诗民族忧患感的核心内容。也正是由于这诸种感情的互相冲突、互相融合，使艾青的诗歌创作获得了丰厚的历史内涵和感人的艺术魅力。

诚然，深厚的民族忧患感已经足以支撑起这位伟大的民族诗人。但是，艾青诗的审美价值远不限于此，作为一个沐浴过欧风美雨的现代诗人，其艺术触角已经深探到人类灵魂的最深处：宇宙和生命本体。如果说民族忧患感表现为生命的现实存在，那么由对于宇宙和人生的体悟而获得的生命悲凉感则表现为生命的意识存在。生命始终伴随着自我意识的不断增长，当这种意识从自在状态上升到自为状态时，自我就能感受和体味到这种生命本身的痛苦。因为，生命本是一种处于永恒展开的时间序列，是一个由低到高进化发展的无穷延展过程，其间必然伴之以自强不息的生命追求。然而，这种崇高的生命追求又必然要受到生命本身（终极意义上）的阻遏，产生最具永恒意义的深刻的生命悲凉感。在艾青的忧郁里，生命的悲凉感已经成为一种难以抹去的情感底色。当诗人在30年代刚刚登上中国诗坛时，心境中就已渗透着一股前途莫测的茫然，他心中萦绕着这样的诗句："走过了路灯的/又是黑暗的路"（《路》）。在《生命》一诗中，他写下了这样的诗句：

① 骆寒超：《艾青论》，浙江人民出版社1982年10月版。

我知道

这是生命

让爱情的苦痛与生命的忧郁

让它去担载罢

让它喘息在

世纪的辛酸的犁轭下

让它去欢腾，去烦恼，去笑，去哭罢

它将鼓舞自己

直到颓然地倒下

这是应该的

依然，我的愿望

在期待着的日子

也将要用自己的悲惨的灰白

去衬映出新生的跃动的鲜红

诗人在这里告诉我们，生命只不过是永恒的时间之犁轭下的一头牛，它的尽头便是颓然地倒下。生命的理想境界是存在的，但必须用自己的悲惨的灰白去衬映，这跟鲁迅先生的《过客》一样，表现出一种与生俱来的生命凄凉感。抗战爆发后，全民族的抗战热情曾使诗人为之振奋，想要拂去往日的忧郁，但心境的深处仍潜伏着生命的悲凉感。1939年创作的《他死在第二次》，虽然注入了战士为国捐躯在所不惜的爱国情思，但仍然没有忘记对宇宙生命的哲学拷问。在诗的第十节《一念》里，诗人写下了对于生命的哲理性感受："活着，死去/虫子花草/也在生命的蜕变中蜕化着……/这里面，你所想起的是什么呢？"诗人接着回答说："多少年代了/人类用自己的生命肥沃了土地/又用土地养育了/自己的生命/谁能逃避这自然的规律。"意思很明白：生命本身无法求得至善至美的崇高理想境界，只能是生的苦役与死的永寂的轮回。即使诗人怀着巨大的热情投进太阳的怀抱时，这种生的哀感也未能被拂去。写于1941年岁末的《时代》就是这种心境的反映：诗人一方面狂热追随闪光的时代，"希望把自己全心全意地献给这个伟大的时代"，"在我的想象中，时代好像远方的列车，朝我们轰隆隆地驶来"，"但我又深感自己在它面前显得如此卑微，不能发出自己同时代合拍的更响亮的声音"，他在追随时代的途中又不时地预感到未来将有"比一千个屠场更残酷的景象"。他不甘心地，"像一个被俘的囚徒/在押送到刑场之前沉默着"。

值得注意的是，这本应是诗人生命中最辉煌的时刻，然而就在此时诗人却体悟到了生命的永恒归宿，发出了"没有一个人的痛苦会比我更甚的"悲诉。这种痛苦的生命体验，与俄国诗人马雅可夫斯基自杀前的体验有某种相似之处。马雅可夫斯基是在个人事业达到光辉的顶点：他举办了个人创作20年回顾展，新写了总结自己一生的长诗，正享受着一位新上升的天才明星的巨大荣誉，成千上万人对他颂扬"你的诗在我们心中"的时候，他却结束了自己年轻的生命。可以肯定，他的自杀并不是来自世俗生活的痛苦，而是源于生命内在的意志冲突所产生的本源性痛苦，而且这种痛苦已经超出了诗人的承受限度。初到延安的艾青虽然没有像马雅可夫斯基那样选择自杀，但他那种献身时代和被时代车轮碾碎的生命体验却与马氏是相通的。"为了它的到来，我愿交付出我的生命／交付给它从我的肉体直到我的灵魂／我在它面前显得如此卑微／甚至想仰卧在地面上／让它的脚像马蹄一样踩过我的胸膛"（《时代》），一种献身时代的悲壮感昭然若揭。

如果说在艾青的忧郁里只有民族忧患感和生命悲凉感，笔者认为这是不全面也是不能成立的。生活痛苦的现实存在和生命痛苦的本体存在都具有客观意义，似乎是不以人的意志为转移的。然而，当作为一个个不同的生命个体去体验与感受这些客观而又抽象的痛苦时，便会产生巨大的差异，因为这与个体生命本身的性格、气质、生活经历、文化修养和审美情趣等有着密切的联系。对于艺术创造而言，其主体色彩尤为重要。在现实存在与生命本体之间，如果缺乏必要的中介环节，如果没有艺术家主体情感的介入就无法形成一个有机的艺术整体，也不会具有艺术审美价值。艾青是深深懂得并时时遵从这一艺术规律的。他在民族忧患感与生命本体的悲凉感之间架起了一座桥梁：个体生命的压抑感和孤独感。正是这种个性色彩相当浓厚的主体情感的渗透与投入，使艾青的忧郁成为一个有机的艺术整体，获得了巨大的审美价值。

艾青的一生是坎坷曲折的，他的性情一直处于压抑状态。他刚来到世上，就成为一个不受欢迎的人，他的家不接纳这个幼小的生命，只有在大堰河的怀抱里他才获得了神圣纯洁的母爱，但同时也染上了泥色的农人的忧郁。五岁的时候他回到了自己的家里，但那红漆的雕花的家具使他感到一切都是那么地陌生、那么地压抑，他在一个几乎没有父爱与母爱的环境里度过了他的童年时代。那种压抑的、被遗弃的感受形成了他那沉默忧郁的个性。童年记忆是强烈而又深刻的，它几乎影响了艾青的一生。他为了摆脱这种抑郁感，曾只身漂洋过海，试图在另一个世界里找到自己的精神家园。他也曾经为西方的艺术所陶醉，但西方社会的冷酷又使他感到孤独和绝望，他在《马赛》里写道："我的快乐和悲哀/都同样地感到单调而又孤独/像唯一的骆驼/在无限风飘的沙漠中/寂寞地，寂寞地跨过……"当年轻的诗人越过高山大海的重重阻隔，回到祖国母亲的怀抱时，死水一般的现实又使他感到失望与悲愤，他为此而向往革命，奔走呼号，积极投身进步的美术活动，而反动势力却将他投进了监狱。三年的铁窗生涯，又在"农人的忧郁"和"漂泊的情愫"之上添上了一重"囚徒的悲哀"。全民族的抗战曾使他振奋，但他亲眼目睹的却是："有的人用血作胭脂涂抹自己的脸孔，有的人把百姓的泪水当作饮料，有的人用人皮垫的眠床……而人民——自己的父老兄弟，依然在生死线上挣扎。"① 这怎能叫一个真正的爱国诗人不悲愤不忧郁呢？40 年代，艾青怀着热烈的憧憬投入了人民的怀抱，但在大时代的潮流面前，他感到陌生，那种不被理解的孤独感，那种将被抛弃的失落感与恐惧感，仍潜伏在诗人的内心深处。1983 年，诗人在总结自己的创作生涯时说，我的一生"真像穿过一条漫长、黑暗而又潮湿的隧道，自己也不知道能不能活着过来，现在总算过来了。"②

　　2. 忧郁的表现艺术

　　既然艾青诗的忧郁里蕴含着如此深重的三重悲哀，那么诗人是如何承载这种痛苦的呢？他为何没有像尼采那样变成疯子，也没有像叶赛宁、马雅可夫斯基那样以死来解脱，而是默默地承受着整个世纪所给予的痛苦呢？笔者认为，这除了诗人那种具有本民族特色的顽强而坚韧的生存意志外，他还找到了能有效地传达和表现这三重悲哀的艺术媒介：诗人从欧罗巴带回的芦笛。正是这用拿破仑的手杖也不换的芦笛，使他找到了一个属于他自己的世界：一个用土地与太阳构筑的世界。在这个世界里，他可以自由地哭泣，也可以凭借各种艺术手段来排遣消解这种苦难。动力心理学认为，痛苦是由于生命力受阻而产生的，忧郁本身是欲望受到挫折的结果，因而总伴随着痛苦的情感，但沉湎于忧郁本身也是一种心理活动，它使郁积的能量得以畅然一泄，所以反过来又产生一种快乐。一切活动都可以视作生命力的表现，因而表现得成功与否就决定着情感的色调。所以一切情绪甚至是痛苦的情绪，只要能找到正当的表现途径，都能最终导致快乐。所谓表现主要有两种形式：一种是指生命力在筋肉活动中和腺活动中得到宣泄，即机能表现；另一种是指情绪在某种艺术形象中，通过

―――――――――

① 杨匡汉、杨匡满：《艾青传论》，上海文艺出版社 1984 年版，第 89 页。
② 艾青：我的创作生涯。《艾青诗选》，人民文学出版社 1984 年版，第 3 页。

文字、声音、色彩、线条等象征媒体得到体现，即艺术表现。当一种情绪被强烈地感受到，它的能量被释放到适当的肉体活动中时，就已经表现了一半，当它外在化，并作为具体的象征传达给别人时，就得到了充分的表现。艾青正是凭借诗歌的象征艺术来充分表现由三重悲哀郁积而成的忧郁情调，从而获得生的快感和勇气，推动着诗人在跟身内身外的各种阻碍的搏斗中向前走去。那么，艾青又是如何表现这种情绪的呢？笔者认为，艾青诗的表现艺术是多种多样的，但最具特色的是现代象征艺术的吸收与化用。

象征是中外文学创作特别是诗歌创作中被广泛运用而相当有效的艺术手段。象征主义作为一种文学潮流曾风靡整个世界。本世纪初即开始传入我国并产生深刻影响，学贯中西的艾青也从象征主义诗歌运动中汲取艺术营养，并与中国的"托物言志"、"借景抒情"的象征传统相结合，创造出具有个性特点的情润化象征艺术。所谓情润化象征艺术，即是说艾青在用象征的手段来传达自己的理性思索时，往往伴随着浓浓的情感冲动，意象所蕴含的理念（或叫意念）是经由忧郁情感的浸润的。这就与西方象征主义诗歌所提倡的，只以可感知的外在形式来传达神秘的"原始意念"的观点有所区别，即西方象征主义偏重于象征的智性思维，而艾青则是一种"寓情于理"的哲理观照。譬如，艾青诗歌的象征世界，基本是由"土地"与"太阳"两个母意象构成，前者象征着祖国与民族的不幸，后者象征着祖国与民族的未来。但诗人在再现民族苦难、描绘祖国未来的前景，并告诉人们只有跟苦难抗争搏斗才能实现美好的愿望的同时，总是伴随着深厚的民族忧患感和生命的悲凉感。就具体作品而言，像《煤的对话》、《春》、《雾》、《树》、《礁石》、《鱼化石》、《虎斑贝》、《盆景》和《古罗马的大斗技场》等著名的象征性诗篇里，诗人的理性思索往往伴随着浓郁的生命体验，其情绪性象征的特点是显而易见的。当然，从前后期的发展变化看，艾青的象征艺术随着年龄的增长、阅历的丰富而渐趋理性化，归来后的作品就显得更理智些、深沉些，但在诗情的力度上却显得较为薄弱。笔者认为，艾青诗象征艺术的这种前后变化，并不是自觉追随世界象征潮流的结果（即20世纪的世界象征主义经历了由"情绪的象征"到"智性的象征"发展路径①），而是与艾青的生理与心理变化相一致的自然结果，两者的吻合不过是巧合而已。

从另一视角看，艾青的象征也汲取了西方象征主义诗歌的有益营养，形成

---

①　骆寒超：《新诗创作论》，上海文艺出版社1990年10月版，第69页。

了一种与中国古代象征艺术不同的现代象征艺术。中国古代多为一对一的具有较恒定的对应关系的局部象征。例如，松柏象征精神不死，竹象征节操，"丁香空结雨中愁"中的"丁香"与"愁"尽管有了"雨"的介入而形成了一个意境，但它们之间的对应关系仍没有改变，只有到了戴望舒的《雨巷》里，"丁香"与"姑娘"的结合，并与抒情主人公"我"及环境"雨巷"融成一体，才构成了一个具有不确定性与多义性的象征性境界。艾青的诗中虽不乏那种局部的象征，但更多的是整体的象征，即以某种意象群或结构来传达自己的情润化理性思考。我们不妨对艾青诗中一再出现的"土地"与"太阳"这两个意象再作一番索解。可以想象，在诗人的世界里，"土地"和"太阳"已经成为宇宙生命的象征：宇宙间的一切生命都来自"土地"和"太阳"，但一切生命又都宿命般地要回归"土地"，并以此来孕育新的生命。既然"土地"是孕育生命的母体，"太阳"是生命成长、发展的力量源泉，那么"土地"就成了女性和母亲的符号，"太阳"则可以看成男性与父亲的代码，这两者的结合构成人类社会。由此，我们便可发现，在艾青对"土地"的深情里，除了对祖国的深沉的爱之外，还蕴含着对女性特别是对类似于"大堰河"那样具有博大母爱的女性的赞美与讴歌；在对"太阳"的讴歌里传达出对男性力感美的崇尚。这大概就是艾青的诗如此忧郁却又具有如此丰厚的力感美的奥秘所在吧！

3. 忧郁的文化成因

艾青曾说"'忧郁'并不曾被我烙上专利的印子。我实在不喜欢'忧郁'，愿它早些终结"① 然而，事实上艾青一生都没有摆脱忧郁情绪的缠绕，只是前期比较浓郁，后期更见深沉而已。那么，诗人讨厌忧郁又为什么无法摆脱它呢？笔者认为，这除了时代环境与童年记忆的影响外，还有更为深广的文化原因。可以说，艾青的忧郁是中西文化共同作用的结果，是中国的社会政治忧患意识与西方人性悲剧忧郁观的合力作用的产物。也就是说，处在中西文化交汇大潮中的艾青，不仅承受了中国文人的济世之苦，而且还感受到了西方知识者的原罪重压。这双重痛苦体验经由诗人主体情感的融合作用，最终整合为艾青诗歌创作独特而浓郁的忧郁情调。

以儒学为主体的中国传统文化，具有鲜明而强烈的实践理性和道德理性色彩。这种重实践伦理的文化精神促成了中国文人"入世"思想的产生和发达。

---

① 艾青：为了胜利。《艾青全集》，花山文艺出版社 1991 年版，第 3 卷，第 125 页。

中国文人大都具有强烈的历史使命意识和社会责任感，他们关心社会政治和民生疾苦，他们都有治国平天下的远大抱负。然而，中国知识分子从来就不是一种独立的政治力量，他们的济世愿望往往会被无情的现实撞得粉碎，总是处于抑郁不得志的境地。于是乎仰天长啸、悲怀伤感者有之；愤世疾俗、放浪形骸者有之；隐居山村、回归自然者也不乏其人。但更多的仍是忧国忧民，悲天悯人，借诗文以释愤抒怀："《离骚》为屈大夫之哭泣，《庄子》为蒙叟之哭泣，《史记》为太史公之哭泣，《草堂诗集》为杜工部之哭泣。李后主以词哭，八大山人以画哭，王实甫寄哭泣于《西厢》，曹雪芹寄哭泣于《红楼梦》"①。明人黄漳在谈到陆游杜甫的诗时说："盖翁为南渡诗人，遭时之艰，其忠君爱国之心，愤郁不平之气，恢复宇宙之念，往往发于声诗。昔人称老杜为诗之史，老杜遇天宝之乱，居蜀数载，凡其所作，无非发泄忠义而已"②。杜甫陆游的苦闷相当典型地反映了中国古代文人忧郁的实质：忠君报国，关心社会与民生疾苦，所谓"穷年忧黎元，叹息肠内热"（《杜甫》）是也。

由于我们的民族在漫长的历史进程中经受了太多的创伤和苦难，一种浩茫深重的忧患意识已经深深地积淀于我们民族的文化心理结构之中，并成为历代文人进行创作的一种潜在的心理动力，使悲怀伤感、好作苦语成了中国文人的一种审美情趣。他们把忧和愁当作审美对象来观照，认定好的诗文必定是苦闷与伤情的抒写，深信唯有悲哀之情才能感人至深。所以陈廷焯说："作词之法首贵沉郁"，纳兰性德也说："往往欢娱工，不如忧患作"。现代作家郁达夫也特别喜爱中国诗文中那些"殉情主义"的作品，并有"生太飘零死亦难，寒灰蜡泪未应干"，"江水悠悠日夜流，江干明月照人愁"这样字字辛酸的诗句。艾青虽不擅长于写那些闲愁与情愁，但对于那些黎元之愁、社稷之愁的感受则特别强烈。诗人曾说："叫一个生活在这年代的忠实灵魂不忧郁，这犹如叫一个辗转在泥色的梦里的农夫不忧郁，是一样的属于天真的一种奢望"③。"在这苦难被我们所熟悉，幸福被我们所陌生的年代，好像只有把苦难喊叫出来是最幸福的事；因为我们知道，哑巴是比我们更苦的"④，并说："诗人和革命者，同样是悲天悯人者，而且他们又同样是这种思想化为行动的人——每个大时代

---

① 刘鹗：《老残游记·序》。

② 《书陆放翁先生诗卷》，见《古典文学研究资料·陆游集》。

③ 艾青：《诗论》，《艾青全集》第3卷，第43页。

④ 艾青：《诗论》，《艾青全集》第3卷，第42页。

来临的时候，他们必携手如兄弟"①，"以人民的希冀为自己的重负，向理想的彼岸远行"②，为扫荡这古老的世界而斗争。艾青还从创作心理角度阐述痛苦的创造价值："只有通过长期忍耐的孕育，与临盆的全身痉挛状态的痛苦，才会得到婴孩诞生时的母性崇高的喜悦"，"不曾经历过创作过程的痛苦的，不会经历创作完成时的喜悦。创造的喜悦是最高的喜悦。"③ 由此可见，艾青不仅承载了时代、个人和创造的巨大痛苦，同时也获得了表达痛苦之后带来了畅然一泄的快感，这就是忧郁情调所特有的审美价值。

如果说中国文学的"愤世"之忧直接孕育了艾青诗歌创作浓郁的民族忧患感的话，那么，西方文化的悲剧精神则从生命本体的角度深化了艾青诗歌创作的忧郁情调。西方文化是从普遍人性的角度来阐释忧郁的。自从亚当夏娃因偷吃禁果而被逐出伊甸园之后，人的原罪意识便深刻地影响了西方文化和西方人的精神主体。他们普遍认为，人一生下来就是有罪的，人的一生就是一个不断赎罪的过程，因而是异常痛苦的。正因如此，许多西方哲人和艺术家都从生命本源的角度去否定人和人生。加尔德隆宣称："人的最大罪恶，就是他诞生了。"达·芬奇说："我们老是期望着未来，但未来只为我们确确实实准备着一点：一切希望的破灭。"叔本华认为，生存意志是人生痛苦的根源，而它恰恰植根于人性的深处，与生俱来，人类的可悲与忧郁即缘此而来。所以"在哲学、政治、诗歌或艺术方面超群的人，似乎都是忧郁的。"尼采在童年时代就坠入了人生忧郁的深渊，并写下了这样的诗句："当钟声悠悠回响/我不禁悄悄思量/我们全体都滚滚/奔向永恒的故乡"。此种对人生的忧郁体验不仅仅出现在艺术家、哲学家与宗教家身上，许多现代科学家也不同程度地体验到了这种本源性的痛苦，C·P·斯诺曾说："我认识的科学家多半认识到，我们每个人的个人处境都是悲剧性的。我们每个人都是孤单的，有时我们通过爱情或感情或创造性要素来逃避孤独，但生命的喜悦只是我们给自己造成了聚光点，道路的边缘依旧漆黑一团；我们每个人都将孤零零地死去。……这是生命的一种负担，我最熟悉的科学家也同其他人完全一样，都是这样的。"④ 存在主义哲学则从生命的整体性方面否定了人的存在性："人的整个存在连同他对世界的全部关系都从根本上成为可疑的了，人失去了一切支撑点，一切理性的知识

---

① 艾青：《诗论》，《艾青全集》第3卷，第44页。
② 艾青：《诗论》，《艾青全集》第3卷，第42页。
③ 艾青：《诗论》，《艾青全集》第3卷，第46页。
④ C·P·斯诺：《两种文化》，见《中国文化第一辑》。

和信仰都崩溃了，所熟悉的亲近之物也移向飘渺的远方；留下的只是处于绝对的孤独和绝望之中的自我。"①。

西方文化这种对生命存在的悲剧性体验，直接导致了西方悲剧艺术的发达，从古希腊的悲剧到现代的象征剧、荒诞剧都是这种意识在各个不同时代的变体，并以此形成了一个以悲剧为最美的西方艺术传统。这一传统发展到近现代，几乎统治了整个西方的文学艺术。仅以诗歌为例，从西方浪漫派诗歌到欧美象征主义诗歌运动，那种忧郁、伤感、迷茫、彷徨的情绪几乎弥漫了整个世界。以波特莱尔、马拉美、魏尔伦、兰波、瓦雷里、果尔蒙、叶芝、艾略特等为代表的象征主义诗歌，以其忧郁、神秘和以"丑"为美的艺术追求为世人所供认。即使以理性启蒙为特色的浪漫派诗人也对忧郁产生了浓厚的兴趣：弥尔顿视忧郁为"贤明圣洁的女神"；代尔说忧郁是甜蜜的音乐；济慈"几乎爱上了给人以抚慰的死神"；拉马丁喜爱大自然的悲凉；弗莱契坚信："没有什么比可爱的忧郁更优雅甜蜜"；雪莱也说："倾诉最哀伤思绪的才是我们最甜蜜的歌。"西方浪漫派诗人对忧郁的崇拜简直到了心醉神迷的境地，对他们来说，作为审美对象的忧郁本身已经成为一种快乐的源泉。

必须指出的是，西方文化艺术中的悲剧精神对曾汲取过西方艺术乳汁的诗人来说，其影响是不言而喻的，在他喜爱的作家和艺术家中就有许多是性情忧郁的：如果戈里、陀思妥耶夫斯基、安特烈夫、叶赛宁、马雅可夫斯基、阿波里内尔、莫纳、马奈、雷诺阿、梵高、果庚、毕加索等。但是，艾青没有像存在主义哲学所说的那样"失去了人的一切支撑点"，艾青的支撑点是我们民族不屈不挠的斗争精神。他体验到了人生的终极性痛苦，但民族的苦难给他以更强烈的震动。因此，为民族命运而担忧，为不幸的人们而呐喊，为祖国人民的解放而奋斗，就构成了艾青诗艺世界的主旋律。正像诗人自己所说："英雄应该是最坚决地以自己的命运给万人担待痛苦；他们的灵魂代替万人受着整个世纪所给予的绞刑。"② 艾青自己正是这样的英雄。

五、李瑛的刚柔相济型主情主义诗风的流变

李瑛是当代中国诗坛的奇迹，在如此波浪起伏、变幻莫测的时代潮流中，他的诗魂却伴随着共和国的脚步艰难地行进了 60 个春秋，其间有成功的欢乐，

---

① 《卢卡契文学论文集》（二）中国社会科学出版社 1980 年版。

② 艾青：《诗论》，《艾青全集》第 3 卷，第 83 页。

也有挫折和失败的痛苦。但无论在政治的激浪中，还是在商海的涌潮里，他都心无旁骛地守护着他所钟爱的诗神。可以毫不夸张地说，诗已经成为李瑛整个人生和全部生命的凭藉，他是一位当之无愧的中国诗坛的守望者，一位抒写军旅生活和英雄主义情思的主情主义诗人。

1. 由刚变柔：建国前后的诗歌

李瑛的诗歌写作史大致可以分为建国前夕的 7 年（早期）、建国后 30 年（中期）及新时期 20 年（晚期）三个时段。从总体上看，他的诗美风格经历了由刚柔相济到柔情似水再回到刚柔并重的流变轨迹。建国前夕，李瑛在北大、汉口、赣南等地所写的一些诗篇还是不乏阳刚之气的，像《播谷鸟的故事》、《脊背》、《枪》、《太阳，啊！太阳》、《石像》和《历史的守卫者》等，都不同程度地写出了一个民族苦难、悲愤、抗争以及对黎明的渴望与确信。因为有了两种不同情调、不同色彩的强烈对比，就相当有效地传达出了写作主体浓重的情思。像《脊背》从小处入手，选取一个奴隶的一方脊背，来承载一个民族乃至整个世界的苦难与希望，显示出极强的力度美。《枪》也是如此，诗人不仅从枪里看到了奴隶的悲惨命运，也看到了他们的祖先用笨重的石斧、镖枪与猛兽搏斗的身影，更看到了当下奴隶的叛逆之火和夺回土地后的狂喜。诗人笔下的石像仿佛是一种不动的时间、一种静的语言、一种凝固的历史（《石像》），写得很有质地和硬度感；诗人眼中的哨兵："像一座古希腊神话里青铜的铸像，/整个地球都旋转在他的脚下；/他铁山一样地屹立着，/仿佛凝视着无穷的远古直到现在"，写得大气而又邃远。但就是在这个青春勃发、激情四溢的年龄段，李瑛身上的女性因子并未偃旗息鼓，而是不时地闯进诗的殿堂，像《窗》、《散步的夜》、《春的告诫》、《歌》、《古长城》以及那组悼念朱自清的诗篇，尽管不乏丰富的想象、优美的语言，但由于诗情色调过于一致，形不成对立与冲撞，因而没有那种撞击读者心灵的艺术震撼力，显得很女性。

李瑛是当代诗坛的老黄牛，辛勤耕耘了几十年，仅在建国后的 30 年就出版了 20 余部诗集；李瑛也是个行走诗人，他的足迹踏遍祖国的大江南北及至欧美大陆，而且每次远行都会带回丰硕的成果。但他的诗再也没有了早期的凝重与刚性美，而柔情似水的女性化诗风却获得了极致性发展。在他国内题材的诗中，无论是硝烟弥漫的战场，还是激浪滔天的海疆；无论是边塞的篝火狼烟，还是荒漠的戈壁日出，都被诗人严格的政治理性和纯美的艺术理想淘洗得干干净净。在那里，再也没有眼泪、悲伤和不公，再也没有矛盾、争斗和"一个人的战争"，那简直是一个和谐纯净、晶莹剔透的艺术圣境啊！李瑛的诗神是属于军营的，军营生活和军人形象本应是最具男性气概的，但在诗人的笔下都毫无例外地被女性化了：军港和哨所是静悄悄的，海防巡逻是在月夜里潜行的，行进在风沙里的战士像依依的红柳，睡在舰舱里的水兵"一个个像孩子睡在摇篮里"，有的梦见姑娘有的想念爹娘，更有甚者为了一个生日鸡蛋竟激动得彻夜难眠，就连磨刺刀、练刺杀这样一些带有血性的生活，也被诗人软化为一滴雨和一朵花。李瑛的诗中不乏大海、礁石、戈壁、风沙、篝火和草原雪夜等男性意象，但这些意象所具有的壮美均被一一消解和软化。你看，大海已不再奔涌和凶险，而显得异常的宁静与温驯，正闭上眼沉沉入睡，海风在对岸上的柳树低语，海浪在轻轻地抚摸着礁石的伤痕，远行的船帆滑行在光洁的海的胸脯上，像一只蝴蝶轻轻地、静静地消失在远方；你看那广漠的戈壁，也不再有风卷残石百草折的气势，更没有夕阳残照、大漠孤烟的寂寞与苍凉，而只有柳树、山雀、小溪、河流以及人们的欢乐与喜悦，因为戈壁的荒蛮已被"大家庭的感情融化"；你再看那狂风呼啸的草原雪夜，既没了艾青式的沉郁，也没了穆旦式的苍凉，却只有戍边将士对草原牧民的一片深情。这样的诗美则美矣，但毕竟缺乏军旅诗歌应有的力度。

2. 刚柔相济以刚为主的新时期诗歌

步入新时期之初，随着国人意识形态的全面解冻，生活视野的不断拓展，特别是真实战斗生活的体验，李瑛渐渐觉察到自己的不足，诗风开始变得刚劲起来。当然，诗人并没有完全抛弃那种纯净柔美的诗学追求，而是在此基础上熔进一些刚性质素，使之变得更有质地和硬度。同是军营生活的抒写，本时期的诗歌已蜕去了那种纯净柔性的女人气，而显得更有男人的血性与力度。你看，那行进在横断山脉的"数不尽的汽车，战车，炮车"，每个发烫的轮子都在"向世界昭告：中国人民不可侮"；那"肩着枪支，掖着匕首"，在雨夜里潜行的侦察兵，将暴雷炸在敌人的头顶。你再看那些英勇的将士，他们为捍卫祖国的尊严，冒着枪林弹雨，与敌人拼杀在燃烧的战场，直至流尽最后一滴血，也不愿轻易倒下：刚入伍50天的战士李启，为掩护突击排从侧翼冲上敌阵，独自一人将敌人炮火引向自己，牺牲后化作一颗闪光的金石，"仍然保持着前进的英姿"；那位不知名的机枪手，被敌人的两颗子弹打穿肩胛骨，鲜血流尽后，"仍伏在枪身上，大睁着眼"；那位同样不知名的喷火手，背着沉重的喷火枪，在嶙峋的山坡上猛然跃起，"喷出八万万郁积的惊雷怒电"，"将堆堆铁石都化成一摊灰末"！战争场面的气势，为国捐躯的壮美，正义战争必胜的信念，在这里都获得了酣畅淋漓的审美传达，诗情的力度也是此前的诗作所无法比拟的。

如果说军旅诗歌的力之美主要得益于战争生活的真切体验，那么更多的非军旅题材诗作的刚性美则源于诗人渴求创新、超越自我的内在驱动。李瑛非军旅题材的诗仍然优美纯净，延续着前一时段的诗美风格。但诗人并不固守在一种风格上，而是在柔性诗风里注入了刚性质素，使诗变得刚劲、隽永和深邃，形成这一时段亦柔亦刚、刚柔相济的审美格局，这显然是李瑛早期诗风的回归。我们只要翻阅一下 2000 年出版的《李瑛近作选》① 就不难作出这样的审美判断。这部诗选收诗 206 首，分为"想家的石头"、"沙蒿"、"细雨"、"和平是一棵树"等四卷。前三卷为国内题材的诗，涵盖北京、西北和江南三大空间，第四卷是国际题材的诗。四组诗中大部分为柔美之作，但也有为数不少的刚毅之作，特别是以西北山川风物、文化遗迹为吟咏对象的诗作，在刚毅之中又增添一份历史的凝重感。为了增强这些非军旅题材诗的力度，李瑛在诗歌意象的处理上采取两种策略。诗人一方面赋传统意象以新的内涵，给它注入刚性诗情与智性因素，以增强其诗情力度与诗思的深度。如诗人曾颇为钟情的大海，就不再一味地宁静与温驯，而变得异常地雄浑、壮阔和气势磅礴，甚至于还有些凶险与暴戾。你看那咆哮的海涛声，"像炸雷，/像迸裂的金属，/像磅礴的群峰，一齐倾倒；/洪波深处，惊心动魄，/又像发来万乘铁骑，一声长嘶，/鼓角中，无数马刀，嗖地抽出了刀鞘；/尖厉，又似飞鸣的箭镞，/沉浊，又似排空的重炮……"（《海声》）；你再看那苍茫的大海上，不仅有峻峭的高峰、黝深的沟涧和巨大的蓝鲸，还有"比城池更坚的盾"与"比雪刃更利的矛"之间的凶残厮杀（《海》），以及想把船吞没的"天与海进行无耻的勾结"（《舷板》）等，海的雄健与壮美，海的残暴与无耻，都在诗中获得了象征性与人格化的审美传达。

另一方面，李瑛还有意识地选择诸如石头、山鹰、沙蒿、残堡等一些有底蕴有硬度的意象充实到自己的诗艺世界里，以增强其刚猛之气。譬如"石头"这个意象，在此前的诗里也曾出现过，如《石像》《舟山群岛》等；但进入新时期后，这个意象在李瑛的诗中大量出现，仅《李瑛近作选》中写到"石头"的诗就不下 50 首。"石头"具有坚硬、沉重、哑默、耐磨、恒久等天然属性，这些自然属性一旦熔铸于灵动的诗感，就会给诗歌文本带来少有的质地与硬度。在李瑛笔下，沉默的"石头"成了顽强而又坚韧的生命力的象征：《野酸枣树》"生长在巉崖峭壁和/一蓬蓬草莽型榛里/连石头都感到：惊讶"；《祁连山之鹰》像"傲立在昆仑山顶危岩上的那块石头"。诗人还以残损的"石头"

---

① 《李瑛近作选》，人民文学出版社，2000 年北京，第 1 版。

作为见证，来抒写民族历史的邃远、苍凉与凝重：西北高原上的"太阳已变成一块埙石压进黄土层里"（《到北方》）；关中平原上的"每一块石头/哪一块没有过/英雄系马、壮士磨剑"的身影（《关中印象》）；考古学家们从"驼骨的化石和古币"里，从文字和石头的缝隙里，寻找到一条透出点点亮光的古文明之路（《寻找一条路》）；而当"我""走出石窟像走出子宫/洞窟里的时间便停止流淌"（《莫高窟纪游》），因为"时间流过巷道"时，"凝成了石花、石柱、石笋"，但生命和历史"仍活在石头上"（《寻访》）。在诗人想象里，那个小鸟似的红卫兵姑娘，"还没唱出第一枝情歌"，就被埋进了"戈壁滩上一堆铁青的坚硬的石头"里，但"石头却活着/一个民族深重的苦难/站在石头里"（《过红卫兵墓》）；那位漂流探险者，死后也被埋在粗糙的"红土、砂砾和卵石"中，但"所有走过这里的人都会/从他坟墓的石缝中看到/他血里的铁、汗里的盐的闪光以及/一个民族意志射出光辉，闻到/他的精神渗出的芳香"（《写在一位漂流探险者的墓前》）。在李瑛的世界里，"石头"还是一种力量、信念、意志和自由精神的象征，"如果不能凝成坚硬的石头/便会滚到火的尽头/成为灰烬"（《我的关于西藏的诗》），"我的生命、血肉与情感/正在石头的沉默中/上升"（《溶洞纪游》）。而那块《想家的石头》简直就是一个不屈灵魂的化身，它原本就住在黄河源头的青藏高原，它是悲壮的牛血浸入土酒，是冷彻骨髓的雪水渗进砂石与青铜所凝成的大西北生命，当它被"我"带回到长城脚下的繁华都市后，怎么也适应不了都市的"脂粉味儿和生猛烧烤的油腻/闪动在红灯绿酒后的狞笑/虚伪、欺诈以及吓人的警笛"，它整天蹲在窗口，沉默忧郁地瞩望着大西北，因为那里有"爱唱歌的小溪/会飞的星星/自由自在的云和/剽悍的长毛藏狗的忠诚"，这是一块向往自由、野性与诚实的石头，从中迸发出来的诗情力度也是前所未有的。

与此同时，李瑛还对"鹰"表现出异乎寻常的热情，从50年代到90年代他从未中断过对"鹰"的关注。他曾将高山哨所比作"一只憩息的山鹰"（《高山哨所》），将守海、守山的战士比作"山鹰"（《海》、《山鹰》），可惜诗人并未赋予其更深的象征意蕴，显得比较平面，缺乏厚重感。1987年以后，李瑛连续写了《鹰》、《祁连山之鹰》、《看见一只鸟》、《鹰笛》和《一只山鹰的死》等。此时的咏鹰诗，不再是具体形象（战士）的化身，而是一种精神价值的象征。如《鹰》表面看是写一只敢于搏击人生风浪的鹰，而其内蕴却是在歌颂一种生命的沉雄，一种开拓、奋进和冒险精神。《鹰笛》写一只受伤的鹰，它虽然已经苍老，肌块与神经已被撕裂，但那颗精壮不死的灵魂仍在跳动，这是一只生命不息战斗不已的老鹰，显然是诗人情怀的寄托。《一只山鹰的死》写山鹰虽死犹生，实质上也是一种精神不死、灵魂不灭的象征，表现出诗人追求永恒的意趣。与50年代相比，此时的鹰不再是某种具体如实的象征体，而是一种生命价值与灵魂飞升的象征，看似空灵，实则丰厚、深沉和博大，男性之气已充溢于字里行间。

3. 李瑛诗风流变的文化成因

对于李瑛诗风的流变轨迹，同时代的许多诗评家都已注意到了。但他们的兴奋点基本集中在中、晚期的变化上，对于早、中期的变化很少涉及，而对于其整个诗风的流变成因则几乎没有涉及，所以有必要对此作些探究。总起来看，李瑛诗风这种流变格局的形成主要有两方面的原因。第一是诗学理念与写作实践的错位与割裂造成的。从诗学追求看，李瑛显然是一位不折不扣的真善美统一论者。他曾充满激情地说：“我爱诗，因为它是真的，真的才是美的”①。又说：“我爱诗，在注重人的内心世界深入开掘和表现真实的自我的同时，也毫不犹豫地把历史使命、民族意识、道德责任和人类良知放在自己的肩头”②。他一再强调“诗是离不开美的”，“人在劳动中发现了自然美、生活美和艺术美，并且依照美的规律创造着人类社会。由于人们的精神世界需要美，人们的感情需要美，需要用美的方式认识和改造生活，所以有美才有诗，才有真正的艺术”③。“诗人永远不要脱离生活，脱离生活和时代内容的文学是不真实的文学，而不真实的文学，不会是美的文学”④。他还认为诗的审美风格可以不同，“朴素或华丽，粗犷或细腻，含蓄或明朗”均可以，但同时“都该从中表现出美的东西”，并用它“去涤荡人的心灵，陶冶人的感情，提高人的自尊心，丰富人的精神世界，发展人对自己创造力的信心，这就是我们的审美标准”⑤。从理论本身看，李瑛这种诗学观几乎是无懈可击的，因为他认为诗美源于人的社会实践活动和高尚的道德情操，同时又以提升人的精神与人格为指归，这是符合诗美创造的艺术原则的。但从写作实践看，李瑛这种看似完美的诗学理念并没有得到真正的落实，即理论与实践之间存在某种错位甚至是割裂的状况。李瑛诗中的真善美带有极强的意识形态色彩，他总是站在无产阶级政

① 《李瑛近作选·自序》，人民文学出版社2000年11月北京第1版，第4页。
② 《李瑛近作选·自序》，人民文学出版社2000年11月北京第1版，第4页。
③ 宋垒：李瑛访问记，原载《海韵》1980年第2期。
④ 李瑛：对诗的思考，解放军文艺出版社1991年北京第1版，第36页。
⑤ 李瑛：对诗的思考，解放军文艺出版社1991年北京第1版，第36页。

党的意识形态立场上，在异常丰富复杂的生活现象中选取表现真善美的素材，只有那些既符合党性原则，又符合无产阶级人生观、艺术观的诗情主题，才有获得艺术表现的可能，而那些非主流意识形态的诗歌素材，不管它如何真实丰富，都被无情地逐出了诗歌的艺术领地，譬如李瑛对现代主义诗歌的态度就是一个例证。还在北大求学时，他就阅读了不少西方现代派作品，艾略特、里尔克、波特莱尔、马拉美、魏尔伦等的诗他都读过，但因为他们强调"直觉，追求用字新奇和语言的音乐性，都不好懂"①，所以谈不上什么影响。但还是写了一些"不很明快的诗"，直到1948年与地下党发生了联系，读了马列和解放区文艺作品后，才知道现代派"是一种资产阶级文艺思潮，它哲学基础不好，从它的思想内容来说，是应该加以抵制的"②。因此，"我们不能像波特莱尔那样歌咏死亡，描写变态心理和颓废生活、精神危机"③。直到1990年，他还据此观念批评当时的"个人化写作"，他说那些很有才华的青年诗人，"只热衷宣泄没有任何意义的个人狭小的感情，甚至是一些颓废的没落的感情，或是一味表现个人观念中的令人难解的'哲理'、'意念'，乃至'幻觉'、'生命的瞬间冲动'等等，对于面前亿万人民豪情满怀的建设新世界的轰轰烈烈的伟业，似乎全然不屑一顾，他们所写出的那些缺乏时代精神、生活气息和真挚激情的苍白的作品，究竟有多少思想价值、感情力量和审美作用呢，又怎能唤起读者的共鸣呢"④。显然，李瑛所谓的真善美，是一种经过其意识形态严格挑选和提炼过的纯净的真善美，我们暂且不论这种诗美的存在是否具有充分的学理依据，单就其诗美的丰富性与力度美而言，这样的净化处理显然是有害无益的。读李瑛诗的最大感受就是两个字"干净"，无论是左倾思潮泛滥的中期，还是相对自由的早期和晚期，他的诗都一律的纯净、透明、健康、优美。他曾赞美东山魁夷的绘画艺术，是一个有着"大自然的美、宁静与和谐"，散发着"生命的芬芳和山水的纯洁"的世界。在这个世界里，"没有疯狂的世纪病/没有成熟的罪恶压着地平线/没有苦涩的泪、燃烧的血"（《诗美》），这恰好道出了李瑛自己对这种纯净美的钟爱之情。这种"干净"的诗风，既是李瑛诗的优长，也是他的重要缺失。由于他过分看重纯净、透明、优美与和谐，诗中就缺乏某些必要的对立性元素，这样就难以形成诗所必

---

① 宋垒：李瑛访问记，原载《海韵》1980年第2期。

② 宋垒：李瑛访问记，原载《海韵》1980年第2期。

③ 宋垒：李瑛访问记，原载《海韵》1980年第2期。

④ 李瑛：到生活中去——在一次创作座谈会上的发言，《对诗的思考》，第27页。

须的张力。须知生活是丰富复杂的，充满着矛盾与对立，而作为生活真实反映的诗歌就理应将其表现出来，况且真善美也只有在与假恶丑的对立与斗争中，方能显示出其丰富性与力度美。李瑛早期和晚期的部分作品，因为有了这种对立元素而显示出较强的阳刚之气，而中期诗作则因没有这种对立因素而显现出浓郁的女性化色彩。这一点并不是我的发现，张光年先生在1963年为李瑛诗集《红柳集》作序时就已觉察到了。他觉得李瑛一些意境清新的抒情小品，之所以"深度不够，力量不足"，是因为在这些诗中缺乏对立性因素。他说："只要在歌颂正面形象的时候，诗人心目中确实有一个对立面存在，我想，也一定会写得更扎实，更为激动人心，充满着战斗的诗意"①，这虽是一种委婉的说法，但其中的道理却发人深省。

第二是特殊时代政治体制作用的结果。早期李瑛虽已倾向革命，还参加了地下党的活动，拥有了相当自觉的阶级意识与民族意识，但他毕竟还没有真正进入到革命政治体制的核心部位，他的公共角色还是一位国统区的大学生，受政体规范的限制和束缚相对小些，而写作的自由度也就相对大些。当时影响他写作的主要不是某种政治规范而是艺术规范，所以他最为关心的是如何更有效地传达他的悲愤与爱国之情，从而使其刚柔之本性获得了较为充分的表达，形成一种以刚为主、刚柔相济的诗风。但进入中期以后，李瑛已整个儿地进入了党领导的革命队伍，他必须遵守体制内部的种种规范，更为重要的是李瑛所服务的体制是个"命令如山倒"的军队，他比其他体制内的作家具有更为严厉的政治纪律的要求，他的内心自由以及表现这种自由的诗歌写作也得遵守纪律。也就是说，他只能在体制认可的政治规范与艺术规范内从事写作活动，而李瑛又是一位体制的极端效忠者，他不敢也不愿从里面突围出来。所以中期李瑛诗风的女性特点，是在其男性元素被抑制后而显得更为耀眼的。进入新时期后，由于意识形态的全面解冻，体制内部的许多禁令也随之解除，李瑛在思想与艺术上也松了绑，获得了较前一时段更多的写作自由，特别是到了20世纪80年代中后期诗人退休以后，这种写作的自由度就更大了。因为退休就意味着诗人已经退出了那个体制的中心磁场，逐渐游移到边缘地带。他不再需要顾忌什么名呀、利呀、权呀，现实规范和政治纪律对他的束缚已部分解除，心灵的自由度在加大，情与思变得更为活跃。况且，诗人已渐渐感到生命正在向终

---

① 张光年：《李瑛的诗——序〈红柳集〉》《李瑛抒情诗选》，人民文学出版社1983年10月北京第1版，第694页。

点逼近，死神不会因为你的喜好和愿望而放慢脚步，它是无情的、残酷的，但却是不可逆转的，（读一读写于 1996 年的《距离》即可知晓这决不是无端揣度）。对于一个生命体来说，还有什么比死亡更可怕的事呢！如果一个人死都不怕了，他还怕什么呢？笔者并不是在诅咒诗人，而是说已届暮年的诗人获得了前所未有的心灵自由，任何现存的樊篱都已突破，诗人在体制中心时被压抑的雄性能量获得了自由的释放。这一释放，不仅成全了一位雄性勃发的男性诗人，同时也使李瑛的诗歌世界实现了对有限生命的超越，获得了一种永恒的艺术生命。

第二章

现代主情主义诗歌创作概观

　　从新诗 80 余年的发展历程看，中国现代抒情诗的发生与成型，并非是与传统诗歌"断裂"的结果，恰恰相反，它是中西两种抒情传统在新的世纪里重新整合并持续发展的结果。现代抒情诗人普遍认同"诗是抒情的语言艺术"这一诗学观念，并以大量的创作实践支撑起这种主情主义诗学观，尽管其间曾受到过主知诗学与语言诗学的冲击、责难甚至是颠覆，但主情主义诗学观一直处于强势地位，主宰着中国新诗的发展方向。中国新诗史上有成就的诗人绝大部分都是抒情诗人，抒情诗的创作不仅从未中断过，而且是一浪高过一浪。这一事实本身，足可证明诗的抒情本质并没有被高度发达的现代物质文明所改变，我们有理由相信，只要人类还存在，只要人类还是个有感情的高等动物，诗的抒情本质就不会改变。中国现代抒情诗人尝试过各种类型的抒情诗，如抒情短章、长篇抒情诗、意象抒情诗等，也涌现出不少优秀诗人与诗作，但由于时代与国情的原因，只有其中的爱情诗、爱国诗和政治抒情诗最具影响力。因此，本章在界定抒情诗概念及其中西诗学渊源后，着重就这三种类型的抒情诗进行纵向的描述与论析。

一、抒情诗的概念及诗学渊源

　　尽管中国是个抒情诗大国，在长达几千年的诗歌发展史上，抒情诗一直主宰着中国诗坛，就连"抒情"一词也古已有之，但悟性极高的中国古代诗人和诗评家却从未对此作过正面的界定。"抒情"一词最早见于屈原的《楚辞·九章·惜诵》："惜诵以致愍兮，发愤以抒情"。唐骆宾王《秋日饯陆道士陈文林得风字》诗序："虽漆园筌蹄，已忘言於道术；而陕阳风雨，尚抒情于咏歌"。在此，古人所谓"抒情"，都可解为表达情思或抒发情感。大概中国古代还没有"抒情诗"这一概念，所以也就找不到对它的解释。当代学者曾对"抒情诗"作过界定，如《汉语大词典》"抒情诗"条目释曰："诗歌的一类。

没有完整的故事情节和人物形象，直接抒发诗人的思想感情。篇幅一般比较短小。因其内容的不同，分颂歌、哀歌、挽歌、情歌等"①。《世界诗学百科全书》的解释也与此大同小异。这种兼及内容与形式的概念界定显然是受西方诗学影响所致。因为中国古典诗学主要是从诗的本质论角度来界定"抒情诗"概念的，也就是说中国古典诗学侧重于从诗的发生机制、诗的实体内容方面来诠释这一概念的，上述所引屈原、骆宾王等人的诗句就是最好的例证。而中国古代抒情诗理论的演进史则显现得更为清晰明确。在中国古代，抒情的诗歌写作实先于"主情论诗学观"的理论自觉。如中国第一部诗歌总集《诗经·国风》中大部分都是抒情诗，但最早提出情感问题的则可能是《庄子·渔父》："不精不诚，不能动人。故强哭者虽悲不哀，强怒者虽严不威，强亲者虽笑不和。真悲无声而哀，真怒未发而威，真亲未笑而和"②。庄子虽已谈及情感，但还只是关注情感的真实性问题。到屈原的《九章·惜诵》提出"发愤以抒情"，才将情感与诗歌创作真正联系起来。汉代的《毛诗序》虽也提出"情动于中而形于言"一说，但其立足点仍在"志"，形成汉代情志合一的诗学观念。到了南北朝，随着人与文的觉醒，主情诗学观才得以确立。陆机在《文赋》中提出："诗缘情而绮靡"。"情"在古汉语语境中的使用五花八门，但就"缘情说"而言，主要指人的"性情"。在此，"性"指本性本能，"情"则指在外物刺激下人的本性本能的反应及状态。《礼记》释"情"为：喜怒哀惧爱憎欲，即所谓"七情"。所以刘勰说诗之发生为"人禀七情，应物斯感，感物吟志，莫非自然"③。钟荣说得更明白："气以物动，物之感人，故摇荡性情，形诸舞咏"④。在"缘情论"者看来，诗是人的喜怒哀惧爱憎欲之七情的自然抒发，这种自然抒发之情才是"真情"，对此真情的言说才是"真声"，因而对性情之自然抒发的任何限制都是违反自然而不真的。所以"任性而发"，就是将人的本性对外部刺激的本能反应设定为诗发生的根由，进而将这种本能反应之七情设定为诗的内容，并将诗的传达方式设定为任性而为的自然宣泄，这就是"缘情说"对诗之发生、内容与方式的解说与规定。再看"绮靡"，有人说"绮靡"即美好之意，当时人单用"绮"字或"靡"字都可表示美好的意

① 《汉语大词典》［缩印本中卷］，第 3562 页。

② 曹础基著《庄子浅注》，中华书局 1982 年北京版，第 474 页。

③ 郭晋稀著《文心雕龙注译·明诗》，甘肃人民出版社 1982 年第 1 版，第 57 页。

④ 郭绍虞主编：《中国历代文论选》（一卷本），上海古籍出版社 1979 年 11 月第 1 版，第 106 页。

思。日本学者笠原仲二在《古代中国人的美意识》中也对绮、靡与"美"通用作了考证。魏晋六朝人有不少人已明确从审美的角度看待诗的特征与功能。早在陆机之前，就有曹丕提出"诗赋欲丽"之说。刘勰在《文心雕龙》中又提出"为情而造文"一说。至此，"缘情说"已从诗的发生机制到审美品格两个方面解说了诗的创造过程，是中国古代主情诗学成熟并走向自觉的标志。此后，唐人高扬"诗缘情"的旗帜，迎来了中国抒情诗的辉煌时代。杜甫有诗句："缘情慰漂荡，抱疾屡迁移"，"缘情"几乎成了诗的别名。皎然《诗式》在阐释意境的内涵时说："缘境不尽曰情"。此后，宋代的严羽、明代的李贽、清代的王夫之和袁枚等都是这种纯情诗学观念的维护者。因此，主情主义诗学观便成为中国古代诗史上占主导地位的诗学观念，其余脉通过王国维的境界说影响到现代。

西方诗学界对抒情诗概念的界定，并不像中国那样一开始就从其本质实体角度来界定，而是首先从其起源与外在特征来加以阐释。西方诗学界最先看到的是"抒情诗"的音乐特征。英语"抒情诗"（Lyric 或 Lyricpoetry）一词来自希腊语"七弦竖琴"；希腊语则用"歌曲"或"歌唱诗"来表示抒情诗。如果以公元15世纪为界，将西方批评史分为古典批评与现代批评，那么古典批评几乎都强调抒情诗的音律结构。在古典批评看来，抒情诗与叙事诗、戏剧诗一样，都起源于音乐，都是在某种庆典或宗教仪式中被用来歌唱、吟咏或有音乐伴奏的朗诵，并渐成固定格式。后来，戏剧诗和史诗中的音乐成份变得并不那么重要了。而在抒情诗中，音乐成份则成了诗的思想和美感的内在本质，成了诗人感知的焦点。正像吉尔伯特·默里所说的那样，一首诗之所以是抒情诗就在于它具有"音律结构或体系特征"[1]。这种只注重音乐形式的批评虽不无偏颇，但却有大量的古典抒情诗文本作为例证。如早期最完整的抒情诗文本古埃及的《金字塔文本》（约公元前2600年），收有各类哀歌、颂歌和赞美诗，虽还没有固定的音律，但已有了一些原始的音乐成份，如头韵、对称和自由的节奏等。稍后的希伯来抒情诗（如《德博拉歌集》），就是摩西向埃及人学习了"节奏、和声和音律"后写成的，是在竖琴的、低音喇叭及镲钹的伴奏下吟诵的。古代犹太人已很擅长于运用对偶与头韵，《圣经》中就有不少这样的抒情短章，如"高天述说神的荣耀/穹苍传扬他的手段"。同样起源于宗教仪式的希腊抒情诗，也是用于歌唱、吟咏或歌舞的，如酒神歌最初是在长笛伴奏

---

① 周中式等主编：《世界诗学百科全书》，陕西人民出版社，1999年第1版，第587页。

下歌唱的。所以希腊抒情诗的主要特征便是音律，它有两种形式：一是适合于吟诵的韵律诗音律，一是适合于歌舞用的歌唱诗音律。韵律诗的音律由长度相等的诗行和重复的节奏组成，这些节奏可以分成长度相等的音步。歌唱诗的音律由长度不等或节奏不同的短语组成，这种由短语组成的节奏单位又构成完整、流畅的大节奏单位——句子，再由句子与诗节构成一首抒情诗。如《伊利亚特》、荷马式赞美诗与警句诗就是这样的作品。罗马人基本承袭了这样的抒情诗观念，认为抒情诗是在七弦琴伴奏下演唱的诗歌。在贺拉斯看来"优雅的音律"，适用于"那些赞颂神灵、英雄、拳击冠军、战无不胜的骏马、恋人的渴望及无忧无虑的幸福生活的作品"①。奥古斯都时期的罗马抒情诗人就非常注意音律。贺拉斯和维吉尔诗派提倡以音长音节为特色的准确音律，试图以精确的格律取代已经失去歌曲特色的抒情诗格式。中世纪的教会抒情诗，是模仿希伯来祷告诗和希腊赞美诗风格而写成的赞美诗。圣希拉里是这些赞美诗的最早作者之一，他使用音律是为了帮助人们记忆，为中世纪组歌如抑扬格四音步组歌奠定了基础。奥古斯丁曾写过一首教育诗，由此确立中世纪拉丁语诗体的三个重要成份：重音节奏、音节数相等和押韵。圣贝内迪克特从6世纪宗教活动中总结出一条原则，要求牧师布道时须有赞美诗伴唱。这条原则对大量抒情诗的产生起了极大的推动作用。由于抒情诗是为歌唱或吟咏而作的，诗的词语和音律必然与音乐有联系，许多圣歌和赞美诗都具有明显的音乐特色，致使这类教会抒情诗一度成为中世纪最完美的文学作品。如《狂暴的日子》就是当时最著名的抒情诗作品。

在3至11世纪世界抒情诗历史上还有两种不同的抒情风格值得注意，这就是西部抒情风格和东部抒情风格。前者指的是盎格鲁——撒克逊诗歌，它与古代宗教起源有密切联系，是由吟游诗人演唱的；它的诗体呈重音节奏，每行有四个节拍，中间有一停顿，诗行承袭埃及和希伯来诗歌的对称和头韵手法；它的类型包括格言诗、神秘诗、感叹诗、赞美诗、挽歌与哀歌等，像《流浪者》、《航海者》、《凤凰》、《妻子的悲伤》、《德奥尔》和《维德西斯》等，都是当时有影响的作品。在当代，被长期忽视了的盎格鲁——撒克逊抒情诗备受批评家的青睐，G·M·霍普金斯、埃兹拉·庞德和W·H·奥登等都曾模仿过这类抒情诗。所谓东部风格主要指中国、日本和波斯抒情诗。中国古代抒情诗有其完整的原创性音律体系，这是众所周知的事，在此不再赘述。日本抒

---

① 《世界诗学百科全书》，第593页。

情诗的发展与中国大体同步，但却有完全不同的传统。日本最早的民间抒情诗如战歌、饮酒歌和歌谣是在公元前的几百年间出现的。但最早的形式规整的诗歌如长歌、短歌和旋头歌的产生时间现已无法查考。现存最早的这类诗歌的总集《万叶集》成于 8 世纪晚期。以后的数百年间，长歌与旋头歌消失了，短歌则成为流行的抒情诗形式。短歌是由 31 个音节构成短诗。俳句是另一种形式的抒情诗体。它由两个 5 音节行与一个 7 音节行相间构成。俳句虽然迟至 15 世纪才出现，但经历代诗人的努力而臻于完美。许多俳句精品，将自然美景、人类感情、无穷的时空等广博深邃的内容凝聚在短短的三行字中，使之成为最精练的一种抒情诗体。

　　总而言之，无论是西方还是日本的古代诗人都是从音乐特征这一外部视角去界定抒情诗概念的，应该说它已触及了抒情诗的重要特征。但随着诗与乐联系的逐渐减弱，当抒情诗由听觉文本转向视觉文本后，外在音律的重要性逐渐弱化，特别是现代自由体诗的出现，使人们不再只重视抒情诗的外在音乐性，而开始转向内部即重视诗的情调与思想了。自文艺复兴以后，抒情诗不再是一种音乐艺术而主要是一种语言艺术了。文艺复兴时期的抒情诗以十四行体最为流行，它最初在意大利西西里的弗雷德里克二世的宫廷中出现，后来在但丁的《新生》与彼特拉克的《致劳拉》、《歌集》中臻于完美，并迅速扩展到英法等国。在英国有《托特尔诗集》，汇集了英国早期诗人所创作的富有音乐性的"歌"、十四行体及其他类型的诗。怀亚特与萨里是最早尝试用英语写作十四行诗而取得成功的两位诗人。后来锡德尼、斯宾塞、莎士比亚等数十位诗人也都程度不同地模仿彼特拉克诗风，形成不小气候。被称为法国的"彼特拉克"的著名"七星诗社"领袖龙萨出版了抒情诗集《情歌》和《致海伦》。龙萨的抒情诗已摈弃了旧体的回旋诗和十四行回旋曲，而采用十四行诗体，全面探索了抒情意象的创造与感情抒发的形式。由此可见，文艺复兴时期的抒情诗比较注重于自我情感的表现，拓宽了抒情诗的领域，创造了科学与诗歌相结合的新的诗歌意象。也就是说，从文艺复兴开始，西方抒情诗不再只在音乐性这一个维度上去发展了，而是在注意音乐的前提下，更注重于抒情诗作为语言艺术的视觉美感了。

　　从音律与视象两个维度去描述 16 世纪以后的"现代抒情诗"写作，大致可分为视象抒情诗、感情抒情诗和观念抒情诗三大类。所谓视象抒情诗，就是指利用文字表示形象的功能，去表现诗中所要描写的事物或概念，它是一种特别注重外部形似的抒情诗。庞德称它为"表意图形"，阿波里奈尔称它为"书写图形"。这类抒情诗不需要诗人或读者灵性去意会，只要凭借其自身的视象就可获得表现。现代抒情诗史上最早写视象抒情诗的是英国伊丽莎白一世时的加斯科因和G·帕特纳姆。文艺复兴时期的诗人把他们的诗作排印成圆圈形、尖塔形和立柱形。后来英国诗人G·赫伯特把一些翅膀、祭坛、地板的诗分别排印成这些东西的形状。17至18世纪视象抒情诗曾风靡英、法各国。19至20世纪西方诗人受中国古典诗歌的影响，再度兴起了视象诗（意象抒情诗）的写作热潮。著名诗人有美国的埃兹拉·庞德、A·洛威尔、W·C·威廉斯以及1920年代法国的达达派诗人等。

所谓感情抒情诗，就是以表现诗人的主观意识或内心情绪为主要追求的抒情诗。如英国湖畔派诗人华兹华斯在他的《抒情歌谣1800年版序言》中宣称："一切好诗都是强烈感情的自然流露"；浪漫主义诗人拜伦也反复强调"诗是激情的表现"。感情抒情诗成为后起的"个人诗"与"感受表现诗"的滥觞。这类抒情诗又可分为三个小类：感觉诗、想象诗与神秘诗。感觉诗从16世纪一直延续到20世纪。龙萨及"七星诗社"的十四行，伊丽莎白一世时代的爱情诗，18世纪的艳情诗，济慈及浪漫主义诗人的音——色通感诗，象征主义的自我赞颂诗，"黄色的90年代"的神经性欲主义诗，以及"垮掉派"的新性欲主义诗等，都是感觉诗系列中的一座座里程碑。想象诗，亦称"知识化感情诗"。德国的歌德、席勒、里尔克、霍普德曼，英国的浪漫主义诗人，法国的象征主义诗人，意大利的隐逸派诗人，俄国的普希金和帕斯尔纳克，英国的奥登、燕卜逊和史班德，美国的爱默生、弗罗斯特等都曾写过精美的想象诗。神秘诗或许是在以神话为内容的古希腊抒情诗和依据基督教神话创作的中世纪抒情诗为基础产生的。其主要诗人有赫伯特、伏昂、斯马特、布莱克、霍普金斯、波特莱尔、克劳代尔、叶芝和里尔克等。

观念抒情诗既具有一定的个人色彩，但其基调仍是客观描述。它可分为二个小类：说明性的和教诲性的。前者明显留有古典主义倾向，强调诗歌形式应具音乐性以弥补内容的单调。主要代表诗人有布瓦洛、德莱顿、席勒、丁尼生、里尔克、艾略特等。教诲性抒情诗可分为讽喻诗、规劝诗、抨击诗等。拉封丹神话诗中的动物，赫里克笔下的丘比特形象，弗罗斯特诗中的蚂蚁等都是这类讽喻诗的典型例子。规劝诗常带有爱国主义和道德色彩，如彭斯号召苏格兰的诗，G·邓南遮赞美生活与自由的诗，吉卜林讴歌大不列颠的诗等。抨击诗的锋芒指向各种丑恶现象，如抨击陈规旧俗的《光明集》（兰波）等。20世纪最著名的教诲诗应该是埃兹拉·庞德的长诗《诗章》，其中包括了教诲诗的各种类型。

从以上中西方对抒情诗观念的描述中，我们可以得出这样的认识：中西诗学都认定音律与情思是抒情诗的两大特征。但中西诗学的思维向度是不同的，中国古典诗学一开始就从诗的本质内涵（情志）来阐释抒情诗概念，直到"诗缘情"说的提出才论及诗的外部特征——"绮靡"即美的要求。而这美的根据仍是情之真与行之善。所以，中国诗学在形与质两方面更重视质，其思维方向也由内到外、由质向形的，当然最高境界便是形质合一。而西方诗学则一开始就从抒情诗的外在形态——音律去界定的，直到文艺复兴以后才由外到内、由形向质位移，最终走向形质合一。如此看来，中西诗学在对抒情诗概念的认识上可谓是殊途同归。而"五四"以后的中国抒情诗正是在这样的背景下，开始了自己艰难而又曲折的漫漫征程。

二、魅力永存的现代情诗

1. 西子湖畔的情歌

当人道主义曙光照射到被封建文化禁锢了几千年的中国大地时，当新文学先驱们将自己的文学写作面向时代、社会和人生时，他们就注定要在布满荆棘的坎坷道路上艰难跋涉。时代需要"呼吁的文学"和"血与泪的文学"①。然而"上帝爱一个懒惰的虹/不下于工作的海"。当年轻的诗人在沉重的文学脉流之外歌唱起清新纯美的爱情，朱自清、胡适等新文学的开创者亦不禁钦慕他们"洁白的心声，坦率的少年的气度"②，赞美他们的诗是真正的"五四"的产儿，带有历史青春期的特色。现代情诗从一开始就得到了新文学战线的鼓励和支持。1922 年，汪静之、冯雪峰、潘漠华、应修人等出版了他们的合集《湖畔》，同年出版了汪静之的个人诗集《蕙的风》，1923 年又出版四人合集《春的歌集》。这四位专心致志写情诗的年轻诗人被称为湖畔诗人。他们"极真诚地把'自我'溶化在我的诗里"，于不经意中开启了现代情诗的瑰丽之门。

湖畔派情诗最突出的特点就是坦率地告白恋爱、歌咏爱情。他们借诗歌赞美女性："妹妹你是水——/你是清溪里的水，/无愁地镇日流，/率真地长是笑，/自然地引我忘了归路了"（应修人：《妹妹你是水》）。他们在诗里大胆地

---

① 朱自清：《蕙的风·序》，上海书店印行，1984 年 9 月。
② 朱自清：《蕙的风·序》，上海书店印行，1984 年 9 月。

描写爱情，坦呈对异性对爱的渴求和陶醉，细致描摹坠入情网而不能自拔的恋人的心语和情怀：《花蕾》（应修人）中的少女直言要和情人"一起儿归去"，要为他展开"一颗紧锁的芳心"；《这深山中只她一个人》（冯雪峰）中的女郎在回答打猎少年的提问时将自己比做一只雌鹿，要"带着麝香引诱你"；汪静之的《伊的眼》将伊的眼比做"温暖的太阳"、"解结的剪刀"、"快乐的钥匙"和"忧愁的引火线"。而将恋人间的微妙情愫表现得较为精妙的则是应修人的《嗔》：

> 抛下花篮儿笑着去了。
>
> 去？
>
> 你去；
>
> 你尽管去！
>
> 看我要采不着花儿了！
>
> 看我要提着空的花篮儿归来了！
>
> 闭上眼儿装睡了。
>
> 睡？
>
> 你睡；
>
> 你尽管睡！
>
> 看我要调不准琴弦儿了！
>
> 看我今夜要给梵婀玲笑了！

表现的是只有恋爱才引发的内心的甜蜜。湖畔诗人中，潘漠华的诗写得较为愁苦。他诗中的爱情更多的是相思，是寻求爱情而不得的苦涩。虽然其他三位诗人也写相思、写爱情受阻的痛苦，但他们的这类诗歌，或者是写思妇对良人的思念，或者写封建礼教对诚挚爱情的扼杀。前者只是对这一诗歌题材的淡淡的陈述，后者在对封建礼教的控诉、在爱情悲歌的吟唱中，时时表露出对爱的自由的肯定和执著，汪静之的《我俩》、《愉快之歌》就是这样作品。只有潘漠华，他的诗里少有明丽的画面，多的是深切的痛苦。他以若迦为笔名发表的组诗《夜歌》，抒写的全是爱而不能的痛苦。他热切地爱着他的"妹妹"，却只能在梦里与她相会；爱情在现实中受到阻隔，诗人远走他乡躲避爱情，却愈加思念"妹妹"。诗人觉得自己的心里"开着一朵罪恶的花"，只有在寂寥无人的夜晚捧出她，"轻轻地，/给伊浴在月的凄清的光里"（潘漠华：《隐痛》）。诗人的个人经历影响了他的诗歌风格，但是潘漠华的诗与湖畔派的其他情诗一样都是直接地抒写爱情歌唱爱情，带有张扬个性解放、人性自由的色彩。湖畔派的情诗像民间的情歌般朴实纯真。他们对爱情的态度坦率、不做作，表达的感情质朴、平等，某些场景的描写非常民间化（冯雪峰：《幽怨》，《愿良人早点归来》）。但有些诗里又夹带着淡淡的古典风韵或者现代诗情，比如《山里的小诗》（冯雪峰），鸟儿在飞出山外时嘴里叼一片花瓣告诉山口的女郎春天来了，兼有古典风韵与现代诗情；《伊在》的第一第二两节是明显的民间化风格，而第三节写我与伊去玩雪，想做个雪人，"雪经我们的一走，／便如火烧般地融消了"，则隐约有现代知识分子的身影。湖畔诗人的情诗以今天的眼光来看还缺乏艺术上的提炼，显得粗糙和散漫。汪静之的诗集《蕙的风》，在语言和思维两个方面都显示出浓重的散文化倾向，但在当时新诗的起步阶段，他们的简单质直与旧诗的繁复形成鲜明对比，他们对自由、爱和人性的呼唤符合新文学的人道主义标准，为现代情诗开启了一个不算太坏的先河。

2. 《瓶》：郭沫若的爱情之火

1926 年，郭沫若的情诗集《瓶》发表。这篇于 1925 年完成的长篇组诗共 42 首，承继的是诗人在《女神》时期的浪漫主义抒情传统。诗歌有着火山般的热情喷发和奇特想象。情感是全诗的轴心，诗中对姑娘的苦苦思恋、对两人共处的美好时光的回忆、对爱情的想象都是在强烈情感的牵引下展开的。诗人热烈地爱着姑娘，赞美她为放鹤亭畔的梅花。姑娘挥之不去的身影在诗人心头掀起万丈激情，他等待、焦虑、猜度，在希望与失望间沉浮。诗人直抒胸臆地表达内心情感，姑娘的形象在诗里若隐若现似乎始终隔着一道屏风，他与姑娘间爱情的始末也显得面目模糊，诗中清晰凸显的是诗人火山般的热情，是他由爱情品尝到的愁苦和短暂的甘甜。郭沫若是一位充满想象力的诗人，他丰美的想象才华显示在《瓶》里，最突出的是第十六首"春莺曲"。诗人想象他吞进心头的梅花在尸中"结成五个梅子，／梅子再迸成梅林"，在绽放的梅花林中姑娘奏起清缭的琴音。在识趣的春风里，"遍宇都是幽香，／遍宇都是清响"，"我便在花中暗笑，／你便在琴上相和"。而"风过后一片残红，／把孤坟化成了花冢／不见了弹琴的姑娘，／琴却在冢中弹弄"。浪漫主义的爱情在想象中达到永恒。对于这组情诗的社会与审美价值，郁达夫在《瓶·附记》里作了精辟的阐述："我想诗人的社会化也不要紧，不一定要在诗里有手枪、炸弹，连写几百个'革命''革命'的字样，才能配得上称真正的革命诗。把你真正的感情，无掩饰地吐露出来，把你的同火山似的热情喷发出来，使读你的诗的人，也一样的可以和你悲啼喜笑，才是诗人的天职。革命事业的勃发，也贵在有这一点热情。这一种热情的培养，要赖柔美圣洁的女性的爱。推而广之，可以烧落专制帝王的宫殿，可以捣毁白斯底儿的囚狱"；郁达夫还将郭沫若与但丁相提并论，说："中古有一位但丁，逐放在外，不妨对故国的专制，施以热烈的攻击，然而作抒情诗时，正应该望理想中的皮阿曲利斯而遥拜。我说沫若，你可以不必自羞你思想的矛盾，诗人本来是有两重人格的。况且这过去的恋情的痕迹，把它们再现出来，也未始不可以做一个纪念"①

3. 飘逸与柔美：徐志摩的情诗

如果说浪漫主义情诗的特色是感情的沉痛与热烈，那么以徐志摩为代表的新月派情诗则显得飘逸洒脱："竭力脱弃情感的辎重，努力回避感触的深沉"②，其诗篇轻捷柔美，时时体现着诗人的性灵追求。徐志摩是新月派诗人中写作情诗最多者。如胡适所言，爱、美和自由是他一生追求的三大理想，爱情和女性则是这三大理想的综合体。徐志摩的生命是为这三大理想而存在的，根据他生活各阶段的爱情经历，其情诗主要分为两大类型，一类抒写灵魂的旋律，另一类描写世俗之爱。前者在对柏拉图式爱情的追求中彰显着生命的觉悟和精神的自由，后者不避对官能感觉的描绘以及因爱情而生发的怨毒的诅咒。第一类情诗以《月下待杜鹃不来》、《雪花的快乐》、《偶然》、《山中》等作品为代表。诗人致力于感觉世界中的轻柔微妙的性灵的铺展和想象，任自己自由的诗兴荡漾其中，诗意显得轻灵蕴藉，有一种轻捷明快的诗性怡悦，《雪花的快乐》便是这样的作品：

> 假如我是一朵雪花，
> 翩翩的在半空里潇洒，
> 我一定认清我的方向——
> 飞飏，飞飏，飞飏，——
> 这地面是有我的方向。
>
> 不去那冷寞的幽谷，
> 不去那凄清的山麓，
> 也不上荒街去惆怅——

---

① 《郭沫若全集》文学编第 1 卷，人民文学出版社 1982 年 10 月第 1 版，第 304 页。白斯底儿（Bastille），现通译为巴士底，法国大革命前巴黎著名的监狱。皮阿曲利斯，现通译为贝娅特丽齐，但丁理想中的爱人。

② 朱寿桐：《新月派的绅士风情》，江苏文艺出版社，1995 年 9 月版，第 338 页。

飞飏，飞飏，飞飏，——

你看，我有我的方向！

在半空里娟娟的飞舞，

认明了那清幽的住处，

等着她来花园里探望——

飞飏，飞飏，飞飏，——

啊，她身上有朱砂梅的清香！

那时我凭借我的身轻，

凝凝的，沾住了她的衣襟，

贴近她柔波似的心胸——

消融，消融，消融——

溶入了她柔波似的心胸！

　　诗人选取轻柔的雪花为意象，她那在半空中"翩翩的""潇洒"的"快乐"的精灵给人一种轻盈、空灵的诗意感受。诗歌节奏舒缓、跳跃有致。全诗搏动着雅致的性灵，轻捷、柔美、自由、洒脱。对于诗中的感伤情怀，徐志摩倾向于做"轻型"处理，让它尽可能表现得疏淡·放达，只留些许怅惘传导一缕真情。《偶然》抒写爱情的阴错阳差，但诗歌却没有表现浪漫的热烈，或者浓化夸张的情绪，而是以云影波心的戏剧性的邂逅来表现"一种人生的必然和美的必然"[1]，表现出一种不黏着的洒脱。而云和水波的意象也增加了诗歌的轻柔美。徐志摩的情诗中多的是这类意象：桥影、钟声、榆柳《月下待杜鹃不来》，月色、松影、清风（《山中》），都是轻灵柔曼的意象组群，与诗人追求性灵自由的精神情致相应合。徐志摩的这类情诗就如他诗中的雪花、流云般飞扬飘逸，伸出手去，抓住的只是一把清风。而他描写世俗之爱的情诗则从天边着陆到地面，沾上人间烟火的气息。《翡冷翠的一夜》和《两地相思》抒写的是别离的伤感、眷恋以及分别两地的情人间的相思。《这是一个怯懦的世界》和《起造一座墙》表达的是诗人冲破世俗毁誉的勇气和对爱情自由的向往。这些诗比前一类诗歌要"实"而且"重"，诗中出现了具体的女性形象（而不再只是对爱情氛围及意韵的点染），爱情也变得热烈缠绵（甚至是疯狂）起来。诗人袒露恋爱者的心境，鼓励爱情，诅咒阻挡爱情自由的现实

---

　　①　朱寿桐：《新月派的绅士风情》，江苏文艺出版社 1995 年 9 月版，第 337 页。

世界；也正因为此，当他终于发觉现实中的爱情并不是他理想中的模样，他开始在诗歌中抒写对爱情及爱人的失望或诅咒："热情已变死灰。//提什么已往？——/骷髅的磷光！"（《活该》），诅咒里满是怨愤，声气是恶狠狠地。"轻"与"重"只是徐志摩情诗的两种风格表现，并不存在前后分期的问题，（像《山中》这样的轻灵之作就写于诗人创作的后期），只是诗人不同的诗情在诗歌中的具体表达。而且即使是这类相对显"重"的诗，也常有一些玲珑精致的意象，在沉重的诗情中企图挣开一片清明的天空（比如《翡冷翠的一夜》中那个挨着草根，从"黄昏飞到半夜，半夜飞到天明"的萤火）。因为诗人的心里始终藏着一缕轻魂、一丛灵光，它们的存在使徐志摩的诗总是表现为一种向上飞扬的姿态。

4. 殷夫：红色的情诗

爱情是徐志摩的人生理想，即使时代的氛围从"五四"的思想自由进入到政治气氛空前浓郁的以革命文学为主潮的时期，徐志摩的诗中依然不断对爱情的歌咏；而且他正是意图借此回到自我的内心世界，固守住人的性灵，与黑暗混乱的社会现实划清界限。而与此同时，一批在 1927 年前后初露头角的诗人投入到现实的革命斗争中，将诗歌作为无产阶级革命运动的武器，建立起文学与革命的直接联系。殷夫即是这类诗人的前驱。他要将自己早期的诗歌送进埋葬病弱的骸骨的"孩儿塔"去，（情诗在《孩儿塔》中几乎占了一半），奔向"更向前，更健全"的时代主潮。然而正是这些他要埋葬的"病骨"，却真实地记录了诗人思想和情感的轨迹，它证明了在血与火中穿梭的战士同样是一个活生生的生命，同样有爱的甜蜜和惆怅、羞涩和欢欣，只是在他的心里存着更多的负担和使命感，这使他的爱情不时地表现出一种挣脱与放弃，他要为"大我"牺牲"小我"，怀着一种悲壮的崇高感以情感的牺牲来实现人生的升华和完善。爱情在殷夫的诗里是美妙的，充满着欢欣和喜悦，他爱的姑娘似一朵红的玫瑰，"五月的蓓蕾开放于自然的胸怀"（《呵，我爱的》），他愿意"带着爱的辽遥的幽音""投到在屈子的怨灵"（《在一个深秋的下午》）。但革命者肩负的责任使殷夫面对爱情产生犹豫，他觉得自己的"前途是：灾难，死灭，/我不能与人幸福分享"（《致纺织娘》），他看到"朝阳的旭辉在东方燃烧"，他要将自己的"微光""合着辉照"，将"潦倒的半生殁入永终逍遥"（《宣词》）。他告别了他的姑娘，"起程我孤苦的奔行"（《Epilogue》）。殷夫的情诗中表现爱情的喜悦的只占少数，大多是告别爱情时的矛盾复杂的内心搏斗和与恋人分离后的深切思念，以及对姑娘的祝福。这些诗有的在自然、朴素的述说里包含着诚挚的情感；有的由两组色调相反的意象构成，由温馨明丽的意象代表幻美的爱情，阴暗萎顿的意象代表"我"黯淡的内心，而这两组意象间的交替常常是突然的逆转，没有过渡，造成一种诗情的断裂。比如《致纺织娘》，前六节赞美纯洁的爱情带给诗人的心灵的舒展，第七节直接进入到对诗人空孤的内心的抒写，没有过渡和铺垫。而《我爱了——》里，每一节的第一二句都是陈述"我"因为爱情引发愁苦的心境，三四两句却陡然转而描绘姑娘的美丽和诗人对爱情的沉迷。这种抒情方式带有蒙太奇的风格，呈现几组镜头，而将其中复杂曲折的情感关系隐藏起来，增加了诗形本身的变化和波澜。同时，在一些诗里（如《别的晚上》、《宣词》、《致纺织娘》等）出现了由悲到愤再到追求的抒情模式，这也许暗示了一颗革命心灵的孕育和诞生。

5. 徐迟：《二十岁人》的爱情

20 世纪 30 年代，现代派情诗得到了较为蓬勃的发展。这一时期的现代派，在诗情构成上的一个重要特征便是开始在抒情中溶入"知"的成分，在情感传达上体现出一定程度的内敛和克制。他们对感情采取一种客观的态度，将它们先转化为意象然后表现出来。徐迟这一时期的重要诗集《二十岁人》就是一个例证，他对于爱情的描写就不时体现出智性介入后带来的情感的冷凝。他的《隧道隧道隧道》表达的是写情诗时的内心感觉和思绪，但并没有直接地抒情，而是以掘隧道作比，以隧道的曲折暗示恋爱的曲折，以两条隧道能否相见隐喻对沟通爱情心愿的忧虑和不确定。20 年代抒情诗中被置于诗的外层的"情"在现代派诗人这里被深藏起来，诗人内心情感的波流受到克制，诗情摆脱起伏走向平稳。因此，徐迟写情人间的相思，也只限于"我不相信我们的中间是远离着的，／有三个省份，／有一条三千公里的铁道，／有了黄河长江。"（徐迟《寄》），而不是情感的缠绵和眷恋。徐迟情诗的第二个现代派特征，是浮现在诗中的幻感色彩。徐迟的诗里经常跃动着光与影的旋转、交错。请看他的《七色之白昼》：

> 给我的昼眠眩耀了的
> 七色之白昼。
>
> 饲养了七种颜色了吧，
> 很美丽的白昼里。
> 变为七种颜色的女郎，

七个颜容的胴体的女郎，

　　都这样富丽的！
　　七色旋转起来。

　　幽会或寻思只是两人的事呢，
　　七色即昼眠也是太多了。

　　七色旋转起来了，
　　我在单色的雾里旋转了。

　　这是一首写年轻人青春期性爱幻觉的诗，但诗人并未直接抒写骚动的性爱感觉，而将其幻化为七种颜色呈现在读者面前，并让它们旋转起来，让七种富丽的色彩逐渐变得模糊，然后归于单色的白昼。《夏之茶舞》以疯狂旋转的茶色象征沉醉在"发了疯"般的都会生活中的都会女子，那发了疯的茶色给人一种眩晕的感觉。深受林德塞影响的徐迟善以幻觉表现情感，以及在色彩中呈现幻觉的美丽。

　　30年代的现代诗注重对"现代生活"中的"现代（感受与）情绪"的传达，而现代派诗人典型的"现代情绪"是"都市怀乡病"，他们对现代都市怀着一种既激赏又诅咒的矛盾心态：享受着现代都市文明的优越，同时又感受着长期秉承的传统价值、伦理观念被断裂的痛苦和失落。田园牧歌式的乡村恋情的吟唱已经成为部分现代派诗人理想失落后的"在别处"的感伤追寻，和谐、永恒的爱情理想在他们心中已随着传统社会的破落而消逝了，取而代之的是在现代都市感觉笼罩下的现代爱情：都市性爱，以及对充满隔膜感幻灭感迷茫感的现代爱情与生命的思索与展示。徐迟的诗里有对现代都市爱情的呈现：女子们"疯狂"地要求"肌肤"的爱、感官的满足（《夏之茶舞》）；爱情更多的是青春的盲目冲动，像火柴般"蠢蠢然一次一次地燃烧着，／而又一根一根地消失了。"（《火柴》）。但诗人在心理上系念的还是纯真年代的乡野爱情，他的《六十四分音符》、《六幻想》等写得温馨明丽，诗人在自然、村野中逃避、释放现代都市情绪，那些朦胧奇崛、单纯透明的诗意境界是诗人古典理想的遗址，并以此来慰藉诗人在现代都市中感到日渐萎缩的心灵。

　　6. 汪铭竹与艾珂：现代都市的爱情感觉

　　30年代的现代派情诗，更专注地表现现代都市爱情感觉（与感悟）的是"诗帆"的汪铭竹和艾珂。"诗帆"是南京的一个同仁性的诗歌群体，以"土星笔会"的成员为主，创作、翻译了不少现代派的诗。他们的诗也是表达

"现代生活"中的"现代情绪"。在爱情方面，汪铭竹长于描绘都市性爱，艾珂则侧重于表现现代爱情中的隔膜感、孤寂感。汪铭竹在诗中不仅大胆地表现人的性欲本能和情爱心理，而且还是中国新诗史上较早的"身体写作"者，他在《足趾敷着蔻丹的人》、《手》、《三月风》、《春之风格》等诗直接描写了女性身体，大胆展示欲望和"官能的爱"。请看他的《乳的礼赞》：

> 小夜曲飘起时；孪生的富士山
> 之顶巅上，有人举得燔祭了。
>
> 双手交了朵颐之福；在丰腻的
> 飨宴下，颊然如江南之雪。
>
> 禁地门之比目兽环颤了，
> 白鸟习习其羽将免脱吗。
>
> 善珍袭此圣处女挺身的 Halo 吧，
> 况是撒旦酒后手谱的两枝旋律。

他热衷于对乳的描绘，写贵妇人，在诗里直抒或者暗示性欲望。汪铭竹的诗太惯于表现官能感觉，以至于描写初恋味也不能幸免："初恋味；刚浸在胰子汁中/的手，握着一尾青灰色的鳗鱼"（《初恋味》），在触觉感受中传达初恋的一种味道。性爱在汪铭竹的诗里是都市的一个表征，是都市唤起的一种新的生命感受。这种肉体的官能的享乐暴露了都市的灵魂：艳异、骚动、迷乱。汪铭竹的情诗对都市性爱是投入的，把它当作一种新的生活方式和审美体验，但他在内心深处仍有着浓重的乡村情结："水门汀的街衢上，是寻不出/秋蛩之吟声的，而那只是/憧憬于行人之心底；/每张影子不都是簪蠓的吗。"（《都市之秋底横颜》）。不同于"海派"文学对"现代物质文明的灵魂和身体"[1] 的深入和接受，这些现代派诗人对现代都市文明在总体上仍是持一种否定的态度。请看艾珂的《破灭之恋》：

> 不敢想起我底行为，从前，
> 想起了我将会终宵不寐的。
> 眼见无生绪的恼怨交密起我的心，
> 而我如一缁衣蜘蛛悬在被揭破的网络上。

---

① 旷新年：1928 革命文学。《百年中国文学总系》，山东教育出版社 1998 年 5 月版，第 287 页。

他是修伟而青青的，藏于
他心底有浓淡混淆的色泽；
并惯常展开那幅未完成的画页，
我怎地不随之而歉然呀，上帝知道。

我不愿把我最后的允诺给了他；
当他说：我的古雅的香料瓶呀；
请慨然搁在我的小小的食桌上，
你辛辣的味会疗诊我淡苦的嘴。

于是他肩着冰雪的空虚的春天，
魔一般地希望寻得几星游离之萤火；
魂魄随着忧郁的二次风没落了，
这时，我心头划出耶路撒冷的十字架。

（一九三四，七，十三，九时）

在艾珂眼里，都市使一切都变了质，爱情破灭了，人心变得隔阂、猜忌。相爱的人"不愿把我最后的允诺给了他"，觉得"他"肩着的爱情是"冰雪的空虚的春天"，如"游离之萤火"，在烦忧中"我的心头划出耶路撒冷的十字架"。这是"现代"生活酿就的爱情，人们想要相爱，却不再虔诚地无顾忌地将灵魂托付予它。人们对爱情有了更高的要求，却不再全身心地拥抱它。爱情之路似那"长而曲折的山径"，顶上有"流火天的日头"，爱情是爱人的汗汁，"如渗自橡木之胶液，/不提防我竟被黏凝了"。但在午夜，点起灵魂的烛火，却发现"我"和"你"的心竟是隔膜的："待我正欲语汝以心之密藏时，/不想你已经先我而扬长入梦乡"。"我"想把"你"永远挂在臂上，"当了杖"，可是"智慧似一条蛇"的你，会愿意舍弃"大海"和"天空"吗？（艾珂：《慰言》）。繁复的"现代"生活将太多的异质掺入到爱情中，爱情变得易逝、迷乱、混淆。如艾珂在《系念》中写到的，"你"无视自己眼中升上的"云霞"，"你对我说：珂，我的心/像西伯利亚寒冬的一片沙漠"。爱情是什么？艾珂的诗里萦绕着深重的迷茫感和幻灭感。诗人的心是孤寂的，以至于在空寂的心灵的回音中，他谛听到"那欧洲/古传占卜恋人隐秘之心的游戏"（《候》），听到"鸿蒙古都之牛鸣"和"泥手黑足人的杭育"（《寞感》）。艾珂的情诗是伤感的，爱情在这里显示为一种无法完成、无处寻觅的痛苦，这是艾珂对"现代"爱情的感悟和思索。

30 年代现代派情诗的知性化抒情特点，不仅体现在前文提及的智性对情感（和情绪）的冷化处理和对抒情的克制，而且表现为对所抒之情的知性层面的思考。但是 30 年代的现代派对爱情的知性思索是浅尝辄止的，他们更多的是陷落在爱情的迷茫和幻灭中，在性爱世界里沉溺，或者站在知性的风口感伤地抒情。艾珂的情诗是对爱情在"现代"境遇下的直觉体悟，而不是自觉地展开爱情——生命的思考，这是他与 40 年代穆旦的现代派情诗最主要的区别。他没有像穆旦那样超拔于现代爱情之上，而是执著于爱情的寻觅。因此，艾珂的诗就不可避免地表现出现代主义的感伤、颓唐色彩，带着倦行人的寂寞和忧郁。而穆旦的情诗是对爱情的生命层次的思索。他的诗里，除了爱情双方，还经常有掌握宇宙意志和生命的"上帝"出现。"上帝"有时与"我"合而为一，有时体现为一股洞察、傲视一切的力量；穆旦的情诗追求的并不是现世的"孤独的爱情"，而是生命的永恒、长青。唐湜说，穆旦的"思想与诗的意象里也最多生命的辩证的对立、冲击与跃动"①。"自然的生理的自我"与"心理的自我"② 展开辩证的追求与抗争，"生理的自我"愿意拥有爱情的温暖和心跳；"心理的自我"却因为自置于无垠的宇宙生命中，对爱情采取的是一种冷然的审视的态度，是超越于爱情之上的"灵性"的生命。比如他的《诗八首》，从三个视角切入爱情：恋爱中的"你"、"我"，以及带动爱情和命运发展的上帝。"我"在诗中分裂为灵肉二极。"自然的生理的自我"在肉性世界中为你点燃爱情的火灾，"我们拥抱在/用言语所能照明的世界里"，"游进混乱的爱的自由和美丽"。而时刻观照着另一极的灵的自我则发现在永恒的宇宙世界中，爱情不过是上帝的游戏；爱情在上帝的手中不断地变化、丰富，他给予我们"言语所能照亮的世界"，而在这世界的另一端却是更广阔的未成形的黑暗，"使我们沉迷"；我们无法确定自己的爱与信任，因为相同会"溶为怠倦"，而"差别间又凝固着陌生"，爱情是一条"危险的窄路"，它的秩序是"求得了又必须背离"。对立、冲击着的灵肉二极贯穿、搏斗在诗中，最后只能在死亡里归于平静。死亡使分裂的灵肉二极得到应合，在不息的宇宙生命循环中，"自我"和爱情都得到了永恒。灵的觉醒使穆旦的爱情诗"从切

① 唐湜：博求者穆旦。《新意度集》，三联书店 1990 年 9 月版，第 91 页。

② 唐湜：博求者穆旦。《新意度集》，第 104 页。这是唐湜对穆旦诗中分裂的"自我"的分析。生理的自我是穆旦潜意识的代表，心理的自我是他的理想。他努力统一二者，达到思想与感情、灵与肉的浑然一致。

身情性体验上升到智性体验，成为情智合一的体悟的抒情风度"①。面对个体生命与爱情的荒谬感和空虚感，穆旦以生命自身的力量与之抗衡，"爱与恨的凝结与跃进使他有了肉搏者的刚勇的生命力"②，从而摆脱了在现代主义中流行的感伤主义，显示为一种深沉凝重的美。在知性抒情的表达方式上，穆旦也与徐迟等 30 年代现代派不同，他们热衷于大量的意象暗示，而穆旦经常采用的是内心直白与抽象而直接的智性化叙述，也就是把对外在世界的内心思考和内心探索做为诗情的直接表达。这种直接的表述与 20 年代的浪漫派有着一定的相似，但浪漫主义的直抒胸臆是将意识、潜意识中的情感不加选择、不加分析地悉数倾倒，抒情者在一泻千里式的抒情中能得到宣泄的快感，但这种抒情方式容易沦为情感的泛滥。穆旦的抒情则带着浓厚的知性色彩，抒情主体不时地又以思考者形象出现，所抒感情都经过了心理的分析与体验，是"知"与"情"的凝聚。

7. 闻捷的《天山牧歌》：不食人间烟火的政治化情诗

新的意识形态带来新的文学面貌，20 世纪 50 年代的中国进入了一个全新的时代，现代情诗的写作样式面临严峻的挑战，整个社会被一体化的政治体制所控制，主流意识形态对个人内心世界的忽视，以及个人感情的政治化倾向，使爱情诗的发展一度陷入困境。个人的感情世界和社会使命被对立起来，始于30 年代的对个人感情价值的忽视和否定的趋向获得进一步地强化，人们羞于、怯于表达爱情，在很少的一些爱情诗里，爱情也是被当作政治的附属物来处理的，加上了社会性的装饰，作为阶级立场和劳动态度的表现形态出现。闻捷的《天山牧歌》中的爱情组诗《吐鲁番情歌》和《果子沟山谣》就显示了这样一种全新的时代内涵和审美情趣。诗人笔下的爱情是与劳动、理想密切结合的。对于诗中的青年男女来说，创造新生活的劳动，投身于大规模经济建设的热情，是超越爱情本身的崇高目标，也是他们爱慕、选择对象的标准。小伙子迷恋吐鲁番的葡萄甜、姑娘美，但他还是翻过天山来到金色的石油城（《夜莺飞去了》）；姑娘热烈追求的对象是怀有改造家乡理想的牧人（《婚期》），或者跟着勘探队走向额尔齐斯河的青年和讨伐乌斯满的功臣（《爱情》）。这些爱情诗所表现的往往并不是爱情本身，而是附着在爱情上面的社会性、政治性特点，即表现爱情的时代生活特征。闻捷的这些情诗是作为新生活的赞歌来写

① 骆寒超《新诗主潮论》，上海文艺出版社 1999 年 1 月，第 447 页。

② 唐湜：博求者穆旦。《新意度集》，三联书店 1990 年 9 月版，第 91 页。

的，其目的在于揭示新的生活观、爱情观和道德观的萌生和发展，爱情只是诗人借以表达社会政治理想的窗扉。但是闻捷的这些情歌还是比较注重诗的艺术表现的。诗人发挥了他在叙事上的特长，在人物、场景、事件的框架基础上抒情。选取日常生活中有表现力的意象，赋予某种寓意，使之带有象征意味（比如《苹果树下》）；对情节、事件进行提炼，使之单纯化，减轻叙述的负累（比如《猎人》）。诗人对生活的热情渗透在社会、政治特征的揭示里，他真诚地表现色彩绚烂的生活画面、少数民族独特的心理情感，赞颂大胆、率真、忠诚的爱情，诗的单纯、明朗、轻快的牧歌风格取代了政治阐释的干涩，锻造了这些边地短章的迷人魅力。

8. 曾卓：从炼狱中走出的爱情诗人

这一时期的情诗创作，另一位较有特色的诗人是曾卓。曾卓的情诗大都写于 1955 到 1976 年间。这是诗人被剥夺了创作权利的年代。曾卓根本就没有想过这些诗歌会发表。"潜在写作"的状态使曾卓的这些诗能够从自己的生命体验出发，表现个人的真实情感，抒写生活溶解在心灵中的秘密。曾卓的这些情诗是温润的、诚挚的，没有什么复杂的技巧和华丽的辞藻，全凭刻骨铭心的真情实感，给人以催人泪下的情感当量。爱情在诗中是撕破围在诗人周边的重重黑幔的光芒，使他抵制住命运的重压获得向上挣扎的生命力量。在那动乱的年代，"在人群的沙漠中漂泊"，"饥渴"、"困顿"、"无助"的诗人企望有谁"愿用洁净的泉水为我沐浴"，"愿用带露的草叶医治我的伤痛"（《是谁呢?》）。《有赠》更是一首患难之中见真情的佳作：

> 我是从感情的沙漠上来的旅客，
> 我饥渴，劳累，困顿。
> 我远远地就看到你窗前的光亮，
> 它在招引我——我的生命的灯。
>
> 我轻轻地扣门，如同心跳。
> 你为我开门。
> 你默默地凝望着我
> （那闪耀着的是泪光么?）
>
> 你为我引路，掌着灯。
> 我怀着不安的心情走进你洁净的小屋，
> 我赤着脚，走得很慢，很轻，

但每一步还是留下灰土和血印。

你让我在舒适的靠椅上坐下，
你微现慌张地为我倒茶，送水。
我眯着眼——因为不能习惯光亮，
也不能习惯你母亲般温存的眼睛。

我的行囊很小，
但我背负着的东西却很重，很重，
你看我的头发斑白了，我的背脊佝偻了，
虽然我还年轻。

一捧水就可以解救我的口渴，
一口酒就使我醉了，
一点温暖就使我全身灼热。
那么，我能有力量承担你如此的好意和温情么？

我全身颤栗，当你的手轻轻地握着我的，
我忍不住啜泣，当你的眼泪滴在我的手背。
你愿这样握着我的手走向人生的长途么？
你敢这样握着我的手穿过蔑视的人群么？

在一瞬间闪过了我的一生，
这神圣的时刻是结束也是开始，
一切过去的已经过去了，终于过去了，
你给了力量、勇气和信心。
你的含泪微笑着的眼睛是一座炼狱，
你的晶莹的泪光焚冶着我的灵魂，
我将在彩云般的烈焰中飞腾，
口中喷出痛苦而又欢乐的歌声……

1961 年 11 月

诗人在"你"这里找到了漂泊灵魂的安身之处，"你"在此处不只是给予"我"爱与温情的妻子，"你"的背后还闪耀着人性、善良、道义、爱情和苦难的诗性光辉。曾卓的这些诗中流露出的不泯的爱与信念，显示了一代知识分子典型的情感和心理。诗歌以真诚、苦涩与坚韧感动人心。

9. 舒婷：张扬女性独立人格的当代情诗

70年代末80年代初，朦胧诗群的诗歌探索带来了新的美学原则，爱情诗创作也呈现出迥异于前的景观。舒婷首次以女性视角抒写爱情，不仅细腻地描写了女性的爱情心理，更凸显了对女性自我价值与尊严的肯定，张扬了女性的人格独立和人性理想。作为一个女性诗人，舒婷对女性爱情心理的描写极为细致、真切，她的《赠》和《无题》都采用了欲语还羞、委婉细腻的表情方式，女主人公的情感显得深沉而又羞涩。《雨别》、《思念》等诗，诗人假设情境，表现了抒情主人公在宁静的外观下掩藏着的丰富、挚热的感情。舒婷的爱情诗最为人称道的是饱含着女性意识的《致橡树》、《神女峰》和《会唱歌的鸢尾花》。在《致橡树》中，舒婷大声宣谕了她的爱情观，即在男性话语的世界里要求女性人格的独立。她要以一棵树的形象平等地"和你站在一起"，在追求爱情双方心灵相通的同时要求保留各自独立的人格空间。这是现代爱情诗史上第一次女性独立的呼声。《神女峰》从女性生命的角度对爱情进行了思考，期待的是灵肉统一的爱情理想。在现代女性意识的观照下，爱情本体要求享有真实的生命体验，而不是封建道德枷锁对爱情、人性的禁锢。《会唱歌的鸢尾花》是舒婷爱情观的升华。诗人在爱情之外体悟到一种更宽泛、更深远的情感，即从爱一个人上升到爱所有的人，爱这个世界。理想和使命感构成了诗歌的精神底蕴。舒婷将个人的经验提升到一代人的人生追求上来。新的爱情观和女性视角的发现使舒婷的爱情诗拓宽了人们的审美视野，在朦胧诗崛起的年代得到注目和赞赏。由于意象的并列、重叠、交错带来诗意的模糊、朦胧和多义，使一首貌似情诗的文本蕴含了多层次的丰富意蕴，《往事二三》和《双桅船》就是这样的作品，现录《双桅船》全文以供品尝：

> 雾打湿了我的双翼
>
> 可风却不容我再迟疑
>
> 岸呵，心爱的岸
>
> 昨天刚刚和你告别
>
> 今天你又在这里
>
> 明天我们将在
>
> 另一个纬度相遇
>
> 是一场风暴，一盏灯
>
> 把我们联系在一起

是一场风暴、另一盏灯

使我们再分东西

不怕天涯海角

岂在朝朝夕夕

你在我的航程上

我在你的视线里

1979.8

诗人借中心意象"双桅船"之口吻，向那连绵的海岸倾诉自己的思慕。昨天已经和你告别过了，今天却在这里再次分手，而明天又将在另一纬度相遇；今天是海上风暴促使双桅船寻求这一处港湾的保护，明天又是这同样的风暴把它推进了另一处海湾的怀抱。这种和岸不断分离却又总是再度结合的特殊关联，使双桅船终于意识到自己和海岸之间有一种永远无法改变的相互依存的天然联系：有海岸，才有船的航程；而离开船，海岸的视线中也就空无所有。然而，这船与岸的关系到底喻指什么并不确定，是一对热恋中的情人？是一个羁旅海外的游子对祖国的思恋？还是某种不可捉摸的神秘力量（如命运之神）在主宰着人类的命运？似乎都是，又似乎都不是，这就给读者提供了多种解读的可能性，增强现代情诗的审美价值。舒婷还以其独特的心理感受调动通感手法，将嗅觉、听觉和视觉交织在一起，多种意象并列迭加形成网状结构，产生情感和情绪的朦胧；意象的变形和象征性增加了感受的难度和外延，呈现"朦胧"的美学效果。舒婷善于从审美的直觉和形象的感悟中攫取意象表现曲折、委婉的内心情感流程，她的情诗在单纯的外观下蕴涵着丰富的情感层次。

三、深沉凝重的爱国诗篇

抒写深沉凝重的爱国情思，一直是中国古典诗歌的重要传统，这方面的艺术资源极为丰富厚实，现代中国的绝大多数诗人都自觉不自觉地继承了这一优良传统，尤其是在我们的国家和民族面临生死存亡的严重关头，那些有良知的中国诗人那怕曾经是颓废的诗人，也会以他们如椽的大笔书写出惊天地泣鬼神的爱国诗篇，郭沫若、闻一多、艾青、戴望舒等就是其中的代表。1921年8月，中国现代新诗的奠基人郭沫若发表了他的第一本诗集《女神》，以高昂的浪漫主义热情表现了"五四"时期反抗一切、毁坏一切、创造一切的"狂飙突进"的时代精神。诗人祖露了他的爱国主义热忱，以《女神之再生》、《凤凰涅槃》、《立在地球边上放号》、

《炉中煤》等诗表达了他对旧中国的叛逆和对新中国的憧憬与想望。

1. 《女神》：狂飚突进式的爱国激情

《女神》中的爱国诗篇表现出一种彻底的破坏和大胆创新的精神。《梅花树下的醉歌》中，"我"高喊着"一切的偶像都在我面前毁破！破！破！破！"；《匪徒颂》里，诗人赞美一切政治、社会、宗教、学说、文艺、教育革命的"匪徒"。"女神"走下神坛"要创造些新的光明"、"新的温热"，"创造个新鲜的太阳"（《女神之再生》）；"我"立在地球边上，呼唤"不断的毁坏"、"不断的创造"的"力"（《立在地球边上放号》）；五百岁的凤凰集香木自焚，复从死灰中更生（《凤凰涅槃》）。祖国在郭沫若的笔下经历着一场破旧立新的革命，旧的祖国被毁弃，新鲜的国度新鲜的文明建立。郭沫若的诗里激荡着浪漫主义的热情，对祖国的爱激发了诗人的艺术想象力和创造力，在强烈情感的推动下诗人对祖国作了理想主义的前瞻性想望。闻一多曾经这样评价郭沫若："《女神》之作者爱国，只因她是他的祖国，因为她是他的祖国，便有那种不能引他敬爱的文化，他还是爱她"①。在诗人郭沫若那里，爱国更多的是一种道德情感，是"情绪的事"②，他对理想的新生的中国的抒写更多的是诗人的理想与反抗精神的艺术性创造与传达。在"五四"高潮情绪的影响下，诗人通过艺术想象脱弃了祖国的满目疮痍，把它看成是"一位很葱俊的有进取气象的姑娘"，诗人以熊熊燃烧的炉中煤自喻，抒唱着对这位"年青的女郎"的炙热深沉的恋歌：

> 啊，我年青的女郎！
> 我不辜负你的殷勤，
> 你也不要辜负了我的思量。
> 我为我心爱的人儿
> 燃到了这般模样！
> 啊，我年青的女郎！
> 你该知道了我的前身？
> 你该不嫌我黑奴卤莽？
> 要我这黑奴的胸中，
> 才有火一样的心肠。

---

① 闻一多：《女神》之地方色彩。《闻一多全集（三）》，三联书店，1982 年。
② 闻一多：《女神》之地方色彩。《闻一多全集（三）》，三联书店，1982 年。

啊，我年青的女郎！
我想我的前身
原本是有用的栋梁，
我活埋在地底多年，
到今朝总得重见天光。

啊，我年青的女郎！
我自从重见天光，
我常常思念我的故乡，
我为我心爱的人儿
燃到了这般模样！

—— 《炉中煤》，1920 年 1、2 月间作

2. 闻一多：用生命铸就的爱国诗魂

闻一多是"五四"时期的另一位爱国主义诗人。他的诗歌在爱国主义的情感内涵与表达方式上都显示出与郭沫若不同的特征。正如他在《〈女神〉之地方色彩》中所说："我个人同《女神》的作者的不同之处是在：我爱中国固因她是我的祖国，而尤因她是有那种可敬爱的文化的国家"，"而东方的文化是绝对的美的，是韵雅的……最彻底的文化"[1]。闻一多对他热爱的祖国持的是一种文化敬仰的态度，他心中的中国有着悠久的历史和灿烂辉煌的文明，因此爱国主义在闻一多的诗里表现出来的不是郭沫若式的毁灭与创造，而是传统文化理想的复归。他直接赞颂五千年的华夏文明，把祖国比作菊花，"赞美我如花的祖国"：

你不像这里的热欲的蔷薇，
那微贱的紫罗兰更比不上你。
你是有历史，有风俗的花。
啊！四千年的华胄底名花呀！
你有高超的历史，你有逸雅的风俗！

—— 《忆菊》

祖国在诗人心中有着缤纷的色彩和纯洁的本质，五千年文明的内蕴更使祖国的形象显得神圣美好。这是诗人身处异国时的怀乡之作，他感受到中华民族

---

① 冯雪峰：论两个诗人及诗的精神和形式。《雪峰文集》2 卷，人民文学出版社，1983 年版。

在世界上的屈辱地位，要求寻得一种心灵上的反抗。而距离淡化了祖国背负的沧桑，五千年的文明使诗人寻找到了民族的自信与骄傲。但是当他回到日思夜想的祖国，冰冷的现实撞击了闻一多的满腔热忱。他"鞭着时间的罡风，擎一把火"（《发现》）回来会见的竟是挂在"悬崖"上的"噩梦"，是一沟绝望的死水，令人恐怖、心惊、绝望。闻一多对祖国的感情是复杂的，交织着对祖国文明的深挚的爱以及现实冲击理想带来的绝望情绪，这两者的复合造成了其诗歌情感的多层次性。比如《我是中国人》，这是一个有深厚历史背景的古国子民的骄傲的自白，但诗人在开篇即将"我是中国人"与"我是支那人"并列，"支那"这一侮辱性的称呼隐现着诗人极大的不甘和愤懑。诗歌遥述了中国的悠久历史和灿烂文明，他为"九苞凤凰的传授"的国度而自豪，同时又为祖国的苦难"烧得发颤"；诗人知道"我们的历史是首歌：/还歌着海晏河清的音乐"，同时也明白"我们将来的历史是滴泪，/我的泪洗尽人类的悲哀"，但他又马上接下去写道"我们将来的历史是声笑，/我的笑驱尽宇宙的烦恼"。民族的自豪感和现实的忧患感糅合在诗里，使诗人的自白带上了悲壮的色彩——尽管闻一多在东方文化中找到了力量的源泉，相信在"天河""浑浑噩噩的光波"里，"四万万不灭的明星"终将"位置永远注定"。闻一多诗的感情是起伏、回旋的，几种内涵各异的情感（比如骄傲、辛酸、愤懑、自强）从不同角度撑开诗歌的弹性，这就使得闻一多的爱国主义诗歌不可能像郭沫若那样采取一泻千里的抒情方式。郭沫若诗中的感情纯得吓人，爱与恨的抒发都显得激荡澎湃、痛快淋漓；闻一多诗中的感情不在宣泄而在蓄积，他将情绪以诗的形式聚集并储积起来，只给以有限的宣泄，而且深沉的感情潜流被语言的坚冷外壳包裹，意在增加感情的强度、力度和后劲。比如他的《发现》，开篇的呼喊迸着血泪，是一种呼天抢地的深切悲哀，但在诗的结尾却以"呕出一颗心来，——在我的心里！"收住了感情的闸门，引向深思。

3. 艾青：深沉而忧郁的爱国诗神

1934 年 5 月，艾青发表了《大堰河——我的保姆》，引起了诗坛的注目。这位"吹芦笛的诗人"吹出的第一首歌即是"呈给大地上的一切的，/我的大堰河般的保姆和她们的儿子，/呈给爱我如爱她自己儿子般的大堰河"。艾青从一开始就将自己与民族多灾多难的土地和人民取得了血肉般的联系，将根"深深地植在土地上"，"在根本上就正和中国现代大众的精神结合着"[1]。从

---

① 孙绍振：新的美学原则在崛起。《诗刊》1981 年第 3 期。

此，土地和人民就成了艾青诗中永远的主题，土地（包括生于斯、耕于斯、死于斯的农民）这一意象凝聚了诗人最深挚的爱国主义感情。

在艾青的诗里，土地是华夏民族历史的见证和依凭，是中国人民赖以生存、繁衍的土壤和根基。土地聚合着他童年的生活经验、他对农民的深厚感情。土地在艾青诗里已经上升为一个象征意象，诗人在对土地的深情吟唱中抒发他对祖国、人民的深沉的爱和忧虑。诗人真诚地把自己当作土地的一分子，以含泪的眼睛注视着土地亘古阴郁的景色，坚忍地承受着与土地共同的命运和苦难。在《旷野》中，"薄雾在迷蒙着旷野"，"一切都这样地/静止，寒冷，而显得寂寞"，人们"好像永远被同一的影子引导着，/结束在同一的命运里：/在无止的劳困与饥寒的面前/等待着的是灾难、疾病与死亡"。诗人满怀忧伤地呼唤"你悲哀而旷达，/辛苦而又贫困的旷野啊……"，"你将永远忧虑而容忍/不平而又缄默么?"。诗歌以薄雾般迷蒙而茫然的怅惘之情展开对广阔、深邃，却荒芜的旷野情景的描绘，以宽阔然而瘦瘠的旷野的姿态隐喻祖国的阴暗和贫困。诗人将自己深沉的忧患意识投注到诗里，以画面感极强的意象群承载了深浓的忧郁的诗绪。这些具体的意象形态渲染开极为丰富的情感意绪，飘散在诗的每一个角落，然后像自足的生命体一样自由生长，源源不断地辐射出情感的能量，以不尽的情感流将读者裹挟其中。再比如《雪落在中国的土地上》，诗人以大雪、冷风、戴着皮帽的马车夫、河上徐缓移动的小油灯、破烂的乌篷船以及船内垂首的少妇这一系列不断转换的意象营构了一幅弥漫全国风雪图。诗人的诗绪穿梭在这一派阴冷、忧郁的情景氛围里，他感叹祖国人民岁月的艰辛、生命的憔悴，哀叹"中国的路/是如此的崎岖/是如此的泥泞呀"。深沉的忧患感使诗人目光注视下的土地呈现出这样一幅景象："饥馑的大地/朝向阴暗的天/伸出乞援的/颤抖着的两臂"，这一象征性形象蕴含着中国式的坚忍，是长期苦难的中国农民发出的生命的企求，那"颤抖着的两臂"是长期受抑的生命形态在绝望中的乞援姿势。生活在这块土地上，诗人的心中郁结着过多的"悲愤"，"无止息地吹刮着激怒的风"；然而这是诗人的祖国，是赐予他生命和灵魂的土地，他不愿离开，即使"死了"，"连羽毛也要腐烂在土地里面"。这种至死不渝的爱国主义情感使诗人穿透迷蒙着旷野的薄雾，看到了"那来自林间的无比温柔的黎明……"。诗人对祖国的爱真实、朴素，来自诗人内心的深处和民族生命的深处："为什么我的眼里常含泪水？/因为我对这土地爱得深沉……"。（《我爱这土地》）

4. 余光中：一个漂泊者的思乡曲

1950 年以后，国民党政权退居台湾，海峡两岸开始了长期的政治、经济、文化的大隔绝。然而人为的政治分离不能割断文化的历史联系和情感的藕断丝连，身居台湾的一代中国人对祖国有着深深的历史文化的认同感和归属感，以余光中为代表的台湾诗人即抒写了这一特定历史时期漂泊台湾的无根者心灵上的痛苦和忧伤："小时候/乡愁是一枚小小的邮票/我在这头/母亲在那头//长大后/乡愁是一张窄窄的船票/我在这头/新娘在那头//后来啊/乡愁是一方矮矮的坟墓/我在外头/母亲在里头//而现在/乡愁是一湾浅浅的海峡/我在这头/大陆在那头"（《乡愁》）。诗人以个人的生活经历为线索，写了因"求学"、"生离"、"死别"与"隔绝"而产生的四个不同时期的"乡愁"，其情由浅渐深，逐层深化，抒发了诗人眷念亲人、思念家园、渴望祖国统一的赤子情怀。这里抒发的不仅仅是个人的思乡之情，而且是一代台湾人的祖国情结。怀乡与恋国在这里是同一的，"母亲"和"大陆"指的就是祖国和故土。与大陆，与故乡亲人的阻隔焦灼着诗人的情感，他"用十七年未餍中国的眼睛/饕餮地图，从西湖到太湖/到多鹧鸪的重庆，代替回乡"；死后，他要葬于长江和黄河之间，"白发盖着黑土/在中国，最美最母亲的国度/"；于是他坦然睡去，睡在大陆这张"最纵容最宽阔"的床上，听耳边长江黄河如"两管永生的音乐"，"涛涛"。（《当我死时》）乡愁是余光中爱国诗歌的情感主线，中国情结是其精魂。诗人眷恋祖国的风物，更不忘中华的文化历史，他所想所恋的祖国是一个有着深厚历史文化底蕴的、古老博大、生机勃勃的家园故土。于是，江南不仅仅是荷叶田田、垂柳依依、多菱、多蟹、多湖的江南，还是"唐诗里的江南"、"小杜"和"苏小小"的江南，是吴越的战场，有钟声浑厚悠长（《春天，遂想起》）。黄河，是北方平原"最老，最年轻的母亲"，她奔流成中国的历史，壮阔、沧桑；那与黄河同在的河汉"满脸的皱纹/一道道，汇入了深邃的眼睛"，他"风干的脸色"与龟裂的土地同色，黄河人的身上聚汇了黄河（中国）的历史（《黄河》）。《白玉苦瓜》是余光中乡土意识体现地最为充分的一首，诗人在对白玉苦瓜的咏叹中表达了对传统文化的缅怀追慕之情。整个民族的记忆凝聚在白玉苦瓜的身上，祖国母亲的乳汁哺育了苦瓜的从容、成熟、清莹和圆润。"钟整个大陆的爱在一只苦瓜"，抚平了"皮靴"、"马蹄"、"重吨战车的履带"踩过的痕迹，苦瓜的原体早已被湮灭，以众多的"久朽"换来的这个不朽的"仙果""在时光以外奇异的光中/熟着，一个自足的宇宙/饱满而不虞腐烂"。祖国母亲的"恩液"和"苦心"哺出这个"完美"、"新鲜"

的婴孩，诗人的寓意在这里是非常明显的，他对祖国、故土的怀恋也就隐含其中了，诗歌里蕴聚着深厚的文化内涵。

5.《祖国呵，我亲爱的祖国》：凸显个体承担意识的爱国主义情思

70年代末80年代初，朦胧诗人以反叛传统的姿态表现出对新的诗歌感知方式和表现方式的探索和追求。他们"不屑于作时代精神的号筒"，"不屑于表现自我感情以外的丰功伟绩"①，他们的诗歌从对英雄斗争和劳动场景的描绘转入到个人的情感和心灵世界。人，是朦胧诗人努力凸显的一个主题，但他们的诗歌同样凝结着对祖国的无限深情；从诗人的个体心灵感受出发，对历史和现实的诘问结合着对个体生命价值的肯定和对人格自由的追求。北岛的《结局和开始》就较典型地表达了这种情感。诗人以冷峻的目光注视着东方大地，他看到"黑暗在公开地掠夺"、人民却持续着长久以来的沉默，他以悲愤的心情诘问"我的土地""你为什么不再歌唱"，诗人愿意用自己的鲜血肥沃它，用"我的颜色"染红明天枝头上的果实。在这里，诗歌表达的是为祖国、为人民、为理想献身的精神，但这种牺牲精神不同于五、六十年代宣扬的以取消自我、毁灭自我来成就的"我们"的一致，朦胧诗正是要打破这种自我异化的模壳，树立起"我"的尊严和价值。因此诗人坦承他在死亡面前的"战栗"，大胆地表白"我"作为一个普通个体的生命需求："我需要爱/我渴望在情人的眼睛里/度过每个宁静的黄昏/在摇篮的晃动中/等待着儿子第一声呼唤"。但是献身精神又是诗人生命、人格的自觉要求；内心深处承担着的历史使命感和社会责任感，以及作为一个"人"对理想和光明的追求使诗人愿意接续前一个牺牲者，"站在这里"，唤醒"古老的壁画上/默默地永生/默默地死去"的东方人民。从自我的内心出发，真实地抒写对祖国现实的悲悯和未来的祈望是朦胧诗人表达爱国主义情感的基本方式，但是诗人的个性决定了他们诗歌不同的情感面貌。区别于北岛冷峻的理性批判精神，舒婷倾向于将祖国作为直接的抒情对象，在款款的述说中传达对祖国的爱。她的《土地情诗》，将祖国比做父亲和母亲，向他们倾诉深沉而悲怆的爱。在《落叶》里，她把自己比成一片"向天空自由伸展"却"绝不离开大地"的落叶，要躺进泥土，"安详地等待/那绿茸茸的梦/从我身上取得第一线生机"。她的《祖国呵，我亲爱的祖国》更是一首感人肺腑的力作：

① 蒋光慈：十月革命与俄罗斯文学.《蒋光慈文集》第4卷，第124页。

我是你河边上破旧的老水车，
数百年来纺着疲惫的歌；
我是你额上熏黑的矿灯，
照你在历史的隧洞里蜗行摸索；
我是干瘪的稻穗；是失修的路基；
是淤滩上的驳船
把纤绳深深
勒进你肩膊，
——祖国呵！

我是贫穷，
我是悲哀。
我是你祖祖辈辈
痛苦的希望呵，
是"飞天"袖间
千百年未落到地面的花朵，
——祖国呵！

我是你簇新的理想，
刚从神话的蛛网里挣脱；
我是你雪被下古莲的胚芽；
我是你挂着眼泪的笑涡；
我是新刷出的雪白的起跑线；
是绯红的黎明
正在喷薄；
——祖国呵！

我是你十亿分之一，
是你九百六十万平方的总和；
你以伤痕累累的乳房
喂养了
迷惘的我、深思的我、沸腾的我；
那就从我的血肉之躯上
去取得

你的富饶、你的荣光、你的自由；

——祖国呵，

我亲爱的祖国！

1979 年 4 月 20 日

诗将自我与祖国的现实、历史沧桑融合在一起，通过对"祖国呵，/我亲爱的祖国"的反复深情地诉说，以及两组色彩对立的意象（比如"河边上破旧的老水车"、"额上熏黑的矿灯"和"簇新的理想"、"雪被下苦莲的胚芽"）的自喻，倾诉着对祖国穷困艰辛的痛苦、焦虑以及对祖国未来的欢欣想望，并且愿意为之献身，用自己的血肉之躯去换取祖国的"富饶"、"荣光"和"自由"。诗歌的感情显得深沉浓郁、含蓄蕴藉。

中国新诗所表现的爱国主义情感大都带着强烈的民族政治意味，即要求民族国家自身的强大。近、现代以来中国社会深重的忧患和悲哀造就了这种文学上的关怀。诗人们站在现实的土壤上，对国家和民族展开想象，憧憬崭新的社会形态，缅怀悠久灿烂的历史文明。"按照英国学者安德森的论述，民族性是'一种特殊种类的文化制造物'，即是一种'想象的社群'。也就是说，'民族性'来自人们对于特定民族的独特生活方式的'想象'，包含了人们的情感、想象和幻想"。"一个人或一个群体的民族性，不仅在于其血缘、地理关系，而且还在于其想象性关系——通过幻想或联想而对自身属性的认同"。"无论是一般的民族性还是文学的民族性，都与本民族共同体的想象无法分离，甚至就是这种文化想象的'制造物'"①。中国新诗的爱国主义情感正是在民族国家的文学想象中达到的。郭沫若满怀热情地对祖国做乌托邦式的前瞻性想望；闻一多在华夏文明的回想中得到稍许的情感安慰和寄托；余光中在对家园故土的隔海怀恋中寻找漂泊者的心灵和精神之根；北岛和舒婷则在历史的使命感和责任感的催促下对祖国的未来做了预言和承诺。艾青的民族感情更多地立足于历史的实在，他没有从民族往昔的辉煌中汲取诗的力量，也没有对祖国的未来做脱离实际的幻想。艾青的诗扎根在祖国的土地上，其诗的感情出于对现实和生活的具体实在的感悟，同时又回归到具体实在的生活情境和内心感受中来。但是民族想象的成分在艾青诗中也是存在的，以他的《北方》为例，诗人对北方的"悲哀"的抒写正是在对祖国的情感的带动下展开的对北方土地和生

---

① 王一川：当前文学的全球民族性问题。《求索》2002 年 4 月。

命的文学想象。"一天/那个科尔沁草原上的诗人/对我说：'北方是悲哀的'"。祖国贫穷、艰辛的现实在诗人心中埋下的悲悯之情，作为一种先导性的情感指向，被科尔沁诗人的话语引发出来，诗歌的情感、意境氛围预先就被决定了，诗人笔下的北方只能作为祖国的缩影笼罩在"悲哀"的意境氛围中。诗人现在的情感影响了诗歌的想象，诗歌表现的只能是在"语言形式中凝聚和想象的民族的生活方式极其特性"①。

民族国家意识是中国现代启蒙运动的产物。甲午战争的失败使中国传统的"天下"世界观破裂，亡国灭种的威胁迫使中国现代知识分子产生和形成了改变中国和建立一个新中国的想象。现代民族主义思想在中国散播开来，建立一个现代的民族国家以抵抗西方帝国主义的殖民侵略成为了现代中国最根本的问题，于是有关现代民族国家的叙事被提到了文学的中心地位。在这样一个民族国家的文学背景下，中国新诗人展开的爱国主义文学想象在一开始就带上了民族兴亡的使命色彩。国家被推到至高无上的位置，作为抒情主体的个人自我非常主动地站到民族国家的屋檐下。虽然在中国现代知识分子的心中，民族、国家和人民是等同的，他们对祖国的关怀包含着对祖国人民命运的关注，但实际上人民更多地是以祖国这一抽象概念的形象载体出现的。个人的意义被抽取、归置到民族国家的意义范围内。但有意味的是个体在走向民族国家的祭坛时表现出的却是一股当仁不让、义无反顾的态度和精神，这种献身的无畏从"五四"以降一直延伸到 80 年代新时期。正如"五四"的人道主义启蒙与民族救亡同期发生，最终却湮没在民族国家的宏大呼声里。80 年代的朦胧诗人重新扬起人道主义、个性主义的旗帜，但在内心深处仍保留着民族国家的神圣地位，他们对祖国的献身精神不啻于他们的前辈，或者更甚于他们。因为相对于在"五四"启蒙思潮的熏陶下跨入诗坛的郭沫若、闻一多、艾青，朦胧诗人们的心中或许有更多的建国前 30 年的集体主义话语的思想遗留，作为一种思维惯势显在或潜在地影响着他们的诗歌创作。郭沫若的《女神》的起始点是对个体生命最彻底的自由和自尊的索求，然后力图突破单纯的个体生命价值，将个体自我的有限形象扩展和融入到民族大我的无限之中；北岛的《结局或开始》却是在民族国家的体系背景下提出"人"的存在和价值。中国新诗的爱国主义抒情虽然是从诗人个体出发的对祖国最深挚最凝重的爱，但是从"五四"开始，诗歌的

----

① 王一川：当前文学的全球民族性问题。《求索》2002 年 4 月。

人性抒情的一个重要特点即是与社会挂钩，将自我的力量与社会的发展联系起来。为祖国承担责任是中国新诗人的自觉选择，他们的初衷是在个性解放的同时为社会承担干系，个人和民族国家在新文学初期是作为两支平行的脉流存在的，但是历史的客观走向却是，——在中国社会沉重的历史境遇下，个人逐渐湮没在了民族国家的宏大叙事里。

四、激情燃烧的政治抒情诗

政治抒情诗作为一种有明确思想和艺术规范的"诗体"，正式提出于 20 世纪 50 年代末 60 年代初。但是从广义上理解，从政治层面来关注社会生活、展现具体的政治事件、透过生活的侧面来表现社会普遍的政治情绪的诗都可归入政治抒情诗的范畴。因此，政治抒情诗往上可以延伸到 30 年代的普罗诗歌、抗战时期的鼓动性诗歌以及抗战胜利后国统区的政治讽刺诗，这些诗由于其对社会政治生活的积极参与和当代政治抒情诗之间存在着延伸和转折的关系，并且在事实上成为当代政治抒情诗的一个艺术渊源。

1. **热情似火的"普罗"诗歌**

众所周知，普罗文学即无产阶级文学，是直接服务于中国共产党领导的革命斗争，自觉地宣传和反映无产阶级的政治意识，建立了文学和革命政党及其政治思想的直接、自觉的联系。普罗诗歌滥觞于新文学第一个十年的后期，蒋光慈最早站在无产阶级的立场，从大时代的人民革命斗争中汲取诗情，自觉地将自我消融于群众的波涛之中。他于 1925 年出版的诗集《新梦》开创了无产阶级诗歌的先河。1928 年上海发生了普罗文学运动，普罗诗人们以表现无产阶级的意识形态和阶级力量、推动实际的无产阶级革命运动为己任，在诗歌中展示了高昂的革命热情和"浪漫蒂克"的革命信心。站在普罗诗歌艺术顶峰上的是殷夫，他的诗歌典型地表征了 1930 年代无产阶级意识形态的巨大力量——将个人、家庭全部吸收进无产阶级的革命群体，并且乐观地在这一群体中感受到历史前进的方向和动力。殷夫那些红色鼓动诗的首要特征就是对"我们"的推崇和歌颂："我们的意志如烟囱般高挺，/我们的团结如皮带般坚韧，/我们转动着地球，/我们抚育着人类的命运！""我们是谁？/我们是十二万五千万的工人农民！"（《我们》）。革命群体在这里以其汪洋大海般的庞大数量被赋予了无限的伟大的能力。在这样一个燃烧的"大群"中，诗人驱散了个体的渺小、孤独和脆弱，找到了生命的充实、喜悦和自豪。蒋光慈在《十月革命与俄罗斯文学》中指出："在他们的作品里，我们只看见'我们'而很少看见这个'我'来，他们是集体主义的歌者"①。集体主义是无产阶级文化的一个重要特点，个人在无产阶级的意识形态中只是组成阶级群体的一分子或者是附属物而已。诗人个体的情怀在普罗诗歌中是被超越乃至抛弃，抒情主人公背后注入的是阶级话语的内涵。在抒情方式上，殷夫等普罗诗人采用的是浪漫主义的直抒胸臆，因为饱满的政治热情，对诗歌鼓动性效果的追求都驱使诗人以激情呐喊的方式明确、果断地表达阶级的理想和斗志。这种抒情手法配合诗歌中的理想主义、英雄主义情感，造成一种刚健、粗犷、壮阔的美，以及历史沸腾期昂扬的气魄和激情；但同时也存在明显的不足，即普罗诗歌为了满足政治的需要，有意主观片面地描写"现实"，将现实理想化。他们的诗里只有胜利没有失败，只有对革命光明前景的憧憬而省略了革命斗争的残酷、复杂和曲折。这种革命的"浪漫蒂克"将文学简单地吸收为"意识形态的传声筒"，却忽略了诗歌本身的艺术特质，而意识形态和文学创作之间严密的支配与依附的关系则给以后的政治抒情诗写作留下了隐患。

20世纪30年代从事政治抒情诗写作的，除普罗诗人和中国诗歌会诗人群外，还有臧克家、艾青等，他们有左翼的思想倾向却以独立诗人的身份关注中国社会的现实和政治。他们与中国诗歌会的诗人们不同，表现工农革命斗争并不是他们创作的直接指向，他们诗歌的起点是人民——通过人民，他们找到了和社会、民族、人类的精神联系。在臧克家那里，人民是通过农民而感觉到的，他的诗是在农民与统治者的对峙中获得的，是从对农民的前途和命运的关切中蒸发出来的。诗人的反抗情绪，并不是建立在明确的阶级斗争观念之上，而是来自对农民极限的生存重负的真切同情，对上层社会的一种无法忍受的愤懑使诗人看到（或者说希望看到）从"死灰"里逼出的"火星"繁衍成"天火"（《天火》）、在"暗夜的长翼底下"伏着"光亮的晨曦"（《不久有那么一天》）。这时候政治的阶级的意识在臧克家诗里只是诗人坚忍的现实主义诗歌精神的一个派生物，政治抒情在此刻是于不经意间透露的一种情感的萌芽。但是随着抗战的爆发，中国社会灾难的加重，臧克家有意增加了他诗歌中的政治抒情成分，他认为在这民族危亡的关头，诗人的职责是"放开喇叭的喉咙"，"高唱战歌"，否则"你们的诗句将哑然无声"（《我们要抗战》）。他创作了《别长安》、《血的春天》、《伟大的交

---

① 蒋光慈：十月革命与俄罗斯文学。《蒋光慈文集》第4卷，第124页。

响》、《红星》等诗呼吁抗战，歌颂拿起武器保卫国土的"红色战士"。但是臧克家的这些诗仍然是立足于农民和农民的苦难中的，因为他在这些诗里首先展开的是对满目疮痍的中国大地和遭受离散、凌辱和死亡的中国人民（尤其是农民）的描绘，他们的苦难在诗中积累起反抗的力量，诗人的"抗战"的呼声只是将这郁积的力量撕开一个缺口，力量的核心则是在苦难的内部。也就是说，臧克家诗歌的"革命"意义，依靠的并不是革命话语排山倒海般的铺排所造成的压迫感和威慑力，他只是用最朴素的语言说出了他对人民、对祖国的心灵感受。人民（农民）才是臧克家诗歌的聚焦点，革命和政治是他和人民的深刻精神联系在时代社会环境中聚合出的一种情感走向，虽然这种走向在后来逐渐主导了臧克家的诗歌创作。

2. 艾青：深沉凝重的土地之歌

艾青是一位紧扣时代脉搏的诗人，他对社会政治时局有着准确、敏感的预见。他曾经说过："'政治敏感性'当然需要——越敏感越好。但是这种'敏感性'又必须和人民的愿望相一致"，"诗人既要有和人民一致的'政治敏感性'，更要求诗人要有和人民一致的'政治坚定性'"①。人民，是臧克家，更是艾青诗歌的情感选择和政治起点。艾青通过诗歌表达的是时代的呼声，同时也力图是人民的意志、理想和要求。正是基于对人民命运的密切关注，艾青在抗战爆发前后写下了许多表现民族和人民心声的作品，并且在这些作品里明确地表达了他的政治态度和激情。应该说，抗战时期的政治抒情是向民族国家靠拢的。因为政治本身就是民族国家的衍生物，当民族国家处于危亡的关头，它自然就成为了政治关注的焦点和指向。无产阶级革命抒情在此刻是让位于民族革命抒情的。只有当无产阶级政党在民族解放战争中显示出它的力量和威信的时候，无产阶级革命抒情才会在民族革命抒情中抬头，并且使民族革命抒情逐渐走向自己。中国共产党正是以在抗战中的出色表现吸引了大批进步诗人，并由此决定了革命诗歌的政治抒情方向。1941 年，艾青抵达延安，根据地"真实的光明"将他的诗歌带入到一个新的阶段。他拂去了蒙在心头的深沉的忧郁，其诗歌呈现出明朗、欢乐的趋向。他到达延安后曾以他热爱的太阳为意象写了两首诗——《给太阳》和《太阳的话》，但诗人在此刻的表述已不同于前一时期对太阳和光明的焦灼的渴慕和追求，而是显现出沐浴着光与热的幸福之感。美丽、光明、庄严的延安俘获了诗人的心，勃发着生活和战斗激情的工农

---

① 艾青：诗人必须说真话。《诗论》，人民文学出版社 1983 年版，第 3 页。

民众进入到艾青的诗中，几乎扫去了往昔苦难然而缄默的中国人民的身影。艾青在诗歌里热情地歌颂他们，歌颂无产阶级政党和革命，歌颂他预见了的光明。《毛泽东》、《悼词》、《向世界宣布吧》、《十月祝贺》、《起来，保卫边区!》、《欢呼》等诗就鲜明地表达了诗人对中国共产党和他领导的人民解放战争，以及世界反法西斯战争的拥护和礼赞。艾青是开辟中国新诗创造道路的诗人。他的诗歌包含着丰富的政治感情，却从不给人以"政治抒情诗人"的印象，这是因为艾青对政治有他自己的理解和观察，有着更加宏阔的视野。他将政治置于对宇宙、人生的理解和热爱之中。《给太阳》、《太阳的话》、《黎明的通知》和《野火》，虽然诗歌的缘起是解放区崭新的政治气候，但由于诗人选取了"太阳"、"黎明"、"野火"这些有丰富内涵和象征性的意象来营构诗歌世界，并且在诗人心中确实有着超越狭隘政治观念的对光明的终极思考和追求，因此诗歌就飞越了它原先的起点，拥有了气势的阔大和意蕴的深远的所指。必须再提"政治抒情"这一概念。五、六十年代诗歌对政治抒情狭隘的理解和演绎限制了我们对政治抒情诗的期待视野，似乎政治就会损伤诗歌的艺术个性（虽然这一现象有其更为深刻的社会历史原因），但艾青的创作表明了政治抒情可以达到的艺术高度。只要诗人心中确实存在对政治的关注，对政党、对革命和人民的爱，政治抒情不仅可以在当时感染、激发人民的政治情绪，而且今天的读者也可以感受到诗人的赞美的真诚。尽管有时候我们会不认同诗人的政治态度，但我们还是能够从诗中体会到那个时代的时代氛围和人民情绪，而不是空洞的叫喊和干涩的概念的肢解。

3. 臧克家的政治讽刺诗

抗日战争终于胜利了。但是人民并没有尝到胜利的果实，反而陷入了更为沉重的苦难的深渊。国民党集团暴露了反动、独裁的面目，对革命力量实行军事围剿和文化围剿。白色恐怖令人窒息，人民又被卷入到争取民主自由的斗争里。与之相应，政治讽刺诗成为这一时期诗歌创作的主要潮流。臧克家指出："在今天，不但要求诗要带政治讽刺性，还要进一步要求政治讽刺诗。因为在光明与黑暗交界的当口，光明越见光明，而黑暗越显得黑暗。这不就是说，在今日的后方，环境已为政治讽刺诗布置好了再好不过的产床吗?"①。臧克家的政治讽刺诗写作开始于 1942 年，抗战胜利前后，产量更多，锋芒更为尖锐。他在抗战末期写的《枪筒子还在发烧》、解放战争初期

---

① 臧克家：向黑暗的"黑心"刺去。《新华日报》，1945 年 6 月 14 日。

写的《发热的只有枪筒子》揭露了国民党发动内战的罪恶;《生命的零度》、《冬天》等诗以无法抑制的悲愤对国民党反动统治作了严正的谴责。臧克家的这些诗作都是诗人的正义感和良心在丑恶现实的挤压下爆发出的义愤和控诉。他说他在写《你们》这篇诗时"没经过酝酿,淤积胸中的愤懑,一泄而不可止!我不像在写诗,像在写一篇檄文,一篇控诉书。它既不温柔敦厚,也不委婉曲折。写它的时候,只觉得眼中冒火笔下惊雷","在这篇诗中,找不到隐约'内向'的蕴藉之情,在艺术表现上也寻不到雕刻的痕迹。我是有意如此,我不得不如此。在当年那样时代里,需要带上火药味的诗。我这首诗是外向的,连发机关枪似的向着敌人射出去,射出去!"①。尖锐的政治主题、讽刺与抒情的糅合是臧克家政治讽刺诗的特征;现实的功利需求是他创作的直接目的;在语言上,则继续坚持朴素自然的风格追求。在这一时期从事讽刺诗创作的还有郭沫若、袁水拍、任钧、王亚平、穆木天、辛笛等,他们以诗歌为武器对荒谬黑暗的现实做出强烈的反应,与当时的杂文、讽刺喜剧、讽刺小说一起,在反封建、反压迫、争民主的斗争中发挥了巨大作用。

4. 胡风的政治抒情诗:《时间开始了》

事实上从 1942 年起,中国新诗的发展方向就受到毛泽东《在延安文艺座谈会上的讲话》的深刻影响。无产阶级、共产党人由于上升为创造历史的主导力量决定了文学的时代话语类型,即在对现实历史做统一叙述的过程中帮助建立一个社会主义的现代民族国家。1940 年代的讽刺诗和政治抒情诗是对《讲话》的回应,之后一直到 1976 年,诗歌的取材都带着强烈的政治性和时事性,政治抒情诗大行其道。在建国后,尤其是 1958 年以后,成为诗歌的主流。当代政治抒情诗直接从政治现实的角度切入诗歌抒情,赞美新中国的社会主义制度和共产主义道德理想。它对抒情内容和形式的选择都自觉遵奉或随着外部政治环境的改变调整于主流意识形态话语允许的范围内。也就是说,建国后,掌握了话语权力的无产阶级加强了对文学的引导和控制。一个全新的民族国家建立以后,无产阶级的"我们"更要在不断地消灭"他们"阶级的过程中达到自身的确认。作为无产阶级抽象代言人的"我们"再度取代具有独立个性的抒情个体,成为诗歌抒情的出发点和归宿。应该说,50~60 年代诗人对无产阶级"大我"的态度是敬仰并顺从的,他们自觉地接受主流话语的引

---

① 臧克家:关于《你们》。《甘苦寸心知》,四川人民出版社,1982 年版。

导，努力将"小我"消融于"大我"的海洋中。战争年代投身革命的经历使他们对诗歌的政治功效抱着固执而动人的信仰，诗歌与时代政治的密切结合是他们的不懈追求，他们希望在新的时代继续以诗歌为武器投入社会斗争，参与社会生活，推动历史的进程。他们欢呼新中国的诞生，歌唱翻身的人民和引导他们从胜利走向胜利的人民领袖。何其芳的《我们最伟大的节日》，石方禹的《和平最强音》，邵燕祥的《我们爱我们的土地》，冯至的《我们的感谢》都是对当时政治景象的由衷赞颂。正是在这样一个时代氛围里，胡风写出了他的政治抒情史诗《时间开始了》。这部由《欢乐颂》、《光荣赞》、《青春曲》、《英雄谱》和《胜利颂》五个乐章组成的抒情长卷，歌颂了人民领袖毛泽东、为祖国和人民做出平凡而又伟大贡献的劳动妇女和为革命牺牲的人民英雄，同时传达了诗人作为一个新中国公民的骄傲和幸福。胡风和他的七月诗派一直强调诗人的"主观战斗精神"，认为诗人的生命应该随着时代的生命前进，诗要反映时代的精神、人民的情绪；同时又主张将主体的情思突入到客体对象的深处并与之完全融合，"作者的诗心要从感觉、意象、场景底色彩和情绪底跳动更前进到对象（生活）底深处，那是完整的思想性底把握，同时也就是完整的情绪世界底拥抱"①。对抒情主体的强调使胡风对政治抒情诗提出了更高的要求。在《时间开始了》里，"诗人首先是全身心地去感受伟大时代的精神律动，沉浸于时代的激情旋涡中，然后将此激情投射并突入到所歌咏的对象里去，待到两者完全融合后，再用跃动着生命活力的诗语传达出来"②。《时间开始了》是胡风感应时代脉搏的诗作，他搁置了40年代持续的对民主自由的抒情，将诗歌转向了对时代政治的歌颂。应主流意识形态对诗歌和文学创作的要求，胡风在诗中歌颂人民领袖，赞美劳动英雄，抒写无产阶级"大我"的形象，在新的时代面前做出了新的抒情选择。但是胡风改变的只是抒情的题材和内容，在艺术表达上仍然坚持了主观战斗精神对抒情客体的突入。也就是说胡风在赞颂无产阶级群体的伟大和力量的同时并没有忘记抒情主体的独立存在，并且尝试着在群体的大潮中为抒情自我保留一份思考和选择的空间。但是在那个极端强调"自我"融入阶级、诗学即是政治学的年代，个体的独立性是不被允许的。很快，胡风等七月派诗人就被夺去了诗笔。在主流意识形态话语的

① 胡风：关于诗和田间底诗。《胡风诗全编》，浙江文艺出版社，1992年版，第624页。
② 汪亚明：何其芳、胡风的诗。金汉主编：《中国当代文学发展史》，上海文艺出版社，2002年版，第17页。

控制下，政治抒情被限制在极为狭窄的范围内。几乎覆盖了整个 60 年代诗坛的政治抒情诗，首先被规定了思想内容上的强烈的政治性，以及对诗的政治功能的强调。其次是艺术结构上表现为观念演绎的形态。诗人观察、感受、思考现实政治与社会问题所获得的观念，成为诗歌贯穿感情连接形象的线索。并且情感内容和生活具象都被限定在为阐发理性逻辑的轨道中。第三，重视诗歌的情感效应，强调它在社会生活和群众中的战斗性和鼓动宣传作用，与之相应的是对所表现的感情的激越、豪壮的追求，以及感情表达上的明快、直接和彻底。郭小川和贺敬之就是这类政治抒情诗的主要代表。他们的诗歌构成了这一时期诗坛的基本风貌，并且广泛地影响着同代诗人的创作。

5. 郭小川：战士的情怀

郭小川的政治抒情诗主要有《投入火热的斗争》、《致青年公民》、《林区三唱》、《甘蔗林——青纱帐》、《厦门风姿》、《昆仑行》等。作为一个在革命环境中成长起来的诗人，战士是郭小川心灵的本质，革命是他诗歌的灵魂。长期的革命经历和革命教育使郭小川坚信诗歌的政治功效。他毫不困难地接受了毛泽东《在延安文艺座谈会上的讲话》的基本思想和观念，自觉地把自己看成是革命队伍里的一个文艺战士，从事文艺工作，但目的却指向政治。文学在他那里一开始就是作为政治斗争的工具而使用的。建国后，郭小川紧跟着时代的潮流，把反映、歌唱新时代生活作为诗歌创作的崇高使命，努力以诗歌这一艺术形式为时代潮流推波助澜。他关注并表现社会生活中的重大问题，并积极地做出回答。各个时期的社会政治和意识形态所倡导的价值观念和人生态度都在他的诗中有集中表现。50 年代，他满怀豪情地呼唤人们"投入火热的斗争"，"向困难进军"，去建设美好的新生活。60 年代初，在国民经济严重困难的时刻，热情歌唱工人的顽强精神，歌颂斗争传统，激励人们焕发革命的斗志和豪情，度过困难时期。郭小川说，他所向往的文学是斗争的文学：在文学观念上，主张文学为斗争服务；在文学内容和风格上，追求文学的斗争精神。在他的诗歌里，"我"经常是以一个无产阶级革命战士的形象出现的，以战士的姿态、战士的情操和精神境界歌唱和呼唤革命、斗争。"没有情，就没有诗。可是，革命诗歌只能抒革命之情，抒人民之情，抒无产阶级之情"[1]。在这种诗歌观念的指引下，郭小川的诗歌树立的是无产阶级革命战士的形象，表现的是革命者昂扬向上的战斗精神。郭小川的诗整个地属于集体主义。"这种

---

[1] 郭小川：《谈诗》，上海文艺出版社，1984 年版。

集体主义的话语和话语形式在历史上是属于革命的，在现实社会是属于国家的，在性质上是属于政治的，在观念上是属于'人民'的，所以他（郭小川）的话语和话语形式也整个地属于革命主义的、国家主义的、政治主义的和人民主义的。集体的意志、革命的意志、国家的意志、政治的意志、党的意志、领袖的意志、人民的意志在他的诗歌中都以他个人的意志的形式被表达了出来"①。

战士的身份要求郭小川在诗歌中表达革命的激情，诗人的身份又促使他寻求自己观察生活的方法和见解。50 年代中期以后，郭小川反思了他前期的政论性作品，对当时受到的读者和评论界的赞扬保持了清醒，他认识到文学应该有自己独特和新颖的东西，诗人不同于宣传鼓动员，诗歌的"思想"不是流行的政治语言的翻版，而应该是诗人自己的创见，有自己独特的看法和见解。充满真实的青春激情的郭小川在迈着大步急促地跨越人生的征途中为作为诗人的自己腾出了一块探视心灵的空间。1959 年，郭小川写出了别一形态的政治抒情诗《望星空》，这首诗的具体展开，体现了诗人在感受诗学追求与政治要求之间的矛盾和困惑。正如郭小川诗中的政治激情来自诗人真实的生命，《望星空》中的惆怅、迷惘情绪也是诗人无法压抑的真实的感伤。"这是一个给自己制定了太高的人生目标而又感到自己无力实现的人的感伤，一个充满建功立业的雄心壮志又感到失去了一个建功立业的时代的人的感伤"②。作为诗人的郭小川潜藏着自己个性的坚持，在时代的政治迷雾中尽管微弱却痛苦、真实地外展了自己作为一个诗人的灵魂。他对诗性探索的自觉和坚持是一个诗人对诗的忠诚，一种内在的生命的执著。也许正因为此，郭小川在那个时代站了起来，成为一个虽然可以非议却仍然有自己的诗的诗人。但是，《望星空》发表后却受到了严厉的批评。诗的感情被评价为极端陈腐，极端虚无主义，《望星空》被断定为是"令人不能容忍"的政治性错误。在极端的政治高压下，郭小川真诚地检讨了自己的"过错"，悲剧性地否定了自己的开拓。他的诗歌创作又回到了对具体政治命题和政治运动的直接阐释和配合。他对诗歌艺术的探索和创新转到了诗体的外在形式上来。他尝试了各种体裁，从楼梯式到散曲体再到新辞赋体；对诗的押韵和节奏进行试验，创造诗歌的音乐美，追求抒情气势的雄浑壮丽。

---

① 王富仁：青春的激情集体主义的歌唱，《南方文坛》2000 年第 3 期。
② 王一川：当前文学的全球民族性问题，《求索》2002 年 4 月。

6. 贺敬之：颂歌集大成者

贺敬之的政治抒情诗创作开始于 1956 年，写有《放声歌唱》、《东风万里》、《十年颂歌》、《雷锋之歌》、《中国的十月》等。这些诗歌大都从一个政治命题出发，以充沛的激情从历史和现实两个层面纵横展开，思考、回答历史和现实的问题，阐发自己的政治理想、信念和所感受到的时代精神，并以此作为贯穿全诗的感情和思想脉络。诗歌带着强烈的政治思辩色彩和时代政治特征。比如他写于 1956 年的《放声歌唱》，在新旧两个时代的历史对比中，描绘了建国初期的人民对新生活的强烈的幸福感和自豪感，以及对未来的乐观信心。作品以长卷的形式，在历史和现实交错展开的繁复画面中，表现出诗人对这一历史巨变的伟大"秘密"的认识："我们生命的/永恒的/活力——/这就是：/党！"。这是一首新生活的颂歌，同时也是对新生祖国和中国共产党的颂歌。政治是贺敬之用以认识现实、概括时代的出发点。为了有效地表现重大政治命题，贺敬之采用了结合政治议论与抒情、结合历史与现实、结合抽象的政治概念与具体形象的抒情方式。因为贺敬之明白，要用诗的形式进行宣传和教育，首先要做到的是政治议论的高度抒情化，让感情的翅膀载起政治的语言，让政治议论获得感情的渗透，达到以情动人的效果。而历史和现实结合的抒情方式有助于在时代历史的背景中造成一种大开大阖的抒情气势，与所要表达的重大政治命题相吻合。此外，化抽象的概念为生动的艺术形象，更是实现政治动员艺术化的重要途径，这在很大程度上决定着政治抒情诗的成败。因为形象的使用能够减少诗歌的政治说教味，使政治命题的阐释增添诗的色彩和意味，保持政治抒情诗的"诗味"。在诗体形式上，贺敬之的政治抒情诗大体采用的是"楼梯式"。这种自由体式的"长句拆行"的组织方式，有助于描绘宏阔的画面，传达复杂的思想观念，产生磅礴的感情气势。因为长句便于观念、情感的表达和渲染，拆行能够突出节奏。而且，对"楼梯式"，贺敬之也从古典诗歌中得到启示，对散漫的诗行进行了若干规范，融进了一定的整齐、节制和对称的因素。

7. 说真话的新时期政治抒情诗

"文革"时期的政治抒情诗已堕落为"四人帮"用来篡党夺权的"阴谋文艺"，不值一提。天安门诗歌运动恢复了"说真话""抒真情"的现实主义传统，以传统诗体为主的《天安门诗抄》，虽被注入了强烈而愤激的政治热情，但真正意义上的现代政治抒情诗则极为少见。直到新时期之初，较为成熟的政治抒情诗文本才大量出现。李瑛的《一月的哀思》，柯岩的《周总理，你在哪里》,光未然的《伟大的人民勤务员》,公刘的《沉思》、《刑场》、《哎,大森林》,艾青的《在浪尖上》、《古罗马的大斗技场》,张学梦的《现代化和我们自己》,雷抒雁的《小草在歌唱》,江河的《没有写完的诗》等。这些作品多以政治性人物或政治性事件为题材,抒写的也多是对领袖、英雄人物的崇敬,对因政治而罹难的不幸者的深切同情,以及对这些悲剧制造者的悲愤之情。不少作品皆因出自作者的亲身体验和传达艺术上的新颖与圆熟,显示出感同身受式的审美力量,在当时产生巨大影响。

自1980年代中期以后,由于现代主义和后现代主义诗潮占据了当代中国诗坛的中心,政治抒情诗遭到普遍鄙视,逐渐被边缘化。进入1990年代后,由于国内出现了几场重大政治事件:邓小平逝世、香港和澳门先后回归等。这些事件引发诗人们对民族和人民作历史性回顾,并在反思中展望祖国的未来,因而出现了一批对传统政治抒情诗作适当超越的新型政治抒情诗样式。如桂兴华的《邓小平之歌》、《跨世纪的毛泽东》、《永远的阳光》、《中国豪情》,柯平的《诗人毛泽东》,罗高林的《邓小平》,李瑛的《我的中国》,顾偕的《国家交响曲》,纪宇的《97诗韵》、《20世纪诗典》,王怀让的《1997备忘录》,林春荣《中国季节》等,这些作品多为长篇巨制,少则几百行,多则数千行,或写一代伟人的丰功伟绩与人格魅力,或叙中国革命的风起云涌与潮起潮落,或颂改革开放的伟大成就和民族形象重大改观。但这类诗因过于亲近主流意识形态,过份强调编年体史诗要求,而写作主体对所要表现的大跨度大容量历史内容又缺乏感同身受式的体验,由此带来这类文本史实有余而诗性诗意不足与缺失。

进入新世纪后,适逢中国共产党诞生80周年,政治抒情诗也因此而再度引起诗坛注目。2001年6月,《诗刊》以纪念专号的形式刊登了一批歌颂党和党领导下的中国人民革命和建设的诗歌,作为迎接建党80周年的贺礼。《诗刊》将这一期发表的诗作归为五个部分:"跨越篇"、"开放篇"、"团结篇"、"奋进篇"以及"言志篇",其中的"跨越篇"以"飘扬八十周年的旗帜"为副标题,以《红色寓言》(刘立云)、《飘扬的旗帜》(周启垠)、《我的歌献给辉煌的七月》(陈所巨)、《中国:新世纪的歌手》(李晃)、《大河》(程步涛)等诗抒写了对人民领袖的敬仰、对革命烈士的缅怀以及对中国革命历史与现状的追忆和展望。这批政治抒情诗基本上延续了以往的抒情风格。首先表现在对革命领袖和人民的赞颂。朱增泉的《跨越》以毛泽东、邓小平两代党的领导人为抒情对象,在对他们的功绩的描述和称颂中表现国家政治、经济的变化和飞跃,以寄托对党的感情。以人民为抒情对象的诗歌,塑造的仍旧是一个有着超额能量的群体形象，强调个人在群体中的归依，比如刘立云的《红色寓言》组诗中的《我这样理解人民》。《红色寓言》是这批政治抒情诗中较为突出的诗作之一，包括《夜行者》、《红色寓言》和《我这样理解人民》三篇。诗人能够从个人真诚的感情出发，表现革命先驱者们在黑夜中创造的西西弗斯神话，抒发诗人自己的革命热情和坚定志向，以及对"人民"的理解。在《夜行者》中，诗人将对先驱者的情感倾注在"夜行者"形象里：在"黑暗的缝隙里挤撞、腾挪/并侧身而行，把一颗颗倒提在/手上的头颅，当作黑夜的灯盏"；他们在"没有道路的地方/踩出道路，在没有青草的地方/养育出青草"，"这一群东方的/西西弗斯，他们在久远的岁月/轰轰隆隆地推着头颅上山，又轰轰隆隆地听任头颅落地"，要让人们"听见大地的鼓声"。鲜明的形象使得情感不致空洞、无所寄托。这批诗歌表达政治情感的另一个途径是回忆党的革命历史。中国共产党的执政党地位将党的历史和国家前进的历史合而为一。《中国：新世纪的歌手》、《大河》等诗即是这类诗歌的代表作。《中国：新世纪的歌手》从"南湖水面的灯光"（即党的创建）说起，以一路燃烧的"燎原"的"圣火"指喻无产阶级革命的发展和成功；然后写改革开放以后取得的各方面（尤其是经济上的）成就。这些都是在共产党的领导下完成的，是"中国，新世纪的歌手"的"纵情歌唱"。最后，诗人展望未来，"让那史诗般庄严花瓣般圣洁的音乐/由主旋律指挥，从我们宽阔的额头升起/凝成五颗闪烁着母亲般光辉的星座"。新世纪这批政治抒情诗，虽在五彩缤纷的当代诗坛上只是昙花一现，但其在新世纪的顽强生命力仍不可小觑，只要它能与时俱进，不断克服本身的缺憾，仍可在未来中国的诗坛上占有一席之地。

第三章

现代主知主义诗学的生成与演进

一、现代主知主义诗学的生成

与中国新文学的产生一样，现代诗学也是在西方诗学的影响下形成的，而作为现代诗学重要一翼的主知主义诗学，在这方面表现得尤为突出。现代主知诗学的源头，可追溯到"五四"时期的"说理诗"和哲理小诗。这类诗虽有了不少的知性成份，但它们并没有一个完整的哲学体系作为依托，只停留在个别的、零散的人生小感触层面上，也没有处理好哲理与情感与形象三者之间的关系。简言之，此类诗的所主之"知"并不具备形而上的哲学品格，也没有将其充分生命化，因而还不是严格意义上的主知诗。只有到冯至、卞之琳、穆旦、郑敏等诗人那里，现代主知诗才渐趋成熟。由于现代主知诗学直接受到西方现代主义诗潮的影响，作为现代诗学重要一翼的主知主义诗学，是在西方现代主义诗学的直接影响下形成的。在 20 世纪 30 ~ 40 年代的中国主知主义诗人的背后，都站立着一位大师级的西方现代主义知性诗人。他们无论在宇宙观美学观，还是在具体的艺术技巧上，都直接或间接地受其影响。然而，中国现代的主知诗人们似乎更钟情于那些具有创作实绩的西方诗人，而相对冷落那些成就卓著的理论家。因为他们从这些诗人的具体文本中所获得的艺术资源和信心，远比从美学家的高深理论中所获得的艺术营养要多得多。现代中国有成就的主知主义诗人，无一不是从阅读和翻译西方主知诗人的作品后，开始探索并实践中国式的现代主知主义诗学的。所以，按照这种诗学渊源关系来看，现代主知主义诗学主要有两种类型：一是以玄学思辨为特征的艾略特型诗学，如卞之琳、穆旦等；二是注重日常性的里尔克型诗学，如冯至、郑敏等。本章试图通过对这两类主知诗的分析和探讨，总结现代主知主义诗学理论和实践两方面的经验与教训，以期为当下的中国新诗写作提供有益的借鉴。

主知主义诗学的概念是相对于主情主义诗学而提出的。主知的"知"，无非是对客观世界的不同感知与认识。这种理性的认知不外乎三个方面：一是对历史与现实的认知；二是对宇宙规律的形而上慧思；三是对自然与生命的哲学感悟。从中国新诗史的实际看，三种层面的主知诗都获得了自己的生存空间。但就主知诗学的核心而言应是后两个层面，即对人生及生命的哲理感悟，对客观世界的哲学抽象。下文就将在这两个层面上展开论述。

二、以玄学思辨为特征的艾略特型诗学

艾略特（ThomasSteamsEliot，1888～1965）是当代英语世界有重大影响的主知诗人，代表性诗作有《普鲁弗洛克及其他》、《荒原》和《四个四重奏》。1948年获诺贝尔文学奖后产生了世界性影响。艾略特也是英美新批评派的代表之一，早年提出以"非人格化"为中心的新古典主义理论，并以此来反对浪漫主义的主情论。他认为诗人的感情只是素材，要想进入作品必先经过一道"非人格化"的、将它转化为普遍性的艺术性情绪的过程。为了实现这种"转化"，他提出了一种寻找客观对应物，即以一套事象、一串事件来象征暗示情绪的传达方式。这一理论的主旨在于放逐感情，注重经验，张扬哲学思辨，给现代诗带来应有的质地和硬度。艾略特在《玄学派诗人》一文中，在细致地比较了英国诗人邓恩、谢伯里与丁尼生、勃朗宁的诗作之后说："丁尼生和勃郎宁都是诗人。而且他们也都思考；但是他们不能像闻到玫瑰花香一样立刻感受到他们的思想。思想对于邓恩来说是一种经验，它调整了他的感受力，当诗人的心智为创作做好完全准备后，它不断地聚合各种不同的经验；一般人的经验既混乱、不规则，又零碎。后者（指一般人的经验，引者注）会爱上或是阅读斯宾诺莎，而这两种经验毫不相干，与打字的声音或烹调的气味也毫无关系；而在诗人的心智里，总是在形成新的整体。"① 在此，艾略特非常强调经验在诗人心智中的凝聚与整合作用，玄学诗人邓恩正是能聚合各种不同经验于一体的"智性诗人"，而丁尼生与勃朗宁就只是表现零碎经验的"思性诗人"。站在"智性诗人"的基点上，艾略特认为"智性越强就越好；智性越强他越可能有多方面的兴趣；我们的唯一条件就是他把它们转化为诗，而不仅仅是诗意盎然地对它们进行思考"②。

艾略特这些诗学观念连同他的作品和写作技巧，一起被现代诗人几乎是同

---

① 英：托斯·艾略特著，李赋宁译注：《艾略特文学论文集》，百花洲文艺出版社，1994年。
② 英：托斯·艾略特著，李赋宁译注：《艾略特文学论文集》，百花洲文艺出版社，1994年。

步地介绍到中国诗坛，产生了直接的重大影响。现代派诗人柯可倡导的"新智慧诗"，就是这种影响的中国版本。他在《论中国新诗的新途径》① 一文中，将20世纪30年代出现的"以智慧为主脑的诗"称之为"新的智慧诗"，并认为"新智慧诗"不同于此前的说理诗与哲理诗，因为"诗人并不是哲学家，哲学家也并不以诗来发挥他的哲学；若广泛说来，所有能自树立的诗人又无不有其哲学，无不有独特的对人生宇宙的见解，而这种见解又必然蕴蓄浸润于其诗中"。与主情诗不同，"新智慧诗""以不使人动情而使人沉思为特点"，它"极力避免感情的发泄而追求智慧的凝聚"，实际上就是所谓情智合一的境界。诗人对于人生事象和宇宙万物的观察，有了既成熟圆融又简单普遍的结果时，"他对于一切便有了一种诗人的了解"，但是这又"不是哲学家的了解，因不能逻辑地展开和说明"，因而只能用一种情、智、形交融合一的意境来象征、暗示或隐喻。

在"新智慧诗"理论的鼓动下，30年代现代派里出现了以卞之琳、废名、曹葆华等为代表的主智诗人群。这路诗人重在表现现代科学哲学和古老的宗教哲学。如卞之琳着重表现相对关系和潜意识，而废名则注重禅宗的哲理感悟。当然，他们在传达哲理时，并不以说明或议论方式出之，而十分强调情与理、智与象的融合与统一。但遗憾的是，卞之琳们并没有真正完成哲学意境化和玄学生命化的艺术过程，也未能打造出"新智慧诗"的经典文本。如卞之琳的《距离的组织》、《旧元夜遐思》、《尺八》、《断章》、《音尘》、《圆宝盒》、《雨同我》、《无题组诗》、《白螺壳》等，就将那源于爱因斯坦相对论的宇宙观表现得极为隐曲，主体的情绪已被掏得干干净净，再加上传达上的故意复杂化，使这种本来就不是源于写作主体生命体验的现代哲学观念更加模糊化与非逻辑化，致使接受者如堕五里雾中不知所云。譬如，那首至今还众说纷纭的《距离的组织》，照卞之琳自己的说法只"涉及存在与觉识的关系"，"但整首诗并非讲哲理，也不是表达什么玄秘思想，而是沿袭我国诗词的传统，表现一种心情或意境，采取近似我国一折旧戏的结构方式"②。我们暂且不管这一注释中的矛盾之处，也不去细究那折旧戏的出处，我们先承认卞之琳自己所说的是表现"一种心情或意境"。那么，它到底是一种怎样的心情与意境呢？

在笔者看来，那是一种疲惫、慵赖、颓丧和无可无不可的心情，是写作主

①　柯可：论中国新诗的新途径。《新诗》，1937年第4期，第6~9页。
②　卞之琳：《雕虫纪历》，人民文学出版社，1984年。

体在寒冬里午睡时那种似睡非睡、亦真亦幻的梦境。诗的前四句为午睡前的实景，后五句写的是梦境。午饭后，那个先不露面的"我"，一副百无聊赖的神情，想独自上高楼去读一遍《罗马衰亡史》。可就在此时，"我"在报上看到一则新闻，说一颗在罗马帝国倾覆时爆炸的新星，因为距地球约一千五百光年，时至今日其光线才传到地球，且异常光明灿烂。由此他想到，那颗新星穿越了那么遥远而又辽阔的时空，且能放出如此耀眼的光芒，而我们这些生活在地球上的人呢，就连那些不久前远人寄来的风景片，连同远人的嘱咐，也一同"暮色苍茫了"（模糊暗淡了），真是人生易老天难老啊！想着想着，"我"渐渐进入了梦境，来到一个由"灰色的天。灰色的海。灰色的路。"构成的太虚幻境，但"我"不知道这是哪儿，因为"我"没有那种在灯下验一把土就能确定地点的本领，所以只好随他而去了。就在此刻，睡梦中的"我"，仿佛听到在"一千重门外"（很远很远的地方）有人在叫自己的名字。梦醒之后，"我"感觉真是好累好累啊！梦中的"我"与现实中的"我"，不是同样无法确证自己的存在，不是同样要受到别人的戏弄吗，就像那位白莲教师父所设的盆舟一样，不知是师父戏弄徒弟，还是徒弟戏弄师父。就在"我"疲累烦闷之际，友人带着清凉的雪意来到了面前，此时已是临近五时的黄昏了。

至此，这首诗似乎是说通了，也确如卞之琳所言是表现一种"心情或意境"，并在这意境里融进了过去与当下、现实与梦境以及人与人和人与物在时空中的相对关系。在表现上，意象间虽有不小的跳跃，整个情境却还是相对完整的。不过，这种完整性是跳过第五句才得以实现的。这第五句虽用括弧和引号来显示其特殊性，但还是阻断甚至扰乱了诗境的连贯性与完整性，害得解诗高手朱自清也闹不明白，那个百无聊赖的"我"，怎么还没睡着就醒了。后来，经卞之琳指点才知道，这括弧里的话并不是"我"说的，而是"友人"说的。这种不说自己无聊想去访友，而偏说对方（此处指"友人"）有此所思所为的技法，在古诗词里并不少见。但卞之琳在此用得过于突兀，好端端一个意境就被这一句弄得支离破碎，百思不得其解。卞之琳意在使诗含蓄蕴藉，精炼耐读，所以故意在诗中设置障碍，以激活读者的智性思维，提升诗的艺术品位和读者的鉴赏能力，其用心不能不说良苦，但这种只有自己"心里有数"而读者怎么也猜不透的"障碍"，只能既损害诗的有机性，又阻碍哲理的审美传达，最终导致读者对这类诗的厌烦与拒绝。卞诗为什么形成不了大的影响，而总是在学院派的小圈子里才有人把玩，其根源就在于这"故意"二字上。他并没有用生命去融化那些哲学理念，而是"故意"在意象的组合、视角的选取、时空的设置上制造混乱，以达到其玄学的目的，这是食古不化与食洋不化的必然结果。孙玉石教授说，这路诗人已经"把哲学思考完全融化在象征性的意象之中，隐藏在抒情本体的构造深处"①。我看是溢美之辞。孙氏的"完全融化"说，如果指这路诗人的作品中没有任何抽象说理的词句，而只以象征性意象或境界来暗示或模拟某种哲学意趣或架构，这是非常切合卞诗实际的。但就形而上哲学与写作主体在生命层次的完全融合而言，我以为是很不够。它们并没有达成如艾略特所说的"像闻到玫瑰花香一样立刻感受到他们的思想"，即与主体经验完全融合的艺术境界，这可能是智性的经验化与生命化过程不充分所致，恐怕也是卞诗坠入艰涩的根本所在。

如果照艾略特的说法，卞之琳还不是一个真正的"智性诗人"，而更像是一个"思性诗人"，他的主智诗并没将生命与事象完全聚合成一个艺术整体，而显得零散、混乱与晦涩。这一缺陷给后起的主知诗人留下继续探索与完善的空间。"中国新诗"派的代表诗人穆旦，就是填补这一空白的重要诗人。穆旦写过不少轻柔流转的抒情短章，也写过像《赞美》那样的艾青式的沉郁之作，但他的主要成就却在于许多表现丰富的痛苦与生命搏击的智性文本。只要认真读一读穆旦的这类诗，就能明显感到艾略特诗风的影响。椐王佐良回忆，当年在西南联大求学时他们都很喜欢艾略特。唐湜在《搏求者穆旦》一文中说："他自然该熟悉艾略特，看他的《防空洞里的抒情诗》与《五月》，两种风格的对比，现实的与中世纪的，悲剧的与喜剧的，沉重的与轻松的（民谣风的）对比，不正像《荒原》吗?"②唐湜在论述穆旦智性诗的特征时，反复强调穆旦诗里隐含着一种辩证哲学，他说穆旦的诗里"常常有一个辩证的发展过程；而他的思想与诗的意象里也最多生命的辩证的对立、冲击与跃动，他也许是中国诗人里较少绝对意识又较多辩证观念的一个"③。而可贵的是，穆旦并不以说理或拼贴的方法来表现这种哲学理念，而是从自我的生活感觉出发，"以肉体的感觉体现万物，用自我的生活感觉与内在情感同化了又贯穿了外在的一切，使蜕化成为一种雄健的生命：真挚，虔敬，坚忍，一种'坚贞的爱'，爱与恨的凝结与跃进使他有了肉搏者的刚勇的生命力"④。在唐湜看来，穆旦的知性诗写作实际上是辩证哲学的生命化过程，这种过程的完成必然伴随着身心

① 孙玉石：《中国现代主义诗潮史论》，北京大学出版社，1999年。
② 唐湜：《新意度集》，三联书店，1990年。
③ 唐湜：《新意度集》，三联书店，1990年。
④ 唐湜：《新意度集》，三联书店，1990年。

俱裂的痛苦，因为宇宙运动的法则是不以人的主观意志为转移的，有时甚至是残酷无情的，作为宇宙运动之一的生命运动也逃脱不了残忍而又宿命般的劫数，而这恰恰就是引发穆旦诗中那种"丰富的痛苦"的先验性渊薮。应该说，唐湜的这一发现是极有价值的，尽管后起的诗学专家们并未对此予以足够的重视，这大概是因为辩证哲学被政治化、庸俗化与诡辩化所致。但穆旦诗里的生命辩证哲学，至今仍具有启人心智、撼人心魄的艺术魅力。

记得孔子说过"生生不已谓之易"，意思是说自然万物都是运动着的，这与辩证法所说的运动是绝对的、而静止则是相对的哲学观念不谋而合。孔子所说的"易"就是"变"，其实运动的本质也不外乎是"变"。而推动这种变的动力，就是矛盾、对立与冲突；冲突的结果或许是暂时的和谐与统一，或许是对立双方的同归于尽，最终走向虚无；而无论是和谐还是虚无，并不是事物运动的终结，而是新的对立与冲突的重新开始，世间万物都无法逃脱这种轮回的宿命，人类也不会有更好的命运。对此，诗人穆旦是有切肤之感的，他在《裂纹》里，表现了贫与富、新与旧的对立冲突；在《被围者》里，演出了一场希望与绝望、完整的平庸与新生的残缺的生死搏斗；在《森林之魅》里，通过人与亡灵的对话，传达出诗人对人与自然、战争与死亡、生命与永恒的哲学思考；在他的爱情玄言诗里，则演绎出个体生命内部"我"与"非我"之间的肉搏，而这种由自我的撕裂带来的痛感更令人心惊胆战。在《春》里，那美丽如绿色火焰而又无处不在燃烧的欲望，与"二十岁的紧闭的肉体"之间进行了痛苦的交战，等到他们都已赤裸时，等待它们的是"伸入新的组合"。《诗八首》演绎的是更为纠缠不清也更为惊心动魄的性爱辩证运动。这首类似于艾略特《阿尔弗瑞德·普罗弗洛克的情歌》的爱情玄言诗，引来了众多诗人和学者的探险欲望，给出了许多不同的诠释，但不管哪种阐释，贯穿于其间的由"你"、"我"、"他"三种视点交织而成的性爱运动轨迹却是显而易见的。

三、注重日常性的里尔克型诗学

奥地利诗人里尔克（RainerMariaRilke，1875～1926）对中国现代主知主义诗学的影响，主要是通过《豹》、《杜伊诺哀歌》、《致奥尔弗斯的十四行诗》等作品在中国诗坛的传播得以实现的。里尔克诗中对爱与死的关系问题的思考，在当时就受到许多哲学家的重视。沃尔夫冈就认为，里尔克以无情的敏锐把对世界的茫茫陌生感和不可理解感表达出来，把个人存在的整个不稳感表达出来，人愈来愈暗淡无光，变成没有自己的群在的情形使他深为忧虑。在里尔克那里，爱与死以形而上学的意味进入了诗。在诗艺上，里尔克从罗丹雕塑中获得启示，注重对客观事物的仔细观察与精确描绘，给他的诗带来了一种凝固的雕塑美，诗情的溶液仿佛已冷却成了千姿百态的岩石，咏物诗名篇《豹》就是这样的作品。诗人用拟人化的手段，通过对关在铁笼里豹子形象的客观描写，借豹子的处境来暗示诗人自己当时的心境，就像袁可嘉所说："里尔克也不再像早期的叶芝那样直抒白描的，而有曲折隐含地把抽象观念和具体形象相结合的特点，如'力之舞'中把抽象的'力'和形象的'舞'相联；在'伟大的意志昏眩'中把抽象的'意志'和具体的'昏眩'相联，产生一种保尔·瓦雷里称之为'抽象的肉感'（abstrasctsensuality）的效果。"① 当然，这种"知觉形象化"的手法走向极端，也会带来诗的晦涩，里尔克晚年在穆措特三周内完成的《杜伊诺哀歌》和《献给奥尔弗斯的十四行诗》两部哲学诗，就被认为是心灵不可言说的生命密码。

　　冯至是中国诗坛上较早注意里尔克并受其影响的诗人之一。早在 1926 年秋，他就读了里尔克的早期散文诗《旗手》（Gorner）。1927 年还写了一首类似于里尔克《豹》的诗作《饥兽》。1930～1935 年冯至留学德国，受到存在主义哲学与文学的影响。冯至晚年还说："在留学期间，喜读奥地利诗人里尔克的作品，欣赏荷兰画家梵诃的绘画，听雅斯贝斯讲课，受存在主义哲学的影响。"② 留德期间，他又读到了里尔克的《祈祷书》、《新诗》、《布里格随笔》及晚年诗作，从中体味出里尔克从青春步入中年的路程中"有一种新的意志产生"：从音乐的转向雕塑的。冯至虽深受里尔克的影响，但他并未移植和照搬，而是有选择的接受。里尔克诗学中的神秘哲学和宗教内容他就没有接受，而是汲取了里尔克善于在当下日常生活和自然现象中发现美并对其作审美传达的诗学精髓。譬如，在冯至回国后所写的《里尔克——为十周年祭日作》一文中，他在首次译介里尔克诗作、书简及生平时，就对其日常性诗学特别感兴趣。在他眼里，里尔克是一位对当下日常生活与周围平凡事物十分敏感的诗人，他能凭借原始的目力蜕去附着在平凡事物身上的文化外衣，重新发现平凡事物的本真灵魂与姿态，"像刚从上帝手里作成的那样"。这是"去蔽"后的第一次发现，他的诗就是对事物还原后的第一次"命名"。冯至此后的写作何

　　① 袁可嘉：《外国现代派作品选·前言》，上海文艺出版社，1980 年。
　　② 冯至：《冯至学术精华录》，北京师范学院出版，1988 年。

尝不是如此，他的《十四行集》全是对当下日常事物沉思后的第一次发现和初始命名。为了感谢自然和日常生活给他留下的纪念，"从历史上不朽的人物到无名的村童农妇，从远方的千古的名城到山坡上的飞虫小草，从个人的一段生活到许多人共同的遭遇，凡是和我的生命发生深切的关联的，对于第一件事物我都写出一首诗"①。

李广田说冯至是一位"沉思的诗人"，他通过默察和体认，"把他在宇宙人生中所体验出来的印证于日常印象"，他能在我们普通人看不到的地方"看出那真实的诗和哲学"②。生活中并不缺少美而是缺少发现，冯至就曾说："我们的身边有多少事物/在向我们要求新的发现。"③ 所以，对于诗人而言，诗的题材是没有"选择与拒绝"的区分的，因为里尔克说过："没有一事一物不能入诗，只要它是真实的存在者。"④ 所以，对于一个"创造者"来说"没有贫乏"，"也没有不关痛痒的地方"，因为在他"狭窄的心"里装着"一个大的宇宙"。借此，他就能在平凡的事物里发现那最不平凡的东西，并获得表现的力量。如《十四行集》第六首，李广田就说它表现的是一种"强烈的感觉"，是任何理性都无能为力的"强大感觉"，它类似于里尔克在书简中所说的那种"广大的寂寞"和"悲哀"之感，"因为它们（悲哀）都是那有一种新的、生疏的事物侵入我们生命的时刻；我们的情感蜷伏于怯懦的局促的状态里，一切都退却，形成一种寂寞，于是这无人认识的'新'就立在中间，沉默无语"⑤。这样的解读虽不无深度，却过于神秘。照我理解，这是一首写存在之荒诞的诗。诗人从村童与农妇"向着无语的晴空啼哭"这样一个战争年代常见的日常现象里，发现了一个生命的定律：人无法摆脱命定的"框子"，他唯一能做的，就是面对"绝望的宇宙"不停地流泪，这样的存在是多么的荒诞啊！

那么，人怎样才能摆脱这种荒诞的悲剧性命运呢？诗人冯至从"佛家弟子，化身万物，尝遍众生的苦恼"中获得启示，找到了一条人与万物实现生命融合的超越之路。在生命融合的境界里，人与人，人与自然，人与社会，空

---

① 冯至：《冯至选集》第 1 卷，四川文艺出版社，1985 年。

② 李广田：沉思的诗——论冯至的十四行集。《明日文艺》，1943 年第 10 卷，第 1 期，第 23～25 页。

③ 冯至：《冯至选集》第 1 卷，四川文艺出版社，1985 年。

④ 冯至：里尔克——为十周年祭日作。《新诗》1936 年第 10 卷第 3 期，第 2～3 页。

⑤ 李广田：沉思的诗——论冯至的十四行集。《明日文艺》，1943 年第 10 卷，第 1 期。

虚与实在，过去与未来都已浑然一体，不再有主与次、从与属、怜悯与被怜悯、统治与被统治，一切都在关怀，一切都被关怀。《十四行集》中的第16、18、19、20、24首等诗篇，都写出了人与人、人与自然万物的生命融合，以及这种融合的审美特点——刹那即永恒。这既是一个审美的瞬间，也是一个意味深长的哲学观念：从纵的方向上看，时间或历史是一道永不停息滚滚向前的洪流；从横的方向看，就是融合了人与人、人与物的生命体，亦即"天地与我并生，万物与我为一"的生命境界。在这一宇宙大生命里，时间与空间、本体与万物已浑然一体，不分彼此，其中任何一部分的变化——死亡或新生——都相互牵涉，互相作用。万物如此，更何况身上流着同一个祖先血液的你和我呢！这就像JohnDonne所说的那样："没有一个人是独立，惟我独尊的；每一个人都是大陆的一分子，大海的一部分；倘若一只土蜂被大海淹没，欧洲便少了一部分，正如你的海峡或你友人或你自己的菜地被淹没一样；任何人的死亡对我都是损失，因为我是人类的一部分；所以不要疑问这丧钟是为谁而敲；它就为你敲。"① 可见，冯至诗中的知性内容是在生命化的境界中和盘托出的，而绝不是特别说明的，也不仅仅是把抽象具象化，而是知性与感性生命完全融合后的形而上意境。因而，它是诗的也是美的。袁可嘉似乎早就意识这一点了，他说："冯至作为一位优越的诗人，主要并不得力于观念本身，而在抽象观念能融于想象，透过感觉、感情而得着诗的表现"，"抽象观念必须经过强烈的感觉才能得着应有的诗的表现，否则只是粗糙材料，不足以产生任何效果"，"《十四行集》的作者也令人羡慕地完成发自诗的本质的要求。其中观念被感受的强烈都可从意象及比喻得着证明"②。

郑敏是在冯至的引领下与哲学也与里尔克的诗结下一生情缘的，她嗜读里尔克的诗，特别是对里尔克的名作《豹》更是念念不忘，晚年在谈及欧洲现代派诗中的"咏物诗"时，仍以《豹》的创作为例，来说明物我（主客）关系对于诗的重要性。在郑敏看来，《豹》的成功在于里尔克很好地处理了物与我的关系，使两者在经验层面上获得完全融合，铸成一种雕塑般的美。她与里尔克一样，总是从日常事物引发对宇宙与生命的思索，并将其凝定于静态而又灵动的意境里。每一个画面都仿佛是一幅静物写生，而在雕像般的意象中凝结着诗人澄明的智慧与静默的哲思。那首深得里尔克真髓的《金黄的稻束》就

---

① 李广田：沉思的诗——论冯至的十四行集.《明日文艺》，1943年第10期.
② 袁可嘉：诗与主题. 天津：《大公报·副刊》，1947年第1期第7~8版.

是这样的杰作。在诗里，暮色、远山、树巅的满月、金黄的稻束和那位疲倦的母亲，一起构成了一幅色彩浓烈的静物写生，一切都是那样的静默。为了凸现这种静的氛围，诗人便为其配置了一个具有动感的意象"小河"，以"小河"的流动映照出"稻束"（母亲、民族或人类的象征），犹如雕塑"思想者"一样的静默与伟大，收到了以动衬静、以静凝动的艺术效果，使"思想的脉络与感情的肌肉常能很自然和谐地相互应和"①。一方面诗人在作品中灌注了慧思，思考着"肩荷着那伟大的疲倦"的母亲身上所象征的人类生生不息的劳作和坚忍，正是这种"劳作与坚忍"超越了历史的行进与社会的变迁而具有了永恒性；另一方面，诗人又在诗中注入了感情，"思想的澄澈的光耀里有着质朴的坦然的感情流荡"②。哲理、意象与情感的完美统一，使郑敏的诗获得了一种绘画与雕塑和谐一致的诗美境界。她的另一首咏物诗《树》也具有相似的特点。诗中那棵宁静而沉思的"树"，实为诗人自我形象的化身，是诗人"自我"投入到"物"中的结果。就像里尔克所说，这是通过"物化"使诗人自我"沉潜于万物的伟大的静息中"，沉思者与万物在宁静中合二为一了。

郑敏也像里尔克一样用诗来思考生与死的命题。如《有什么可怕》，借习见的形象来阐释生命的价值。在诗人的感觉里，"那阴沉的目光天天逼近/那威胁的脚步声愈来愈响"，但她仍然在追求生命的最后辉煌，就像掷铅球者那样在瞬间的疯狂旋转中爆发出不灭的光彩。诗人不惧怕死亡的恐怖，是因为她对生命现象有一种颇为达观而又辩证的思索。在《时代与死》中，她把个体的生命与时代与人类生命之流放在一起考量。孤立地看，个体生命像"一只木舟"和"一面旗帜"那样渺小，一旦把它汇入时代与人类生命的急流，"生"和"死"就不能分割，因为每一个死者都会用他的肢体"铺成一座引渡的桥梁"，给后来者带来生的光芒。正是从这一生命的延展性看，死其实不必恐惧与悲哀，因为"死"也就是最高潮的"生"。生与死的问题是任何一位敏感的诗人都无法回避的，触发对这一问题进行思考的原因，除了人潜意识深处对死亡的恐惧之外，现实的刺激也是一个不可忽视的原因，郑敏与她的同辈们正处于毁灭生命的战争年代，现实中生命的脆弱与易逝，不能不促使他们关注生命的意义。写于新时期的组诗《诗人与死》，就是受其诗友唐祈惨死的触动

---

① 唐湜：《新意度集》，三联书店，1990年。
② 唐湜：《新意度集》，三联书店，1990年。

而写的。这其中虽有当年里尔克的影响，因为死也是里尔克很关注的问题，他的《致奥菲亚斯的十四行诗》，就是写一个小女孩的死的。当然，"我这首诗写的时候意图是讲诗人的命运，在我们特有情况下我们诗人的命运，也可以说是整个知识分子的命运，同时还有我对死的一些感受"①。可见，郑敏对生死问题的哲学观照，是建立在自己的生命感受基础之上的，而决非哲理的直陈，真正实现了知性生命化的诗学追求。

四、难以终结的忧虑

从上文的论析看，两路诗学的探索都获得了不少成功的经验。但这些成功并不能消除一些诗人与诗评家的忧虑。他们很担心哲理与情、形的分离，会导致诗情诗境的丧失，变成一种抽象的哲学讲义。朱自清先生早在"五四"时期，就批评"说理诗"没有将说理、意象、抒情三者融为一体，只"不过用比喻说理"而已，而"譬喻和理分成两橛，不能打成一片；因此，缺乏暗示的力量，看起来好像是为了那理硬找一套譬喻配上去似的"②。穆木天也说："诗的背后要有大的哲学，但诗不能说明哲学"③。朱湘则从根本否定哲学与诗的结缘，怀疑诗表现哲学的可能性。他说："哲学是一种理智的东西，同主情的文学，尤其是诗，是完全不相容的。""诗家的作品里面固然也有不少的理智成分在其间，但是诗歌中的理智成分同哲学中的理智成分绝对是两件东西。我们就拿英国诗来讲，英国诗里面最理智总要算多莱登、鲍卜两个了，但是他们的理智并不是用来写一篇抽象的系统的哲学论文，却用来创造一些精警的句子，记录一些脆利的观察，他们作品中的理智成分同滑稽成分、讽刺成分是分不开的；——我相信哲学里面要是一羼入滑稽或讽刺成分进去，恐怕就要不成其哲学了罢"④。梁宗岱也认为"哲学诗最难成功"，因为"艺术的生命是节奏，正如脉搏是宇宙的生命一样。哲学诗的成功少而抒情诗的造就多者，正因为大多数哲学诗人不能像抒情诗人之捉住情绪的脉搏一般捉住智慧的节奏——这后者是比较隐潜，因而比较难能的"⑤"因为智慧的节奏不容易捉住，一不留神便流为干燥无味的教训诗了。所以成功的哲学诗人不独在中国难得，即在

---

① 郑敏：《诗与哲学是近邻·结构—解构诗论》，北京大学出版社，1999年。
② 朱自清：新诗杂话·诗与哲理。罗成琰：《朱自清絮语》，岳麓书社，1999年。
③ 穆木天：谭诗——寄沫若的一封信。《创造月刊》，1926年第1期。
④ 朱湘：《中书集·评徐君志摩的诗》，上海生活书店，1934年。
⑤ 梁宗岱：《梁宗岱文集Ⅱ》，中央编译出版社·香港天汉图书公司，2003年。

西洋也极少见"①。梁先生的"智慧底节奏"说不无神秘,他虽未诠释其具体内涵,但在我看来,"智慧底节奏"无非是生命节奏之一种,它虽潜隐得极深,但还是能捕捉到的。因此,对于哲学诗而言,关键并不在于是否能够捕捉到它,而在于如何表现它。对此,张君川先生有一个很形象的比喻,他说:"诗要含着真理,不能说出真理,像手电看到的只是光,电是看不到的。它要创造具体的感官的形象,使人几乎可以捉摸。"② 张先生对哲理诗传达方式的比喻是极具启示性的,它与朱自清强调的理与情与比喻、朱湘所说的理与滑稽与讽刺、梁宗岱所说的哲理与智慧节奏的融合等,都意在揭示以具体的、感性的审美意象或意境来呈现或暗示某种知性内容的诗学理念。这一诗学规律似乎不难理解,但要在写作中真正做到就不是一件容易的事,尤其在情与智、理与形融合度的把握上,就极难做出一种具有可操作性的艺术规范,理胜于情,知脱离形,就会直露得如同哲学讲义;理隐于形过深就会陷于晦涩与玄学。所以,如何找到这两者的平衡点便成为现代主知主义诗学的一个重要课题。从80 多年中国主知诗的实践看,两种弊端都出现过,也造成过不小的负面影响,而成功的例子却少得可怜。在新世纪里,如果解决不了这个问题,那么中国主知主义诗学的发展也将会暗淡无光。

---

① 梁宗岱:《梁宗岱文集Ⅱ》,中央编译出版社·香港天汉图书公司,2003 年。
② 张君川:谈诗。《诗创造》,1948 年 11 期,第 15～17 页。

第四章

"经验"与现代主知主义诗学

一、"经验"与现代主知主义诗学关系的历时性描述

"经验"一词，在进入现代主知主义诗学领域之前，并没有被赋予特别的美学意蕴，一般指创作主体的生活经历和人生体验，即人们常说的"人生经验"。而人生经验对于诗歌写作的重要性，则早已为现代诗人所领悟。还在文学革命之初，中国新诗的开山者胡适就强调个人经验对于文学写作的重要性，认为没有个人的经验就不能做文学家。他还在《梦与诗》的"自跋"中提出"诗的经验主义"（poeticempiricism），说："做梦尚且要经验做底子，何况做诗？现在人的大毛病就在爱做没有经验做底子的诗"①。唯美主义诗人徐志摩也很看重经验，认为诗应该表现"有价值的经验"，使读者看了会生出"同情的感动"，并说"诗无非是由内感出发，使人沉醉，自己也沉醉；能把泥水般的经验化成酒，乃是诗的功用"②。现实主义诗人臧克家也说："我的每一篇诗，都是经验的结晶，都是在不吐不快的情形下写出来的，都是叫痛苦迫着，严冬深宵不成眠，一个人咬着牙齿在冷落的院子里，在吼叫的寒风下，一句句，一字字的磨出来的压榨出来的。没有深湛的人生经验的人是不会完全了解我的诗句的，不肯向深处追求的人，他是不会知道我写诗的甘苦的"。③ 三位诗人都看重经验，肯定人生经验的基础性价值，视其为诗的源头活水。但各自的侧重点则有所区别：胡适注重由实地考察得来的个人经验，比较重视经验的客观性；徐志摩、臧克家更看重自己体验过的情感经验，比较重视经验的主观性。但他们的"经验观"仍停留在"形而下"的感性层面上，并没有上升为

---

① 胡适：《尝试集》（中国现代文学作品原本选印），人民文学出版社 1984 年北京版，第 67 页。
② 徐志摩：未来派的诗。原载《近代文学丛谈》，1934 年 11 月新文化书社第 3 版。
③ 臧克家：我的诗生活。《臧克家文集》（4），山东文艺出版社，1994 年版，第 554 页。

具有"形而上"意义的知性层次。因而，他们眼中的"经验"还不具备现代主义诗学的独特品格。

到了 20 世纪 40 年代，"九叶"诗人们开始热衷于谈论诗的经验问题，并将其视作现代主知主义诗学的核心范畴。很显然，他们对现代经验的猝然钟情，无疑是受西方现代主义诗学影响的结果。因为艾略特在《传统与个人才能》中认为，诗并不是表现感情或个性的，而是传达印象与经验的。诗人的作用也并不是感情或个性的发生机制，而只是纯粹的媒介而已，它的功能便是"用奇特的或料想不到的方式"将众多的印象或经验组合起来。所以，诗歌写作就是一种集中，它把"一大群经验集中起来"。但诗歌的这种集中并不是有意识地或经过深思熟虑而进行的，其中的经验也不是"回忆"起来的，而是在一种平静的气氛中化合在一起的。所以，"诗歌不是感情的放纵，而是感情的脱离；诗歌不是个性的表现，而是个性的脱离。当然，只有具有个性与感情的人们才能懂得想要脱离这些东西是什么意思"①。里尔克也说过"诗是经验"，因为"情感是我们早已有了的，我们需要的是经验"②。正是在这样的理论启示下，"九叶"诗人们开始视经验为现代主义诗学的本质内涵。袁可嘉就曾说："现代人重新发现诗是经验的传达而非单纯的热情的宣泄。热情可以借惊叹号而表现得痛快淋漓，复杂的现代经验却决非捶胸顿足所能道其万一的"③。唐湜也认为，拜伦所说的"诗就是情感"的说法已经过时，因为里尔克说过："诗并非如人们所想的只是情感而已，它是经验"。袁、唐二人还对经验的产生、转化及传达策略等作了大量的论述，既丰富了现代主义经验诗学，又扩大了它的影响。

然而，这种经验诗学的影响并不长久。建国以后，大陆诗坛视现代主义为反动的资产阶级文艺，不要说为其张本的经验诗学，就连现代主义本身也销声匿迹了。与此同时的台湾现代派，虽然承续了中国现代主义诗潮，并在 20 世纪 50 年代掀起过一场颇为激烈的"主情"与"主知"、"纵的继承"与"横的移植"的诗学论争，但并没有对经验诗学发生过兴趣。直到新时期，随着现代主义及后现代主义在中国大陆的再度兴起，经验又成为人们热

---

　　① 艾略特：传统与个人才能。《艾略特文学论文集》，百花洲文艺出版社，1994 年 9 月第 1 版，第 11 页。

　　② 里尔克：马尔特——劳利兹·布里格随笔。《沉钟》第 14 期。

　　③ 袁可嘉：诗与民主——五论新诗现代化。《论新诗现代化》，生活·读书·新知三联出版社，1988 年 1 月第 1 版，第 47 页。

衷于谈论的诗学话题。杨炼就曾说过，诗的内在生命来自于"对人类复杂经验的聚合"，一首成熟的诗应该将现实中的"复杂经验提升到具有普遍意义"①，同时又具有多层次感受特征的象征性实体。因为一首诗其实就是一个极其复杂的意识结构，它承载的并不是个人、社会或人类单一的经验，而是"从这些经验的交叉综合中获得对生活能动发现的能力"。王家新宣称，简单抒情的时代已经过去，他更相信"诗是经验———种经过了艺术处理的经验"②。此外，像西川、欧阳江河、孙文波、西渡等都非常看重经验对于现代诗歌写作的极端重要性。

二、"经验"：感性与理性的合金

从以上的历时性描述中我们可以看到，在 80 余年的中国新诗史上，诗人与诗评家一直在谈论诗的经验问题，都认为经验对于诗歌写作具有重要意义，是诗的唯一源泉和精神资源。但其中的大部分人都未对"经验"的诗学内涵作过深入细致的探究。只有袁可嘉、唐湜两位曾对此作过认真的探讨，有些见解也颇具启示性。但他们的理论并未超出艾略特、里尔克们所设定的界域，基本上是他们的中国版本。所以，现在仍有必要追问：作为现代主义诗学的一个重要范畴的"经验"到底是个什么东西？它具有怎样的诗学内涵？它的内部结构又有怎样的形态？它的生成具有怎样的诗学渊源和背景等问题。本文就试图对这些问题作出自己的探索与阐释，以期对经验诗学的涵义及价值作出较为清晰的认定。

对于"经验"一词，英汉两种解释是相当一致的。英语 Experience，作名词解其义为经验、体验、经历和阅历；作动词解其义为经验、体验、感受和遭受等。英文格言：Experiencedoesit（"经验给人智慧"）。也就是说经验中除感性的经历与印象外还含有理性的成份。《汉语大词典》③ 对"经验"一词有三种解释：一是效验、验证。晋陶潜《搜神后记》卷二："庐江杜愆少就外祖郭璞学《易》卜，颇有经验。超试令占之，卦成，不愆。"二是亲身经历过。《红楼梦》第 42 回："虽然住了两三天，日子却不多，把古往今来没见过的，没吃过的，没听见的，都经验过了。"三是感性经验。就日常生活而言，是指人们直接接触

---

① 杨炼：传统与我们。《青年诗人谈诗》，北京大学五四文学社，1985 年编印，第 71 页。

② 王家新：关于诗的一封信。《青年诗人谈诗》，北京大学五四文学社，1985 年编印，第 136 页。

③ 《汉语大词典》（缩印本下卷），汉语大词典出版社 1997 年 4 月版，第 576 页。

客观事物的过程，也指人们对感性经验所进行的概括和总结。这三种汉语释义与英语的解释基本一致，无论是"验证"还是"概括和总结"，首先必须以生活经历为基础，然后对其进行反观或反思，最后形成带有某种规律性的经验。所以，"经验"无疑是一种感性与理性的复合体。哲学上的解释也与此相似，说经验是指人们在同客观事物直接接触的过程中，通过感觉器官获得的关于客观事物的现象和外部联系的认识。辩证唯物主义认为，经验是在社会实践中产生的，是客观事物在人们头脑中的反映，是认识的开端。但经验有待于深化，有待上升到理论。唯心的经验主义否定客观物质世界是经验的来源和内容，把经验看作是纯粹主观的东西。显然，"唯物"与"唯心"都有片面性，两者的合一才是真理。但是，由谁去"合"呢，毫无疑问是作为主体的人。马赫主义（即经验批判主义）就认为，经验是人的体验与感觉的总和，而认识的客体只是人的感觉的复合。马赫并没有否认客体存在的价值，但他显然更强调主体（人）的决定性作用。而人是具有感性与理性两种基本能力的智能性生物。当人去接触某种客观事物时，他就会凭借这两种能力去感觉和认识客观事物，进而得出关于这种事物的经验。所以，在经验里必然包含感性与理性两种成份。也可以说，经验是感性与理性的合金，这在哲学上应该是一个不争的事实。

既然经验是一种感性与理性的复合体，那么其内部结构及存在方式又是怎样的呢？我们不妨先来看一下美国哲学家威廉·詹姆斯的经验论。他认为，人在知觉一个客观对象时往往包含着两重性：既是属于物理活动的"事物"，又是属于心理活动的"思想"，它可以在两套不同的结构体系里扮演着不同的角色。詹姆斯曾以读者与房间的关系为例来解释"经验"的两重性及其结构状态。他说，读者对房间这一客体的知觉经验，既是主观的又是客观的。即对于读者来说，这房间既是他的个人传记——一连串感觉、情绪、决心、期待等的心理活动场，又有其本身的历史——一连串的盖房、装修、配备家具和家电设备等物理活动场。这两种活动既彼此独立成组又非常奇妙地交合在一起。所以，经验可以存在于各种相互联系甚至是对立的结构中。在其中的一个结构里它是你的"意识场"，在另一个结构里它是你"坐在其中的房间"，而且它总是完整地同时进入两个结构中，使人找不到什么借口能够说它以其一部分或方面结合于意识而以另外一部分或方面结合于外界实在①。詹姆斯的经验论，对于我们理解作为诗学的经验是很有启示性的。他不仅告诉我们经验是一种

① ［美］威廉·詹姆斯《彻底的经验主义》，庞景仁译，上海人民出版社1987年3月第1版，第7页。

"事物"与"思想"的复合体，而且还为我们揭示了经验的内在结构及其存在方式。其实，诗学的根柢在哲学，作为诗学的经验与作为哲学的经验在内容与形式上都是相通的。因此，我们可以说，作为诗学的经验是感性与理性的复合体，它可以存在于两个完全不同的结构系统中，并完整（不是部分）地同时进入这两个系统而难分彼此。照此理解，任何样式的诗歌写作都必须以诗人的生活经验作为底子，事实上无论是现实主义诗人、浪漫主义诗人还是现代主义诗人都是这样认定的。所不同的是他们认为在经验这个宝盒里所取的东西各有不同。现实主义者认定他拿走的是客观实在，浪漫主义者认定他拿走的是情感体验，而现代主义者则认定他要的是思想与智慧。其实，这只是他们的主观愿望，他们都不可能如愿。因为，经验这东西是整个儿的，是不能在其中抽出某种成份的。所以，当你拿走客观实在的同时也连带着拿走主体情思，当你拿走情感体验时也带走了思想与智慧，当你拿走知性时也带走了感性。别忘了经验是块"合金"，你即使把它砸成碎片，那么每块碎片里仍含有感性与理性两种成份。你把这些碎片放到另一套结构体系中去，并重组为一种新的经验时，它的基本性质也不会改变。

经验既然是一种艺术合金，那么这种合金是怎样锻造出来的呢？也就是说经验的原材料是哪里来的？又是谁用什么方法和装置来打造的？毫无疑问，任何经验都源于生活（包括内在与外在两个方面），离开生活这个原发性源泉，再有想像力的人也不能凭空创造出诗的经验。现代主义诗人对此就有深刻的体认与论述。里尔克曾说过："为了写一行诗，人得访问许多城池、人物和事情；他得熟悉动物，善观禽类的飞翔，和小花在清晨如何开放；人得随时想到陌生地方的道路，与别人的猛然邂逅，早预料到的分别；人得有时回到模糊的儿时，父母怎样误解了自己，疼爱成为虐待；回到海上的日子，旅行的夜，……还得有多少爱情之夜的记忆，每个都不同……女人分娩的叫喊，然后，女人睡在产褥上，雪白而轻松的，关闭起来；同时，还得坐着看人死去，还得守过死尸，窗户闭着，声音浮动着。但有记忆还不够，人得将它们遗忘，有很大的耐心等它们自己重现……那时，它们就成了我们的血肉、光耀与姿势……于是第一次，在一个稀有的时辰，一首诗的第一个字会跃出，而且跨向前去"①。在里尔克看来，诗产生的第一步便是观察和体验生活，第二步是记

---

① ［奥地利］里尔克：《Malta》，转引自唐湜《新意度集》，生活·读书·新知三联书店1989年北京版，第11页。

忆生活的感受与印象，第三步还得遗忘一些记忆，并耐心等待诗的经验的重现，至此一首真正的诗就将生成了。

诗的原材料源于诗人的生活体验，那么又是谁来加工整理那些杂乱无章的生活材料使之成为诗的经验的呢？艾略特认为是由诗人的头脑来完成这一使命的。他认为诗人的头脑，是一个比普通人更为精细和完美的媒介，通过这个媒介，特殊的或非常多样化的感受可以自由地形成新的组合。他曾用一个化学反应式来解释，即将白金丝放入一个含有氧气和二氧化硫的箱内时，便会产生化合作用形成硫酸。如果没有白金丝的加入，这两种气体不会产生任何变化，所以白金丝在这里起了一个催化剂的作用，新生成的硫酸中不含有丝毫的白金，其本身并未受到影响，仍保持惰性、中性和无变化。"诗人的头脑就是那少量的白金。这个头脑可能部分地或全部地在诗人本人的经验上进行操作。但是，诗人的艺术愈完美，在他身上的两个方面就会变得更加完全分离，即一方是感受经验的个人，另一方就是进行创作的头脑。头脑也就会变得能够更加完美地消化和改造作为它的原料的那些激情"①。他还说"诗人的头脑实际上就是一个捕捉和贮存无数的感受、短语、意象的容器，它们停留在诗人头脑里直到所有能够结合起来形成一个新的化合物的成份都具备在一起"。所以他认为："诗人有的并不是有待表现的'个性'，而是一种特殊的媒介，这个媒介只是一种媒介而已，它并不是一个个性，通过这个媒介，许多印象和经验，用奇特的或料想不到的方式结合起来"②。"结合"的成品便是艾略特所钟情的展示经验的现代主义诗歌。

三、经验诗学与现代主知主义诗学的建构

现代主义诗人之所以如此看重经验是有其现实的诗学背景的。其一是反对浪漫主义的直接抒情；其二是反对现实主义的客观再现。我们知道，现代主义的重视经验是以反对抒情为其逻辑起点的。无论是西方还是中国其直接背景便是反对浪漫主义的直抒胸臆和感情宣泄。艾略特就是反对浪漫主义诗歌直接抒情的始作俑者。他曾反复强调诗歌应该脱离感情与个性，而实现其客观性和非个人性。其实，艾略特并没有像某些中国的转述者所说的那样诗应该彻底地拒绝抒情，他拒绝的是纯私人的感情，但并不拒绝艺术感情。为

---

① 艾略特：传统与个人才能。《艾略特文学论文集》第 6 页。
② 艾略特：传统与个人才能。《艾略特文学论文集》第 7 页。

此，艾略特严格区分个人感情与艺术感情。他认为诗人的"个人感情可能很简单、粗糙或者乏味。他诗歌中的感情却会是一个非常复杂的东西，但是它的复杂性并不是那些在生活中具有非常复杂或异常的感情的人们所具有的感情复杂性。实际上，诗歌中怪僻的错误之一就是去寻求新的人类感情来加以表达；正是这种在错误的地方寻求新奇的做法使诗歌暴露出违反常情的效果。诗人的任务并不是去寻找新的感情，而是去运用普通的感情，去把它们综合加工成为诗歌，并且去表达那些并不存在于实际感情中的感受。那些他从未经历过的感情和那些他所熟悉的感情对他都会是有用的"①。据我理解，艾略特在这里并没有否认个人感情的原初性地位。他只是认为，诗歌不能像浪漫主义诗人那样直接宣泄个人感情，因为这样的感情是简单、粗糙和乏味的，而应该用一种人类普遍性的感情（可能指生命或宇宙意识）对其进行综合与加工，使之成为更复杂更精细更有概括力的艺术感情。而这种综合与加工（也叫集中），是在无意识状态下"消极地伴随着化合的行动"。当然，要达到这个无意识状态，也必须经历一个有意识的深思熟虑的过程，并注入思想或智慧的乳汁，最终使诗歌成为一种"有意义的感情表现"。而这"有意义的感情"不就是我们所说的"经验"吗。所以，艾略特强调感情与个性的脱离，并不是要将感情驱逐出诗歌领地，而只是对感情的一种艺术处理方式而已，其目的无疑是为了诗歌经验的形成。

对艾略特这一诗学理念，袁可嘉阐释得较为准确。他重视经验而反对抒情，一个重要的背景也是对浪漫派和人民派诗的不满。他认为浪漫派的诗情以柔、细而人民派的诗以粗、厉为特点，但都属"感伤"。这样的诗只重视情绪在量上的增强，而没有质的提高，因而算不上是"至情"。他也像艾略特一样注重"人的情绪与艺术情绪"的区分，认为"人的情绪是诗篇的经验材料，艺术情绪是作品完成后所呈现的情绪模式"②，"在作品中所表现的艺术情绪原已不是作者在人生中所经验到的人的情绪；原来的粗糙原料经过艺术的陶溶，在质在量都起了剧烈变化"，使读者感到"一方面不如日常生活中真切，同时又觉比平常遭遇更为真切"③。显然，这种艺术情感的转化理论与艾略特是一脉相承的。

① 艾略特：传统与个人才能。《艾略特文学论文集》，第10页。

② 袁可嘉：对于诗的迷信。《论新诗现代化》，生活·读书·新知三联书店1988年1月第1版，第61页。

③ 袁可嘉：对于诗的迷信。《论新诗现代化》，第62页。

袁可嘉在诠释诗与生活经验的关系时，也表现出与艾略特相似的艺术思维方法。他在《批评漫步——并论诗与生活》①中认为，如果把"生活"作为个人的生活经验来看待，那么诗的经验毫无疑问的来自实际生活经验。但这两种经验并不能画等号（这恰恰是现实主义诗歌的弊端），因为"二种经验中间必然有一个转化或消化的过程；最后表现于作品中的人生经验不仅是原有经验的提高、推广、加深，而且常常是许多不同经验的综合或结晶；一个作者的综合能力的大小，一方面固然决定于经验范围的广狭，深浅，尤其决定于他吸收经验，消化经验的能力"。所谓吸收经验，并不一定要你亲身经历人生的一切经验，这既不可能也没有必要，重要的是"一个创造者必须如狩猎者一般的注意宇宙运化，人生百态：他必须向一切打开眼睛，尖起耳朵，敞露胸膛，运用所有天赋的感官能力去看、去听、去感觉、去思索；而他的观察体验的对象也就不必仅仅局限于现实界的熙攘纠纷，对过去、对将来、对自然，对生命他都有天赋权力去探索、发掘"。所谓消化经验的能力，即是说人能凭借其与生俱来的想象力去综合各种不同的人生经验。因为"想象是人生活动中无时不在，无时不发生积极作用的一种心智能力"。唐湜在论及辛笛的诗时，也认为诗的最高理想应该是"生活经验完全升华为文学经验（Literaryexperience），没有渣滓，只有清纯的真朴"②。因为，在他看来文学经验并不就是生活经验，它只是"假托"，却植根于生活经验。那么，怎样实现由生活经验到文学经验的"完全升华"呢？唐先生认为，诗人与生活经验应保持适当的心理距离。他说："没有相当的心理距离，迫人的现实往往不能写成很好的作品。只有在生活经验沉入潜意识的底层，受了潜移默化的风化作用，去芜存精，而以自然的意象或比喻的姿态，浮现于意识流中时，浮浅的生活经验才能变成有深厚暗示力的文学经验"。为此，"诗人应该由熟透世故而返璞归真，凭一颗虔诚的良心而沉潜于情思的凝合，切中一点一线而扩张震荡至于无限"，"当生活的渣滓沉淀，清纯的文学经验显露于意识的水面时，圆熟的果实自能由枝头或笔下下坠，这便是思想与艺术的最好成果"。

从艾略特到袁可嘉再到唐湜，他们所关注的重点并不在于生活经验或感情体验是不是诗的源泉问题，他们所重视的是如何处理个人生活经验或情感体

---

① 袁可嘉：批评漫步——并论诗与生活。《论新诗现代化》，第160～161页。
② 唐湜：辛笛的《手掌集》。《新意度集》，第58～59页。

验，使之升华为诗的经验。艾略特主张用人类普遍性感情去综合加工个人感情，袁可嘉主张用想象去吸收、消化个人生活经验，唐湜则主张用"心理距离"来淘洗并冷却个人生活经验，等到它变成一种生命的潜在意识，再从这潜意识的深潭里钓出诗的活鱼来。唐先生的阐释是极具创造性，也是符合诗歌写作实际的。如穆旦的《森林之魅》就是一个大家所熟知的例证。诗人亲身经历了中国远征军在胡康河那场惨绝人寰的殿后战，但他并没有立即写诗，而是在经过三年的沉淀和反思后，才写成了这首不朽的诗篇。20世纪90年代那些提倡"中年写作"的先锋派诗人也承续并发展了这种艺术思想。他们提倡"中年写作"的一个直接动因，便是反对以激情喷泄为特征的"青春写作"。因为"青春写作"是一种无节制的情感宣泄和夸大其辞的矫饰，即其心智是不成熟的。而"中年写作"则"更为客观、冷静，关注经验多于倾注激情，具有历史感，在对事物的判断上也不执于一端，严格的是非判断和道德判断让位于困惑、怀疑和模棱两可。也就是说'中年写作'在更大程度上展示经验的复杂性，也深刻地展示人类生活的处境和我们内心的危机，因而也就更具有了深度和广度"①。先锋诗人们虽不像艾略特、袁可嘉那样直接谈论"艺术情感"和"艺术经验"的转化问题，他们似乎要拒绝人类情感的青春期表达，但他们所采用的方法与他们的前辈仍是一致的，他们也无非是要将理性注入情感，以控制激情的涌动和写作速度。孙文波就说："中年写作"已不仅仅是人类情感的青春期表达，"它还是我们认识世界、感知世界，进而用语言描述世界的工具。要做到此，就必须以更为理性，而不仅仅是非理性的态度去看待自己的工作"。"中年写作"不仅仅是一种年龄的简单划定，而是对于成熟心智的企盼，"它要求我们不仅仅是靠激情、才华，而是靠对激情的正确控制、靠综合的有效才能、靠理性所包含的知识、靠写作积累的经验写作"。因此，它是一种全面抑制与减速的写作。西渡也强调"中年写作"的减速。他认为"中年写作"，"加速的将是现实本身，而写作必须慢下来"，"写作的减速，不止意味着产量的减少和语速的问题，更重要的是一个诗歌意识问题。我们一直在谈论'从死亡返身'，但只有在'中年写作'中，'返身'才有可能成为一种切实的诗歌经验"。

---

① 关于"中年写作"的论述参见张曙光、孙文波、西渡三人谈话录：《写作：意识与方法——关于九十年代的诗歌对话》一文。全文收入《语言：形式的命名》一书，人民文学出版社1999年11月北京第1版，此处所引三段文字分别为第359、361和362页。

总之，无论是穆旦等"九叶"诗人，还是步其后尘的先锋诗人，其共性便在于写作主体对其私人性的感性体验不作热处理，而是让它冷却、沉淀下来，并不断地反观、思考这种感性体验，等到写作主体的思想与情感完全融合时，传达经验的现代主知主义诗作便应运而生了。

第五章

现代主知主义诗歌创作面面观

一、哲理诗的概念及诗学渊源

现代哲理诗是现代主知主义诗学主体样式，本章将着重描述中国现代哲理诗的创作概况。我们还是先从哲理诗的概念说起。

"哲理诗"本应是一个与"抒情诗"相对应的概念，但查《辞海》①只见"抒情诗"而没有"哲理诗"词条。后又查《世界诗学百科全书》有"哲理诗歌"和"哲学与诗歌"两个词条。前者说"哲理诗歌"一词，最早是由法国诗人阿尔弗雷德·德·维尼提出的。1844年，维尼在《一位诗人的日记》中引用了《牧羊人之家》中的一句诗"我陶醉于人类苦难的庄严光辉之中"，并评论说："这首诗囊括了我的哲理诗歌的全部意义"，并将哲理诗歌定义为："以史诗或戏剧诗形式表达哲理思想"的一种诗歌类型。从传达方式看，哲理诗可分为明确的哲理诗和含蓄的哲理诗两大类。所谓明确的哲理诗，就是那种用来直接表达某种哲学思想的诗。这种诗所包含的哲学思想基本上可以独立于诗歌形式而存在，因此完全可以对其哲理作明白、准确的逻辑解释，像卢克莱修的《物性论》、蒲柏的《人伦》等就是这样的哲理诗（从智性的视角看，这样的作品其实不是诗，而是用诗的形式写成的哲学讲义）。所谓含蓄的哲理诗，就是寓哲理于诗人独创的诗歌意境之中的诗。这类诗歌的作者充分运用语言、节奏、联想等手段，构成一种独有的诗歌意境，表现某种深刻的价值、关系或富有意义的可能性，而这类哲理意义是不能脱离它所寄寓的诗歌意境的，否则它就无法存在，像济慈的《希腊古瓮颂》、但丁的《神曲》、艾略特的《四个四重奏》等就是这样的作品。艾略特曾说，尽管但丁《神曲》的哲理意

---

① 《辞海》（文学分册），上海辞书出版社 1981 年版。

义与托马斯·阿奎纳斯《神学概论》的哲学意义是一致的，但是人们阅读这两种作品所领会的意义却不尽相同，因为《神学概论》是用理性逻辑写的，而《神曲》是用感性逻辑写的，它所表达的哲理意义与但丁所创造的意象密切相连，不可分割。明显的与含蓄的两类哲理诗在西方诗史上都能找到例证，但更有生命力的无疑是后者，因为寓哲理于意境的哲理诗更具有诗性，而不仅仅是哲理。

在西方诗史上有一种根深蒂固的观念，认为诗歌本身就具有哲理性。亚里士多德就曾说："诗歌比历史更具有哲理性，因为诗歌涉及的是普遍性问题，而历史涉及的是特殊性的问题"[1]。歌德进一步发展了亚里士多德的观点，认为思想的作用不是把主观的法则强加于客观世界，而是从客观事物中探索其规律。在歌德看来，自然与艺术都有"原型"，但他眼中的"原型"并不是一个轮廓清晰的具体事物，而是存在于某个事物之中并通过该事物体现出来的。因此，这种"原型"只能通过人们的耳、目、心智方能感知。思想的作用就是去发现我们现实经验中瞬间显现的平时难以捕捉的具体事物。这实际上是在说诗歌具有某种揭示的功能，它能通过捕捉瞬间显现的事物而揭示它所体现的普遍真理。德国和英国的一些浪漫主义理论家，也从各种不同角度进一步论证了诗歌在本质上具有哲理性的观点。在德国，诺瓦利斯与谢林把大自然的融合力与创造力描述为爱，前者把这种力量等同于"最高级的自然诗"，后者则称之为"大自然的精神，一种只能通过象征与我们交谈的精神"[2]。叔本华认为，使大自然发挥作用的不是爱而是意志，后起的尼采将此发展为"权力意志"说。在尼采看来，哲学与诗歌本来就是两位一体的。因为代表哲学的"智慧就像女人"，她只会青睐代表诗歌的"富有活力、倜傥风流的男子"，照亮真理之路的不是雄辩的论述，而是诗歌洞察力的闪光。在英国，也有许多诗人讨论过诗歌与哲学的同一性问题。雪莱曾宣称：诗人是"权力至高无上的哲学家"[3]；柯勒律治认为诗人是隐含意义上的哲学家，而不是显现意义上的哲学家。他根据康德的想象力理论，把想象区分为第一性想象（玄学的）与第二性想象（艺术的）。认为第一性想象是"人类一切感觉的活力与本初性的动因；第二性想象是第一性想象的结合与反映，它接受艺术目的的引导与支

---

[1] 《世界诗学百科全书》第 919 页。

[2] 《世界诗学百科全书》第 920 页。

[3] 《世界诗学百科全书》第 921 页。

配"①。因此，一位真正的诗人，在其哲理的洞察力与诗歌的创作之间存在着坚实的连续性。当然，真正高扬诗与哲学为一体的诗学观并付诸写作实践的是现代主义诗人和理论家。法国象征派诗人马拉美认为，诗是观念与形式的统一，是赋予抽象的观念以具体的感性形式，这种形式更多地是对抽象观念的暗示。稍后的象征派诗人瓦雷里也认为："诗人有他的抽象思维，也可以说有他的哲学；我说过，就在他作为诗人的活动中，他的抽象思维在起作用"②。英国象征主义诗人威廉·叶芝认为，诗须在宁静中感受到宇宙万物中存在的哲理，并用寓意极深的文字来表现这种哲理，这种表现能使人产生联想，通过有限的字句认识无限的宇宙，借刹那的感受把握永恒。艾略特则更进一步，认为："最真的哲学是最伟大的诗人之最好的素材，诗人最后的地位必须由他诗中所表现的哲学以及表现的程度如何来评论"③。由诗与哲学的同一性也带来了诗人与哲学家身份的同一性，以上所列的绝大多数都是这两种身份的复合体——诗人哲学家，他们的哲理诗都是彪炳于史册的艺术珍品，如但丁的《神曲》，斯宾塞的未完成长诗《仙后》，弥尔顿的《失乐园》，艾略特的《荒原》、《四个四重奏》，里尔克的《杜伊诺哀歌》等，由此可见，无论从理论还是实践方面看，哲理诗在西方都有很深厚的诗学渊源。

在中国古代诗史上虽不曾明确提出过"哲理诗"概念，但对哲理诗的理论探讨和写作实践却具有相当悠久的历史，积累了相当丰厚的诗学资源，这对现代哲理诗的形成和发展无疑是具有启示性的。早在先秦的《尚书·尧典》就提出"诗言志"的观点。尽管这"志"各家都有自己的解释，有的说是指神秘的天意，如汉董仲舒所说的"诗以达意"的"意"即天意；有的说是指自然规律或与自然规律相统一的治世之道和伦理之道，如庄子所说的"诗以道志"和荀子所说的"天下之道"中的"志"与"道"即指此意；也有的说是指用诗表达心意、思想和理想的方式，如《左传》和《论语》就把《诗》理解为一种表达方式和外交手段。但不论哪种解释都将诗的本质引向一种抽象的观念，多数情况是指哲理。此后，唐代韩愈提出"文以明道"，这"道"无疑是指儒家之道，后又将其引申为"理"。北宋周敦颐则提出"文以载道"，进一步发展了哲理本质观。到南宋朱熹那里这种观点得到了极致性发展，他强

① 《世界诗学百科全书》，第 921 页。

② 伍蠡甫主编《现代西方文论选》，上海译文出版社 1984 年版，第 37 页。

③ ［美］傅孝先《西洋文学散论》，中国友谊出版公司 1986 年版，第 15 页。

调文学必须表现"义理"。理学诗人真德秀在此基础上又提出"以诗人比兴之体，发圣人义理之秘"的见解。可见中国古代诗学已认定诗的哲理本质观。接下来的问题是，古人心目中的哲理如"志"、"道"、"义理"等其本身是否具有独立的审美价值？它又是在何种状况下成为审美对象并获得传达的？对此，中国儒道两家都给予十分肯定的回答。孟子曾将审美分成二个相关的层次。认为"口之于味"、"耳之于声"和"目之于色"的感官之美是一种低层次的美，而最高层次的美即是由圣人之心发现的"理义"之美，即具有形而上特点的智慧之美。庄子也说"天地有大美而不言，四时有明法而不议，万物有成理而不说"①。那么谁能发现并传达这些"不言"的"大美"呢？当然只有"圣人"有这样的本领，所以庄子接着说："圣人者，原天地之美而达万物之理，是故至人无为，大圣不作，观于天地之谓也"。可见只有圣人才能发现隐天地之间的大美和至理，至于以何种方式来表现，庄子告诉我们的是"观于天地"，即我们常说的要靠"悟"。到六朝时儒道合流，形成"以玄对山水"的艺术观，宗炳论画时说："圣人含道应物，贤者澄怀味象"。意思是说，圣人都是得道之人，能获得大美的人，他只要把这种大美的存在向人们证明即可，而贤者要获取这种大美则要以澄明静穆的心境品味山水，因为只有这样才能领悟"道"这一玄理之美，这就是所谓的"澄怀观道"的审美方式。当然，古代美学家们并没有说明为什么只有"圣人"才能悟道而别的人则不能。尽管如此，古代先哲们对诗的哲理本质观和审美观的阐发，不仅丰富了我国古代诗学的宝库，而且对哲理诗歌的创作也起到了积极的影响，使中国哲理诗也在某些时段里出现兴盛局面。清人张谦宜在《绲斋谈诗》中说："诗中谈理，肇始三颂"。其实"二雅"中也有不少智慧诗。从散见于诸子散文中的古歌谣谚和各种出土文物上的箴铭格言看，上古的教诲诗也已相当可观。再从《老子》、《庄子》两大哲学诗看，不仅与同时代其它民族相比毫不逊色，亦可推知当时哲理诗的繁盛与水准。此后，哲理诗创作渐成风气，先后出现过魏晋玄言诗、唐代佛理诗和宋代理学诗等三次较为成熟的诗潮，既有理论又有大量优秀的哲理文本，形成中国古代独特的哲理诗传统并延续到现代。

毫无疑问，现代哲理诗是在中西两大诗学源流的合力作用下产生的，而"五四"时期中西文化的大碰撞和大交流则为其整合提供了十分有利的历史条件。现代哲理诗虽不像抒情诗那样处于强势地位，并不时受到责难甚至是颠

---

① 《庄子·知北游》，曹础基著《庄子浅注》，中华书局 1982 年北京版，第 325 页。

覆，但它几乎与抒情诗一同诞生，并渐成风气，形成自己的发展脉流。从早期白话诗人的"说理诗"，到文学研究会诗群的"哲学热"；从小诗派的哲理感悟诗，到现代主义的"新智慧诗"；从台湾现代派的"横的移植"，到世纪末的"知识分子写作"；形成了一股绵延80余年的哲理诗潮流，涌现出胡适、郭沫若、宗白华、冰心、冯至、艾青、卞之琳、穆旦、郑敏、洛夫、西川、欧阳江河、翟永明等一大批优秀哲理诗人，为中国现代哲理诗繁荣作出了重要贡献。下文将择要论述几类有影响的哲理诗。

二、郭沫若：表现"泛神论"哲学的自然诗

郭沫若是中国新诗的伟大开拓者，他的第一部新诗集《女神》以狂飙突进般的革命浪漫主义唱出了"五四"时期反帝反封建的时代最强音，为我国诗歌开辟了一个新纪元。郭沫若早期诗歌中的泛神论哲学是他自己和研究界都公认的，特别是早期那些自然题材的诗歌泛神论色彩特别浓厚。

泛神论是16～17世纪流行于西欧的一种唯物主义哲学思想，代表人物为意大利的布鲁诺和荷兰的斯宾诺莎等，其要旨是要使哲学摆脱神学的束缚，它把神融化在自然之中，不承认世界上有超自然的创世主存在。它宣称神是非人格的本原，它不存在于自然之外，而是和自然界等同的，所以本体即神，神即自然。郭沫若从小就接触了认为"天地与我并生，而万物与我为一"的庄子学说，在日本留学期间，又先后接触了充满泛神论倾向的泰戈尔、惠特曼、歌德和集泛神论思想之大成的斯宾诺莎，逐步形成了泛神论思想。"五四"之前，他对泛神论的醉心，主要表现在对自然的仰慕之上。他崇拜"自然"那唯一的实体，热爱宏伟的自然，把自然"当作朋友、当作爱人、当作母亲"。如《地球、我的母亲》一诗，从泛神论的本体论思想出发，把自然（地球）、劳工和自我三者作为整体来歌颂，渲染出人与自然和谐一致、亲密无间的理想境界。《三个泛神论者》是郭沫若泛神论思想的宣言诗，表达了诗人对庄子、斯宾诺莎和加皮尔三个他心目中的泛神论者的崇拜。郭沫若推崇庄子的"天地与我并生，万物与我为一"的思想，即人和自然融为一体的思想。如在《凤凰涅槃》中，作者写道：凤和凰举火自焚，燃掉旧我，歌颂新生；"我们更生了。/我们更生了。/一切的一，更生了。/一的一切，更生了。/我们便是他，他们便是我。/我中也有你，你中也有我。/我便是你。/你便是我。/火便是凰。/凤便是火"。作者用"物我合一"、"等齐生死"的泛神观念，去讴歌你、我、我们的相互依存、相互团结的光辉的新生——一切的更生；因物我合

一，等齐生死，本体不灭，故我也不灭。于是凤凰的火中之涅，就是凤凰的火中之再生。这种更生是必然的，不可阻挡的。在《梅花树下的醉歌》一诗中，他写道："梅花呀！梅花呀！/我赞美你！/我赞美我自己！/我赞美这自我表现的全宇宙的本体！/还有什么你？/还有什么我？/还有什么古人？/还有什么异邦的名所？"谁能从这些诗句中把自然界的火、梅花同我分开，谁又能把我、你、他、古人等分开，又怎能把这一切的自然与人同全宇宙的本体分开？这一切的一切，在泛神论者看来，都是浑然一体而密不可分的。

泛神论还表现为蔑视神灵和一切偶像。郭沫若就曾说："泛神便是无神。一切的自然只是神的表现，自我也只是神的表现，我即是神，一切的自然都是自我的表现"。郭沫若的早期关于自然题材的诗歌也体现了这一思想，如《立在地球边上放号》、《地球，我的母亲》、《匪徒颂》、《晨安》、《凤凰涅槃》、《天狗》、《心灯》、《炉中煤》、《巨炮之教训》等粗犷豪放的具有浪漫主义特色的诗篇。在这些诗篇里，诗人把自己与天地，与整个大自然，与整个社会融为一体。如果有什么神灵的话，那么，天是神，地是神，山是神，海是神，一切的一切的自然现象都是神，作为自然中的人是神，诗人也是神。你看那条天狗，那是多么力大无比的形象，它要吞下月，吞下日，吞下一切星球以至于全宇宙。它是月的光，日的光，一切星球的光，它是全宇宙能的总量。它剥自己的皮，食自己的肉，吸自己的血，吃自己的心肝。它在自己的神经上飞跑，在自己的脊髓上飞跑，在自己的脑筋上飞跑。这样的诗，如果照正常的事理发展的逻辑去理解，那是解释不通的。但是如果从泛神论的角度去认识，把天狗当成是力大无比的神，便可迎刃而解了。

其他的一些自然题材的诗歌也体现了泛神论的思想，如《浴海》回到自然，诗人与大自然融为一体，使大自然也赋有人类的喜怒哀乐，洋溢着毁灭与洗刷"旧我"，追求和创造"新我"的热情。《立在地球边上放号》是一首力的颂歌。《晚步》是首瞑想诗。这是诗人之心与自然之心的偶然碰撞，是他和松树林木的倾心交谈。《雪朝》赞颂雄浑的大自然，赞颂大自然的交响乐。《心灯》自始自终都贯穿着这种人和自然的融合，物我一体的泛神论思想，诗中自然与人完全融为一体，人成为自然的一部分。谢康在《读了〈女神〉以后》一文中说："郭沫若诗却全是以哲理打骨子的，所以我们读着总要被感动"①。《女神》即以"哲理"为骨架去"感动"读者。这个"哲理"即是泛

---

① 谢康：读了《女神》以后。《创造季刊》，1922 年 9 月第 1 卷第 2 期。

神论思想。正是泛神论在郭沫若早期诗歌中作底蕴，才使得郭沫若的早期诗歌取得如此巨大的成就。

三、从冯至到西川：传达生命感悟的"沉思的诗"

冯至是中国现代诗坛上最为杰出的诗人之一，他的诗是研究界公认的"沉思的诗"。他从1921年发表第一首诗《绿衣人》开始，至建国前为我们留下了三部诗集：《昨日之歌》（1927）、《北游及其他》（1929）、《十四行集》（1942）。虽然早期诗作《昨日之歌》以其幽婉的抒情赢得了诗界的一片赞赏，被鲁迅称誉为"中国最杰出的抒情诗人"；《昨日之歌》已凝聚了诗人对社会、个人的关注与思考；在《北游及其他》中，诗人已表现出对荒诞存在的批判和现代主义的初步自觉。但只有到《十四行集》，冯至才着力从其敏锐的感觉出发，在日常性的境界里体味出了精微的哲理，写出了真正意义上的哲理诗精品。李广田称之为"沉思的诗"①，九叶派诗评家唐湜称其为"沉思者冯至"。而西川是90年代诗坛上"知识分子"写作的代表诗人之一，他也是一位智者型的诗人。程光炜说："在北大的'三剑客'中，西川是最理智的一位诗人。如果说海子是燃烧的，骆一禾在宽阔的胸襟中深埋着喷突的激情，那么西川正好综合了他们各自的特点。他长于用哲学的眼光来思考问题"②。刘纳认为："西川通过想象性的体验使人类的智者们在以往年代的迷失与智慧成为他个人精神生活和诗歌生活的一部分。我们很少能从西川诗里发见激情，而《激情》所展示的，依然主要是沉静的诗思"③。在两位评论家的文章里，都提到了"智者"、"哲学"和"诗思"这样的字眼。尽管上述评价不一定囊括了西川作为诗人的全部气质，但至少说明了他基本的创作态度。西川从早期的代表作《在哈尔盖仰望星空》和一些关于大自然的短诗到90年代的一系列长诗《致敬》、《芳名》、《厄运》、《激情》、《汇合》等无不体现了他的这种写作取向，西川与冯至一样是一位典型的沉思型诗人。他们的"沉思"关乎人类、生命、死亡、宇宙、命运和不可知的神秘力量，他们执著于经典性的精神追求，写出了传达生命感悟的"沉思的诗"。

他们的"沉思"首先关注的是人类的命运。命运是冯至和西川诗歌中

---

① 李广田：沉思的诗——论冯至的《十四行集》，原载1943年10月《明日文艺》第1期。

② 程光炜：西川论。《淮北煤师院学报》（哲学社会科学版），2001年第5期。

③ 刘纳：《诗：激情与策略》，中国社会出版社，1996年版，第192页。

反复出现的主题，《昨日之歌》是冯至的第一部诗集，虽然以其幽婉的抒情赢得了诗界的一片赞赏，但通过仔细诵读，你会发现这些短诗的内质里，已蕴涵了诗人对人类命运的关注和对生命意识、宇宙意识的哲学体悟。《绿衣人》是冯至发表的第一首诗，诗歌描述的是一个平凡而简单的生活场景，但却包容了深广的社会历史内涵，其蕴涵的浓郁的人道关怀，体现了诗人对社会对人生的深切关怀之情。这表明刚开始写作的冯至，便显示出了他的沉思凝想的性格特征，他不去直接描写时代的灾难、人民的痛苦，而是由人们一个最常见的生活事象中，追想和思考大时代里一个陌生的普通个人的悲剧性命运。《晚报》表现了诗人对报童的同情以及与自身命运的关切："我们是同样的悲哀，／我们在同样荒凉的轨道"，但是一团团的爱"在我的怀里"。《不能容忍了》则尖锐地写出了个人与盲众、真诚与虚伪的对立，其间的痛苦也超越了社会层面的批判，而表现出直面整个人类生命和道德弊端的思考。所以冯至在他最初的关于人生思索的诗作里，就已闪烁出他的诗歌写作哲理化倾向和现代主义气息。

西川也特别关注人类的命运，他用沉思取代了抒情。他在《悲剧真理》一文中说："由于人在宇宙中所处的地位和他在社会中所遭受的失败，致使作家不由得要借悲剧来向茫茫宇宙发问，并以此促成了悲剧精神的无限性和苍凉感"①。在这里，西川清楚地表明了他对悲剧和命运的思考。在《母亲时代的洪水》一诗里，西川以感同身受的关爱同情的目光，注视着自然灾害中人类的悲剧命运，而且在谈到这首诗的写作时，他说："在巨大的灾难面前，在命运的笼罩之下，诗人必须将其个人恩怨和伤感降低到最低限度，或者干脆抛诸脑后，从'个我'走向'他我'，继而走向'一切我'"②。可见他要关注的、表现的不是"个我"的命运，而是"他我"，最终"一切我"，也就是整个人类的命运。所以他的诗超越了个人的经历和感觉，超越了个人的生活和命运，超越了一己的悲欢，把自己的命运融入"他我"、"一切我"之中。

对死亡的关注也是冯至和西川在诗歌里"沉思"的另一个重要主题。冯至早期就开始了对死亡的关注，如《最后之歌》，这首诗是诗人对母亲死亡事件的再现性描述，在诗里有一个关键性的象征性意象"柔波"，它喻指与生命俱来的人生追求。诗人的人生追求与母亲的生命深深关联，母亲的生命终结

---

① 《文论报》1993 年 8 月 14 日。
② 关于《母亲时代的洪水》。《未名诗人》，1992 年第 2 期。

了，诗人感觉到人生的"空幻"。但最终经过对生命的深刻体悟，诗人又感到"追逐残余的那缕柔波"的必要。在诗人看来，死亡并不意味着所有一切的夭亡与消弭，母亲最终化为上帝园中的花朵，这体现了诗人认为死亡的本质是人的生命在宇宙中的延伸，他弥合了有限与无限、存在与虚无的界限，为生命架设起此岸世界通向彼岸世界的桥梁。在《十四行集》里，生死问题更是其中一个最常见的主题，这一方面可能是源于战争对生命摧残，我们只要读一读其中的第六首就会获得这一确定不移的印象：

> 我时常看见在原野里
> 一个村童，或一个农妇
> 向着无语的晴空啼哭，
> 是为了一个惩罚，可是
>
> 为了一个玩具的毁弃？
> 是为了丈夫的死亡，
> 可是为了儿子的病创？
> 啼哭得那样没有停息，
>
> 像整个的生命都嵌在
> 一个框子里，在框子外
> 没有人生，也没有世界。
>
> 我觉得他们好像从古来
> 就一任眼泪不停地流
> 为了一个绝望的宇宙。

李广田说这首诗表现了一种"强烈的感觉"，是任何理性都无能为力的"强大感觉"，它类似于里尔克在书简中所说的那种"广大的寂寞"和"悲哀"之感①。这样的解读虽很深刻却不免神秘。照我的理解，这是一首写存在之荒诞的诗。诗人从村童与农妇"向着无语的晴空啼哭"这样一个战争年代习见的日常现象里，发现了一个生命的定律：人无法摆脱命定的"框子"，他唯一能做的，就是面对"绝望的宇宙"不停地流泪，试想这样的存在是多么地荒诞与无助啊！冯至强烈地意识到死亡是生命的界限。但是对生命的有限性

---

① 李广田：沉思的诗——论冯至的《十四行集》。原载 1943 年 10 月《明日文艺》第 1 期。

的这种自觉，并没有使冯至对生命产生悲观主义、虚无主义的态度，反而使冯至感到"界限，是一个可爱的名词，由此我们才能感到自由的意义"①。他把死亡纳入生命之中，视死亡为生命的辉煌完成。"我们把我们安排给那个／未来的死亡，像一段歌曲"（《十四行集〈什么能从我们身上脱落〉》），冯至主张人应以"融容"乐观的态度对待死亡，以饱满的热情倾注于现在的努力，以便领受生命最完美的时刻。"我们赞颂那些小昆虫，／它们经过了一次交媾，／或是抵御了一次危险，／便结束它们美妙的一生，"（《十四行集〈我们准备着〉》），在这里生与死的矛盾达到了统一。

对于诗人西川而言，死亡是他不得不正视、关注和思考的。1989年，他的两位挚友诗人海子和骆一禾的相继辞世，以及其他几位诗人的自杀，给西川的精神带来了直接而深刻的影响。他说："他们的死深深触及到了我的'内在的我'——他们死了，而我活着；我感到耻辱和负疚，我感到自己的世界观发生了巨大的变化。例如，我认识到了魔鬼的存在，我认识到宿命的力量，我看到了真理的悖论特征，我感到自己在面对事物时身处两难之中。我想我的诗歌应该容纳这些东西，"②。诗人对死亡的审视在诗歌中加以表现，关于死亡的意象如夜、幽灵、阴影、废墟、蝎子、乌鸦、巨兽、蝙蝠等等大量滋生于诗人笔下。他为他们写下了《命题十四行》、《为海子而作》、《为骆一禾而作》、《月亮》、《停电》和《致敬》等与死亡有关的诗篇。在《为海子而作》里，他思索着海子对于写作的独特意义："你没有时间来使一个春天完善／却在匆忙中为歌唱奠定了基础"。在《为骆一禾而作》中，他对抽象的死展开了认真而执著的探询："死亡使你真实，却叫我们大家／变得虚幻——"。诗人意识到，"是死亡给了你众多的名字"。诗人的死，超越了肉体的界限；"被打断"的，却是活着的人的生活。因为通过死，他使关于精神的记忆加入了一个永不休止的循环的过程，使死成为一个带有纪念碑意义的特殊符号。同样，先前的一些美好意象到西川的笔下也具有了一种死亡的间味。"月亮"这个被中国诗人寄寓无限愁情与相思的传统审美意象，在西川的诗中变成一个始终尾随我们的故友的亡灵，它听我们最初的啼哭，它的光芒鼓动起我们的欲望和野性，一步步地将我们引向那永恒的故乡，然而我们却浑然不觉，依然在月光中舞蹈，

---

① 《界限》：《冯至选集》，（第2卷），四川文艺出版社，1985年版。

② 答鲍复兰，鲁索四问。载湖南文艺出版社，"二十世纪末中国诗人自选集"西川卷《大意如此》1997年第1版，第246、245页。

小巷里的老太婆也在与双眼如炬的黑猫开玩笑，从酒巴到天文馆漆黑的通道上飘来了私奔与报复的噪音，诗人接着写道：

> 所以要掘墓你就赶快动手吧
> 别等到月亮在你身上打开缺口
> 敲响你体内的暖气管
> 改变你血液的颜色
> 使你爱上那墓中的骷髅
>
> 生命，多像一个吹哨子的男人
> 在月光中移行，把他所有的激情
> 倾注在一只小小的铁哨上
> 我们尾随着他，深一脚浅一脚
> 嘴里发出哧哧的笑声
>
> 而尾随我们一生的月亮
> 从不将我们阻拦，它一再隐身
> 一任我们被黑暗所改变
> 但当我们死亡或死后不久，它会
> 不动声色地出现在我们身边
>
> ——《月亮》

在西川的眼里，生命是如此的荒唐，它就像一个吹哨子男人的游戏，众人则在他那激情哨声的引领下，深一脚浅一脚地走向生命的终点站。而这一生命旅程的见证却是"尾随我们一生的月亮"，当我们沉没于死亡的黑暗之所时，它又"不动声色地出现在我们身边"。这里有对"月亮"无情的怨愤，也有对"人生易老天难老"这一生命定律的无奈和感伤。

从传达生命感悟的艺术策略来看，冯至和西川的"沉思诗"也具有相似的审美取向，他们总是从形而下的日常性事物中寻找题材，从中发掘出具有形而上意义的哲学思想，并将其凝定在经过充分生命化的日常意象诗美意境中，使之获得充分有效的审美传达。冯至的《十四行集》是从诗人敏锐的感觉出发，在日常的境界里体味出精微的哲理。诗来源于生活，但诗并非仅仅是生活本身。冯至的《十四行集》并没有停驻在生活的表层，而是对生活进行观察、提炼、思考，把它们提升到哲理的高度。冯至对于与其生命发生深切关联的每件事物，都写了一首诗。如此，诗人思想的魅力便融汇在诗中，诗作在对生活经验的展示具有了哲学的内质。《十四行集》是建立在对日常生活凝思的基础之上的，"在平凡中发现最深的东西"构成了《十四行集》的哲理色彩。其中第八首《是一个旧日的梦想》来自于对生活平常事件的认真凝视与谛听，却表达了生命个体对人类存在的无限时空的思考与探索。第四首《鼠曲草》是一首被广为传颂的哲理诗：

> 我常常想到人的一生，
> 便不由得要向你祈祷。
> 你一丛白茸茸的小草，
> 不曾辜负了一个名称；
>
> 但你躲避着一切名称，
> 过一个渺小的生活，
> 不辜负高贵和洁白，
> 默默地成就你的死生。
>
> 一切的形容、一切喧嚣，
> 到你身边，有的就凋落，
> 有的化成了你的静默：
>
> 这是你伟大的骄傲，
> 却在你的否定里完成。
> 我向你祈祷，为了人生。

鼠曲草在西方又称贵白草，是一种非常平凡的草，诗人冯至却从它身上发现了诗意和人生哲理。他借鼠曲草平凡渺小的生存过程来探究人生的真谛。鼠曲草对平凡的生活状态静默自足，对追名逐利的"一切的形容、一切的喧嚣"的默默否定，表现出诗人对于平实、认真、执著的生活态度的赞许，对高洁人格的倾慕。在诗人看来，伟大寓于平凡之中，只要心灵高尚，执著于自己的追求，即使像小草那样渺小，那样默默无闻，亦自是一种高贵的生命样式，自有高风亮节长留人间，并能在生死交替中走向不朽。诗人以鼠曲草喻人，使抽象的人生哲理与具象的鼠曲草达成心灵的契合，从而避免了抽象理性的直接宣示而代之以生动形象的诗意传达。

冯至一方面强调一种认真负责的人生态度，倡导独自承担起生存的全部问题，另一方面又格外重视人与人之间的相互关情、相互分担。在冯至看来，个体人生是孤独的，有限的，不确定的，那么个人如何在有限的生命中获得充实的人生呢？冯至认为这就要求个人在有限的现存中多经历，多体验，为此单纯的自我体验和自我承担就不够了，而同时分担他人的苦乐则成为扩大和充实个体生命的手段，而这一切形而上哲思都是建立在对形而下日常事物的发现之上的。在《十四行集》第二十首中："我们不知已经有多少回/被映在一个辽远的天空/给船夫或沙漠里的行人/添了些新鲜的梦的养分"。在一个有限的生命空间里，存在者之间的交流随时可能发生。在第十六首《我们站在高高的山巅》中，眺望的远景有我们的生命化成，而条条道路与道道流水，阵阵清风与片片流云，这些互相关联的事物又化成我们的生命，人化为物，物化为人，生命与生命互相呼应，生命与万物融合为一。诗人把宇宙意识诗化了，使其具有玄远悠长的韵味。

西川同样能从平凡中发现不平凡的人生哲理，他的一首首短诗都能占有相当大的精神空间，他早期热衷于书写自然事物，从中发现超越人类社会的那种不可知的力量，追求神性、秩序、和谐与永恒，并在追求的过程中处处闪现哲理的光辉。如风、云、星、雨、月亮等都是最平常不过的自然现象，但诗人却能从中发掘出具有深远意义的哲理。如《起风》：

> 起风以前树林一片寂静
> 起风以前阳光和云影
> 容易被忽略仿佛它们没有
> 存在的必要
> 起风以前穿过树林的人
> 是没有记忆的人
> 一个遁世者
> 起风以前说不准
> 是冬天的风刮得更凶
> 还是夏天的风刮得更凶
>
> 我有三年未到过那片树林
> 我走到那里在起风以后

诗人以泰然、淡泊、虚静的诗境昭示了自然宇宙的玄机。"起风以前"，无论是"冬天的风"还是"夏天的风"的区别，只是自然万物在宁静之光笼罩下呈现出来的一种不为人察觉的自然状态，任何人为的知觉判断都是对自然状态的破坏，诗消融了物与物之间的差别，由对自然的直觉经验升华为"物无非彼、物无非此"的哲理阐述，即人与自然宇宙的浑然一体性。但"起风以后"，这种宁静、和谐与整一被打破了。三年后，"我"走到那片树林，树林里已经起风。诗人没有去铺排"起风以后"的自然与人，但我们可以想象，正是起风以后的可怕、动荡，才使诗人的思绪向"起风以前"延伸，去追忆那万物祥和的自然状态。至此，"起风"已不仅仅是一个自然状态下的灾难符号，它还更加深刻地隐喻着时代、社会的劫难，起风以前万物的宁静、淡泊不正是生活常态与生活本色的象征吗？可以说，西川的《起风》开拓的不仅仅是对宇宙现象的体验，更是对社会、历史的洞察。西川90年代的短诗写作也不曾改变这种从日常性的事物中发现秘密，从而把握形而上的思想的风格，如《一个人老了》："一个人老了，在目光和谈吐之间，/在黄瓜和茶叶之间/像烟上升，像水下降。黑暗迫近。/——他看到落伍的大雁、熄灭的火，/庸才、静止的机器、未完成的画像"。西川在这首诗里试图从日常生活的内部窥探人的本质；再如《重读博尔赫斯》一诗里，诗人提示了这位作家琐碎生活中的神奇经历："一个图书管理员，懒散地，仅仅为了生计/而维护书籍和宇宙的秩序"。

在诗歌的艺术追求上，冯至受到了里尔克的影响，他转向了人生经验的描述，避开主体情感，使写作趋向于客观化。在具体的描述上，他采用了"雕刻"的方法雕琢自己的诗，诗歌因而具有了一种凝定的美。特别是《十四行集》，冯至力求避免对客观世界和内心经验作抽象的描述，他从日常的生活万物中找到了哲理，将这些哲理进行提炼、加工，在经过诗人的凝思，加以诗化，这些诗作便如同一座座雕塑，展现在人们面前。唐湜在诗评《论意象的凝定》中说："而真正的诗，却应该由浮动的音乐走向凝定的建筑，由光芒焕发的浪漫主义走向坚定凝重的古典主义。这是一切沉挚的诗人的道路，是 R·M·里尔克的道路，也是冯至的道路"①。这正是冯至在诗艺追求上所走的道路。而在诗形的选择上，冯至最终选择了十四行体这种西方格律诗形式。他在《十四行集·自序》中说："至于我采用了十四行体，并没有想把这个形式移植到中国来的用意，纯然是为了自己的方便。我用这形式，只因为这形式帮助了我"。正如李广田在论《十四行集》时所说的，"由于它的层层上升而有下

---

① 唐湜：《新意度集》，三联书社，1990 年版。

降，渐渐集中而又解开，以及它的错综而又整齐，它的韵法之穿来又插去它正宜于表现我要表现的事物；它不曾限制了我活动的思想，而是把我思想接过来，给一个适当的安排"①。正是这种形式为冯至的情感和哲思提供了一个合适的框架，把握住了把不住的事体。正如诗人在《十四行集》的最后一首诗《从一片泛滥无形的水里》写的："向何处安排我们的思，想？/但愿这些诗象一面风旗/把住一些把不住的事体"。

在诗艺追求上，西川早期的诗歌注重抒情的纯净性，诗歌写得单纯而质朴，如在《在哈尔盖仰望星空》一诗中，让我们感受到灵魂"净化"的效果，而《致敬》写得澄澈透明。杨远宏在《暗淡与光芒》一文中说："西川代表我们时代最优雅、高贵、纯净的诗意情怀和品质，他为中国现代诗提示、标举了一个诗学的空间的维度，他像一个宁静致远的现代隐士和高士"②。西川自己说要在"感情表达方面有所节制，在修辞方面达到一种透明、纯粹和高贵的质地，在面对生活时采取一种既投入又远离的独立姿态"③。西川的这种写作姿态决定了他疏离主流文学的边缘姿态，以内省的崇高和语言的诗意去追求诗歌黄金般的纯粹。他也尝试用十四行体写作诗歌，如《诉说十四行》、《暴风雨十四行》、《月光十四行》、《仿彼特拉克十四行》、《读密尔顿十四行》、《秋天十四行》等诗作，用这种特殊的诗体表达他的深沉和凝重的沉思。但是90年代的西川在诗艺追求上发生了改变，在诗歌方式上也发生从歌唱的诗歌向叙事的诗歌过渡。他说："当历史强行进入我的视野，我不得不就近观看，我的象征主义的、古典主义的文化立场面临着修正"④。西川要为经验、矛盾、悖论、噩梦找到一种能够承担反讽的表现形式，如在《小说家》一诗中，他运用了反讽手法对题材进行了多角度的深化处理。他开始转向了"综合创造"⑤，而他的"综合创造"是将诗歌的叙事性、歌唱性、戏剧性熔于一炉，他的组诗《厄运》、《芳名》体现了这种取向。

冯至和西川虽是两位不同时代的诗人，但他们借着诗人的敏锐感觉，沉潜于真挚的感情，用"沉思的诗"在传达生命的感悟上达到了一致。他们以认真、执著的沉思，以一种智者的眼光，关注人类的生存状态和命运，从对个人

---

① 李广田：沉思的诗——论冯至的《十四行集》。原载 1943 年 10 月《明日文艺》第 1 期。
② 《中国诗歌：九十年代备忘录》，人民文学出版社，2000 年版，第 85 页。
③ 西川：答鲍复兰，鲁索四问。《让蒙面人说话》，东方出版中心，1997 年 7 月版。
④ 西川诗集：《大意如此》自序，湖南文艺出版社，1997 年 8 月。
⑤ 西川：90 年代与我。《诗神》1997 年，第 7 期。

命运和生死的严肃思考中，从日常性的生活事象中，领悟到某种人生哲理，他们的诗歌质地朴素，却又是感人至深的。他们的这些闪烁着深刻哲理的诗作，无论何时让我们品味，总有种常读常新的感觉。

四、从卞之琳到欧阳江河：演绎现代哲学观念的"新智慧诗"

卞之琳是诗国的哲人，他是中国新诗史上一位具有自觉哲学意识的诗人。20 世纪 30 年代，他学着戴望舒开辟的"现代诗风"，并逐渐形成了他自己独特的风格。著有诗集《数行集》、《音尘集》和《鱼目集》。他的诗歌被称作是"新的智慧诗"①。他的诗歌富于"理智之美"（"或者恕我杜撰一个名目，理智之美（beautyofintelligence）"），卞之琳"喜爱掏洗，喜爱提炼，期待结晶，期待升华"②，他总是把生活中引起他感动的世态物象，进行艺术化的掏洗、提炼，经过智慧的思考，从中感悟出一种人生的哲理，再以一种单纯、简练的意象表达出来，而内在的意蕴却非常深厚、丰富。在卞之琳的诗歌里随处可见一些智慧的闪光，哲理的趣味。欧阳江河是 20 世纪 80～90 年代"知识分子写作"的代表诗人之一，他也是属于智者型诗人。1983 年至 1984 年间，他创作了长诗《悬棺》，表现了他深刻的理性和睿智。之后，他又写出了一系列组诗、长诗和短诗。短诗《汉英之间》、《玻璃工厂》、《计划经济时代的爱情》、《傍晚穿过广场》、《去雅典的鞋子》，组诗《最后的幻想》，长诗《椅中人的倾听与交谈》、《咖啡馆》、《1991 年夏天，谈话记录》、《雪》等，是他近年来的优秀之作。他的诗作不以单纯的抒情和哲理为主题性目标，也不以想象为特色；而是以一套复杂语码，传达了丰富曲折的心智，并发展了他理性的、思辨的述说风格。诗评家杨远宏说欧阳江河："代表了我们时代最聪慧、深邃、诡异的诗歌知识和智慧，他为中国现代诗提示、标举了一个思辨的、知识谱系的维度"③。卞之琳和欧阳江河虽属于不同时代的诗人，但由于他们的诗歌都从对个人命运和对现实的严肃思考中，领悟到某种人生哲理，并以冷静的写作姿态，显示了诗人的哲人气质，他们的诗歌不使人动情而使人深思和启迪，都可视作"新智慧诗"。

卞之琳的"新智慧诗"首先体现在由"主情"向"主智"的转变。他的

①　柯可：《论中国新诗的新途径》.《新诗》4 期，1937 年 1 月 10 日出版。

②　卞之琳：《雕虫纪历，自序》，人民文学出版社，1984 年版。

③　杨远宏：暗淡与光芒.《中国诗歌九十年代备忘录》，人民文学出版社，2000 年版。

主知诗是探味人生和思索人生的，并体现了知性与感性的结合。卞之琳的诗歌常常"于平淡中出奇"，他善于用自己独特的目光来观察和感受生活，选取平凡生活中的琐碎事物入诗，不仅赋予它诗意，更赋予它智慧的光芒。如《投》："独自在山坡上，/小孩儿，我见你/一边走一边唱，/都厌了，随地/捡一块小石头/向山谷一投。//说不定有人，/小孩儿，曾把你/（也不爱也不憎）/好玩的捡起，/像一块小石头，/向尘世一投。"这是诗人在生活中偶感于一个小孩儿投石这一平常举动而写下的一首诗，他由小孩儿的扔石头，而思及"人"被自己不能把握的力量"好玩的捡起"，"向尘世一投"的命运，推衍出一种沉重的人生观念。这种人生的负重感，命运的无常以及人类投生的偶然，现代文明的破坏等，无不给人以多角度的智性的沉思。请看《无题（五）》：

> 我在散步中感谢，
> 襟眼是有用的，
> 因为是空的，
> 因为可以簪一朵小花。
>
> 我在簪花中恍然，
> 世界是空的，
> 因为是有用的，
> 因为它容纳了你的款步。

诗人在散步簪花中体味到世界宇宙的自然规律：世界是空旷的，看去如同空洞的襟眼一般，但它是有用的，它容纳了人的款步，容纳了人凝思后的彻悟。再如《寂寞》写少年的天真、寂寞，长大后的辛劳、孤独，人去物存的悲凉，体现了诗人对于寂寞、悲哀人生的冷峻与智性的思考。而《道旁》，诗人从村头路边的问道，展现"行人"与"树下人"生命的"倦"与"闲"的对照。

欧阳江河作为一位智者型或知识分子诗人，他的诗歌创作的一个主要特点，就是以清醒而冷静的写作姿态，来对历史、现实、人生进行不断深化的思考与追问，并具有深邃的智力、知识和理性色彩。早期的名作《悬棺》以一种诡奇的节奏、奇特的语言建构、锐利、简洁而玄奥的表达，对人的终极命运予以深切思索。《傍晚穿过广场》是欧阳江河一首很有名的诗。在诗人眼中，这广场已不是寻常的广场，而是承载着、积淀着沉重的历史、现实和人生的广场。诗就是以诗人哲人般的警句开始的：

> 我不知道一个过去年代的广场
>
> 从何而始，从何而终。
>
> 有的人用一小时穿过广场，
>
> 有的人用一生——
>
> 早晨是孩子，傍晚已是垂暮之人。
>
> 我不知道还要在夕阳中走出多远才能
>
> 停住脚步？

整首诗含蓄隽永，内涵丰富，而且富含哲理，给人以启迪和丰富的联想，联想到历史、人生、命运，给人以沉重感和苍凉感。《手枪》一诗，更是爆出智力的火花。"手枪"这个暴力性的意象，遭到了作者锋利的语言的解构。此诗表面上是诗人机智地运用拆字法，像文字游戏，但从中却透露出深层的思想内涵：

> 手枪可以拆开
>
> 拆作两件不相关的东西
>
> 一件是手，一件是枪
>
> 枪变长可以成为一个党
>
> 手涂黑可以成为另一个党
>
> 而东西本身可以再拆
>
> 直到成为相反的向度
>
> 世界在无穷的拆字法中分离

诗人在对"手枪"的拆解中牵扯出一串东西：器官与武器、手枪与政党、长枪党与黑手党，汉语与英语等。这种对语言拆解而产生的思想内涵，体现了诗人的才华和智慧。

卞之琳的"新智慧诗"还体现在他的诗歌中蕴涵的"相对"哲学观念。最典型的是他的名诗《断章》：

> 你站在桥上看风景，
>
> 看风景的人在楼上看你。
>
> 明月装饰了你的窗子，
>
> 你装饰了别人的梦。

诗人通过对常见的"风景"的刹那感悟，讨论了主客体关系的相对性哲学命题。关于这首诗的主旨,卞之琳曾撰文写道:"'装饰'的意思我不甚着重,正如在《断章》里的那一句'明月装饰了你的窗子,你装饰了别人的梦。',我的意思是着重在'相对'上"①。正如作者说明的那样,表达形而上层面上的"相对"的哲学观念,是这首《断章》的主旨。在这副单纯朴素的画面里,作者巧妙地传达了他的哲学沉思:在宇宙与人生中,一切事物都是"相对"的,又都是互相关联的,如生与死、喜与悲、善与恶、美与丑、荣与辱,权势者与普通人等等,都不是绝对的孤立的存在,都不是永恒不变的,而是相对的,可以互换位置的。诗人想说的是,人们洞察了这番道理,也就不会被一些世俗的观念所束缚,而应该透悟人生与世界,获得内在的自由与超越。在富于"理智之美"的诗——《圆宝盒》里,同样也有诗人想阐释的"相对"观念。如"而我的圆宝盒在你们/或他们也许也就是/好挂在耳边的一颗/珍珠——宝石——星?",这里的"你们或他们",可以随便代表哪一些人,即随便一个与"我"相应的对方。"挂在耳边"的珍珠着重的不是装饰,而是相对的意思。诗人想启示人们:宇宙人生中一切事物都是相对的,我的"圆宝盒"的大小也是相对的。在我看来它虽然可以容纳得整个大千世界的色相,但是在别人看来,也许它小到不过是挂在耳边的一颗珍珠、宝石或星星。《妆台》也体现了诗人的"相对论"思想。如第三节写窗外的景色。而诗人写风景的启示:人不是孤立的,只有在与有关的其他人、有关的周围环境发生联系才能完成自己。最后一节写穿新袍子,诗人喻示了人与装饰物的关系是双向的。诗人在他的诗歌中一次又一次阐释的关于宇宙万物的相对性这一主题,让我们充分领略了诗人的机智与才华。

欧阳江河的智慧诗歌里也有关于"相对"的观念。他从相对的思想模式中去思考关于人的生存和意义,而更倾向于认为,光明与黑暗、短暂与长久的矛盾并非都是绝对对立的,有时候,它们经常地处在彼此交错和混杂的复杂状态,体现为某种可以重新阐释的相对性和对话性。我们在他的诗中也随处可见这种相对的词语。如《美人》:

> 她抒情的手为我们带来安魂之梦。
> 整个夜晚漂浮在倒影和反光中
> 格外黑暗,她的眼睛对我们是太亮了。

---

① 卞之琳:关于《鱼目集》,《咀华集》,第155页。

为了这一夜，我们的一生将瞎掉。

然而她的美并不使我们更丑陋。
她冷冷地笑着，我们却热泪横流。

这里，"抒情的手"对"安魂之梦"，"黑暗"对"亮"，"亮"的眼睛对"瞎"，"美"对"丑陋"，"冷冷地笑"对"热泪横流"。如《傍晚穿过广场》："有的人用一小时穿过广场，/有的人用一生——/早晨是孩子，傍晚已是垂暮之人。"这里的"一小时"与"一生"；"孩子"与"垂暮之人"，也体现了诗人关于"相对"的哲理思考。再如《玻璃工厂》："就像鸟儿在一片纯光中坚持了阴影。/以黑暗方式收回光芒，然后奉献"；"而火焰是彻骨的寒冷，/并且最美丽的也最容易破碎"。这些都体现了诗人关于"相对"观念的智慧思考。

卞之琳在诗艺上的追求也体现了其诗歌的智慧性。他擅长于以现代意识对人们熟悉的材料（象征喻体）作适当的巧妙的安排。诗人说过："旧材料，甚至用烂了的材料，不一定不可以用，只要你能自出心裁，安排得当。只要是新的，聪明的安排，破布头也可以早成白纸。"①。诗人所说的"新的，聪明的安排，"即新颖的艺术构思和巧妙的语言调度。《断章》正是这种"新的、聪明的安排"，其新颖的艺术构思和巧妙的语言调度给读者以充分的想象空间。另外，诗人还工于章法与句法、格式与韵法等技巧。诗人前后写诗曾"试用过多种西方诗体，例如《白螺壳》就套用了瓦雷里用过的一种韵脚排列上最复杂的诗体"②。他的诗常常是吸收西方现代派诗歌的技巧又融汇了中国古典诗歌的意境，这种"化古"与"化欧"的融合，凸现了其智性美的特征。

欧阳江河在诗艺上的智慧之美主要体现在他对诗歌语词修辞的追求。杨远宏说："欧阳江河更象一个技艺精湛的诗歌写作专家"③。欧阳江河的确如杨远宏所言，他惯于又善于在词语中冒险，沉醉于诗歌的修辞。欧阳江河的诗歌修辞，首先是对反词的巧妙运用上。他在一篇文论中，就特别提到从反词去理解诗。"例如，从短暂去理解长久，从幽暗去理解明亮，从邪恶去理解善良，从灾难去理解幸福。"这是因为，"词与反词的经验领域的对立并

① 卞之琳：《关于〈鱼目集〉》，《咀华集》，第158页。
② 卞之琳：《雕虫纪历·自序》。
③ 杨远宏：暗淡与光芒。《中国诗歌：九十年代备忘录》，人民文学出版社，2000年版。

非绝对的，它们与汉语两相比较、量和程度的可变性、有可能调解和相互转换等等异质成分"①。他还沉醉于在词语的巧妙和机智中获得思想的张力，如《那么，威尼斯呢》："干旱，被一把伞撑开了，/成都的雨，等你到了威尼斯才开始下。"但毕竟语词的优雅掩饰不住内心的真情实感，有些话还是需要直说："青菜腌得太久，已经染上了乡愁。"这种直白夹杂在闪烁其辞的玄虚中，反倒有一种坚实的力量。诗评家程光炜说："优秀的诗人不在他为我们提供了扑朔迷离、然而毫无收益的诗歌语言形式，他应该最大程度地为我们提供这个时代所不可能想象的语言现实中的可能性，不时地让我们'惊讶'，然后深深和持久地'震惊'"②。欧阳江河在诗歌修辞上的追求正体现了程光炜对优秀诗人的要求，这也体现了欧阳江河作为智者型诗人在艺术实践上的不断探索。

五、穆旦与郑敏：诠释辩证哲学的现代玄言诗

穆旦和郑敏都是 20 世纪 40 年代"九叶"诗派的重要诗人，他们的诗歌写作深受西方现代派的影响，诗歌呈现明显的现代主义特征。40 年代穆旦共出版诗集三部：《探险队》、《穆旦诗集》和《旗》。他的诗歌深沉、凝重，在感性和智性交融的追求中，表现出一种特有的智性美。唐湜称道他的诗"有着最鲜明的现代诗风"与"最深沉的哲理内涵"，而且是"九叶"诗群中"流派风格最浓烈"③ 的诗人。郑敏的诗歌创作同样体现了浓郁的现代派特征和深邃、睿智的哲思。40 年代郑敏出版《诗集 1942～1947》。香港张曼仪等人编的《现代中国诗选》中，对郑敏作了以下的评价："也许由于研究哲学的关系，郑敏的诗，往往爱从人生种种情景转向深远的幽思"。许芥煜认为，郑敏诗的风格典雅而洗练，结合了冯至和卞之琳的某些素质，特别是他们在 30 年代后期的诗作。其实，郑不但继承了冯、卞二氏的文体风格，也继承了他们爱好冥想的创作路线。但如冯、卞二人一样，她也并不是一个枯燥的纯知性的诗人，相反地，她有极丰富的想象力。这是对郑敏诗歌极其准确的评价。"九叶"诗人唐湜在《我的诗艺探索》里说："不过在我们九人中如穆旦、杜运

---

① 欧阳江河：当代诗的升华及其限度。《谁去谁留》，湖南文艺出版社，1997 年版，第 274 页。

② 程光炜：90 年代诗歌：另一意义的命名。《山花》文学月刊，1997 年，第 3 期。

③ 唐湜：搏求者穆旦。《新意度集》，三联书社 1990 年版。

燮、郑敏、袁可嘉受西方现代派诗的熏染较深，抽象的哲理沉思或理性的机智的火花较多，常有多层次的构思"①。穆旦和郑敏在 40 年代创作的诗歌确实如评论家们所言，体现了明显的现代主义特征，他们寓深邃、睿智的哲思于诗歌中，在诗歌中诠释了辩证哲学观念，代表了 40 年代中国诗坛现代主义诗歌的最高成就，他们的诗歌是诠释辩证哲学观念的现代玄言诗。

穆旦的诗充满着高度的哲学思辨，他追求诗歌智性与感性的融合，他的诗中几乎没有激情迸发的直抒胸臆，而是以一种冷峻的含蓄，竭力发现和思考外部世界和内心世界的新颖处，以一种近乎冷酷的自觉性敏感地沉思，并把他的智性沉思积淀在诗中表现给读者，他在诗中对宇宙和人生的奥秘及哲理进行探索和暗示，常借具体表现抽象，借有限表现无限，感情冷静，带有晦涩、朦胧和玄奥色彩。"九叶"诗人袁可嘉曾肯定地指出：穆旦的诗歌在抒情方式和语言艺术的现代化的问题上，他比谁都做得彻底。穆旦的诗歌在抒情方式上通过理性的介入达到情感的节制，主张理智向感觉凝聚而生发诗情，在感性与理性、感觉与抽象两极既对立又联系的艺术空间扩展诗情的张力，如《被围者》：

> 一个圆，多少年的人工
>
> 我们的绝望将使它完整
>
> 毁坏它，朋友！让我们自己
>
> 就是它的残缺，比平庸要坏
>
> 闪电和雨，新的气温和希望
>
> 才会来灌注，推倒一切的尊敬！
>
> 因为我们已是被围的一群
>
> 我们翻转，才有新的土地觉醒

诗人从生活的感性出发，由一个完整的人工的圆触发诗的感性，他所要生发的是对生活或生命的理性思考。全诗呈现出鲜明的心理体验色彩：这平庸的圆满使我们空虚，我们是这圆中的一群被围者。残缺意味着破坏、危险甚至牺牲，但它使我们充实，它会带来新生的希望。在由圆整到残缺的心理体验中升华出的是一种宁为玉碎、不为瓦全以及从绝望中生出希望的生命哲理。以残缺来对抗虚伪的完满，以破坏来重构生命的辉煌，诗人正是对辩证哲学观念的诠

---

① 唐湜：我的诗艺探索。《新意度集》，三联书社 1990 年版。

释中，由绝望而看到了希望。

最能体现穆旦辩证哲学观念是他的名诗《诗八首》。这首诗既是爱情诗，又是哲理诗，其中既有冷静的理性洞察，又有沉迷的情欲欣喜，还有深藏诗中的哲人之思。在《诗八首》中，绝望与希望并存，理智与欲望交织，欣喜与冷静浑融，和谐与斗争相伴的二元对立格局已成为其结构主体。在"成熟的年代里"，"我"的爱情之火为你点燃，然而，"我们相隔如重山"，我们被命运和客观世界所阻隔。在自然客观蜕变程序中，"我"只能爱一个"暂时的你"，因为"在无数的可能里一个变形的生命/永远不能完成他自己"，沧海桑田，时空变迁，炽热的情感几经磨砺，也会发生变化，但爱情也正因变化而丰富，因丰富而危险。"不断地他添来另外的你我/使我们丰富而且危险"。尽管爱情充满变幻不定的危险，然而，自然生命的强烈欲求挣脱了冷静理性的羁绊，"我越过你大理石的理智殿堂"而惊喜于"你的颜色，芳香，丰满"。从感性生命的吸引到精神深处的沉迷，"我们"抵达灵与肉和谐交融的情感高峰体验，"游进混乱的爱的自由和美丽"。爱情创造了生命的奇观，"夕阳西下，一阵微风吹拂着田野"，人与自然交融，一切生命呈现出祥和宁静美满。然而平静之中隐匿危机，"相同和相同溶为怠倦/在差别间又凝固着陌生/是一条多么危险的窄路里/我制造自己在那上面旅行"，正如诗人说过，"爱情的关系，生于两个性格的交锋，死于太亲热太含糊的俯顺。这是一种辩证关系，太近则疏远，应该在两个性格的相同与不同之间找到不断的平衡。"[1] 诗人深刻地意识到爱情双方的这种矛盾复杂关系，在自然的变更程序里，恋爱双方一味求同，爱情就会丧失魅力，而不断从差异到差异，又会造成彼此的隔阂和陌生。在相同与差别之间的危险窄路上，隐藏着爱情的巨大痛苦，爱情要不断地寻求秩序，但是"求得了又必须背离"，这是爱的悖论，也是爱的真谛。在诗人理性的审视下，恋爱中的那些甜言蜜语、海誓山盟所掩饰的虚伪，那些人性的弱点，爱情的种种矛盾都无法逃遁，情的迷乱、智的痛苦使我们紧张，繁密的意象背后有哲理的思考。王佐良先生因此评价这首诗歌，"对于我，这个将肉体与形而上的玄思混合的作品是现代中国最好的情诗之一"[2]。唐湜也认为穆旦的诗里"也最多生命的辩证的对立、冲击和跃动，他也许是中国诗人里较少

---

① 郭保卫：书信今犹在，诗人何处寻——怀念查良铮叔叔。《一个民族已经起来》，江苏人民出版社。

② 王佐良：一个中国诗人。《穆旦诗集》，人民文学出版社，2001 年版（附录）。

绝对意识又较多辩证观念的一个"①。如在《森林之魅》一诗中，诗人又一次诠释了他的辩证哲学观念，诗人祭奠胡康河谷里抗日战士的白骨，他们在那儿视死如归地壮烈牺牲了，"静静的，在那被遗忘的山坡上，/还下着密雨，还吹着细风，/没有人知道历史曾在此走过，/留下了英灵化入树干而滋生。"抗日战士们在人类历史中死亡，却在自然历史里得到新生。诗人没有因为他们的死亡而过多地沉湎于悲痛之中，他冷静地把握了一种辩证的历史发展规律：历史正是在无数令人痛惜的生命之消亡和累累白骨上沉默地跨过。壮烈的死，正是预示了新的生命胚芽的诞生。诗人透过灾难和死亡，看到了民族命运的曙光。

郑敏是"九叶"派中，现代主义色彩最为纯粹的诗人，我们读郑敏的诗歌，有时有不甚明朗的感觉，这也正是郑敏作为一个现代主义诗人的一个显著特征。她在诗歌中，一方面体现了对现实的介入，对苦难生活的同情和思考，另一方面追求哲学升华。哲理思考是郑敏诗歌的一种气质，她在诗歌的现实主题中加入象征、哲学乃至玄学的思考，由此构成一种与众不同的艺术气质，她将普遍的生命意蕴同个人的独特感受交织在一起，形成感性与知性的复杂错综。这种与众不同的艺术气质得益于郑敏在哲学方面的素养，在西南联大期间，她学习的是西方哲学，接触的是西方现代主义诗歌。后来，她到美国学习英美文学，对玄学派诗歌很感兴趣，其硕士学位论文便是关于玄学诗的。而玄学诗是西方现代主义诗歌的源头所在，两者有着紧密联系的。郑敏把她哲学、玄学的知识素养溶入到她的诗歌创作中去，使其呈现明显的现代主义智性特征。袁可嘉曾多次强调："现代诗是现实、象征、玄学的新的综合"②。这正是"九叶"诗人的新诗现代化探索的目标与方法，也是郑敏诗歌的艺术方向。

郑敏认为，哲学与诗都是生命的一部分，代表了文化的最尖端。她在诗中找哲学，在哲学中找诗，不能接受没有诗的哲学或没有哲学的诗。在郑敏的诗歌中，具体的图像、丰赡的情采与高度的哲理浑然一体。如《鹰》，由鹰的飞翔到生活态度的选择：

> 这些在人生里踌躇的人
> 他应当学习冷静的鹰
> 他的飞离并不是舍弃

---

① 唐湜：论穆旦。《中国新诗》，1948 年第 3、4 期。
② 袁可嘉：新诗现代化——新传统的寻求。《半个世纪的脚印——袁可嘉诗文选》，人民文学出版社，1994 年版。

> 由于这世界不美和不真
>
> 他只是更深更深地
> 在思虑里回旋
> 只是更静更静地
> 用敏锐的眼睛搜寻
>
> 距离使他认清了世界
> 远处的山，近处的水
> 在他的翅翼下消失了区别
>
> 当他决定了他的方向
> 你看他毅然地带着渴望
> 从高空中矫捷下降

这首诗体现了郑敏诗歌的哲理高度，"鹰"这一形象凝定为郑敏诗歌精神的一种象征。一种从具象到抽象，从有限到无限，从有形到无形的诗学策略，诗由平面的变为立体的，单声部变为多声部，获得了抗拒时间变迁与空间置换的永恒品质，这正是哲理诗的魅力。也是郑敏自己的人格理想和追求。她用那种超然物外的观赏态度，那种哲人的感喟常常跃然而出，歌颂着至高的理性："在看得见的现在里包含着/每一个看不见了的过去/从所有的"过去"里才有/蜕化出最高的超越/我们高立在山岩上看海潮的卷来/在那移动的一线白色之后/却是整个海的力量"。或"自时间的消逝和剥落里/取得最终的灿烂和成熟"。

郑敏即使在最具体表现意象的时候，也不愿放弃哲理，在最绘画性的时候也不愿意止于纯粹的视觉效果。40年代，郑敏的诗歌抒情性突出，但绝不止于抒情，而是融进思考。如《舞蹈》不仅描绘舞蹈本身，而是"终于在一切身体之外/寻到一个完美的身体/一切灵魂之外/寻到一个至高的灵魂/"。《雷诺阿少女的画像》借画中人表现人生追求："瞧，一个灵魂先怎样紧紧地把自己闭锁/而后才向世界展开"。另如《荷花》（观张大千氏画），画中的"荷花"便是凝定的生命的体现，一朵"盛满了开花的快乐"，另一朵"在纯洁的心里保藏了期望"，而诗人却从"荷梗"上发现生命延展的痛苦，"因为它从创造者的/手里承受了更多的生，这严肃的负担"。再如《时代与死》，诗人看到社会的苦难正是人们奋起抗争的原因，无数先驱者的"死"正是照亮了

"夜行者"的道道流光；对旧的黑暗社会的恨正是对新的光明未来的挚爱；那么，为了新生活而付出生命，就实际上是另一种"高贵"的再生。还有《生的美：痛苦。斗争。忍受》暗示了郑敏的人生哲学。剥啄，以痛苦疗治自己的病症；冲击，像海浪飞向绝壁；并且，为了更深厚、更远大的发展，需要沉默，忍受黑暗和压挤，"只有当痛苦深深浸透了身体/灵魂才能燃烧，吐出光和力"没有痛苦的人生不是真正的人生，磨炼，让人生更深致。这些都是诗人从中阐发的辩证哲学观念。

穆旦和郑敏的诠释辩证哲学的现代玄言诗歌使我们不得不考虑智性，寓于智性诗歌中的哲学思考给我们带来诗歌的神秘和活力，这种神秘与活力吸引着无数的人们去探询诗歌深层的奥秘，这就是拥有智性倾向的郑敏、穆旦的诗歌既有点隐晦难解，却又具有长久生命力的原因。

六、从洛夫到海子：阐发生死哲学的现代派诗歌

洛夫是台湾现代派诗人，早期为超现实主义诗人，在台湾诗坛有"诗魔"之称。他致力于寻求中西诗艺的联姻，他的诗作在超现实主义与中国禅宗相结合上，体现了一种继承传统又容纳西方的开放精神。他写诗四五十年，出版诗集《灵河》、《时间之伤》、《石室之死亡》、《魔歌》等十几部，他的诗歌中蕴含着深沉的生死哲学。海子是一个无比热爱生活却又具有强烈死亡意识的诗人，他的诗歌创作过程是一个与死亡意识搏斗的过程，他的诗歌意象是生命意象与死亡意象的结合体。海子短暂的一生创作了大量诗歌，诗集有《土地》、《海子、骆一禾作品集》、《海子的诗》、《海子诗全集》，包括长诗、抒情短诗以及叙事诗等。从海子的诗歌中，我们"看到的是诗人一生的热爱和痛惜。对于一切美好事物的眷恋之情，对于生命的世俗和崇高的激动和关怀"[1]。以及无处不在的"沉浸于冬天，倾心于死亡/不能自拔"（《春天，十个海子》）的死亡意识。洛夫和海子的诗歌是属于阐发生死哲学的现代派诗歌。

洛夫的生死哲学首先体现了他对生命时间的沉思与顿悟，即表现在他诗歌里的"时间意识"。任洪渊在《洛夫的诗与现代创世纪的悲剧》[2] 一文中，曾以"天/人""时/空"概论洛夫诗的"东方智慧"，认为东方智慧是中国诗人的天赋，其中心是时间智慧，时间意识是生命的第一意识，诗人对生命时间的

---

①　王清平、王晓：《海子的诗》后记，北京人民文学出版社，1995 年版。

②　《洛夫诗选·代序》，中国友谊出版公司，1993 年 3 月版。

顿悟即是对时间意识的顿悟。如《日落象山》："好多人在山顶/围观/一颗落日正轰轰向万丈深谷坠去/让开，让开/路过的燕子大声惊呼/话未说完/地球已沉沉地喊出一声/痛"。可以说，《日落象山》正体现了诗人的时间意识。日落、日出都是时间的流变，人们对此有沉痛之感。太阳坠落，地球沉沉地喊出一声"痛"，写的就是"生命时间"，地球的一声"痛"就是诗人对时间感慨的一声"痛"。再如《时间之伤》："月光的肌肉何其苍白/而我时间的皮肤逐渐变黑/在风中/一层层脱落"，诗人感叹宇宙时间之无限而人生之短促，苍茫的宇宙时空在诗人敏锐的感触里化作了我们身上的血肉，变成了切肤的伤怀和痛楚，表达了诗人对"生命时间"的沉思与顿悟。再如"左边的鞋印才下午/右边的鞋印已黄昏了"（《外外集·烟之外》）、"一仰成秋/再仰冬已深了"（《魔歌·独饮十五行》）、"回首，乍见昨日秋千架上/冷白如雪的童年/迎面逼来"（《时间之伤·雪地秋千》），这些越来越清澈的时间体验的句子，也正体现了洛夫的时间意识。而洛夫在时间意识上追求的是"瞬间永恒"的精神超越。洛夫曾在《我的诗观与诗法——《魔歌》自序》中说："我的文学因缘是多方面的，从李、杜到里尔克，从禅诗到超现实主义，广结善缘，无不钟情，这可能正是我戴有多种面具的原因，但面具后面的我，始终是不变的"。面具后面的洛夫是中国的洛夫，是从中国传统中诞生出来的洛夫，是受中国传统禅宗"瞬间永恒"思想影响的洛夫。如《巨石之变》："万古长空，我形而上地潜伏/一朝风月，我行而下地骚动"，"万古长空，一朝风月"是禅宗时间神秘的第三境界也是最高境界："瞬间永恒"。"瞬间即永恒"对于洛夫是"在某些突然历尽生命全部过程的瞬间，得到了反观苦难的永恒的静穆与生命最高的完成"①。

海子的生死哲学观首先体现了海子对生命的热爱，以及对一切美好事物的眷恋。他的一些抒情短诗里洋溢着他对生活的热爱，如《活在珍贵的人间》："活在这珍贵的人间/太阳强烈/水波温柔/——/活在这珍贵的人间/泥土高溅/扑打面颊/活在这珍贵的人间/人类和植物一样幸福/爱情和雨水一样幸福"，体现了他对世界和生命本身的珍视。再如《面朝大海，春暖花开》，这首诗也表明了海子热爱生活的情感是真挚的。"给每一条河每一座山取一个温暖的名字/陌生人，我也为你祝福/愿你有一个灿烂的幸福"，这里，海子以"超越自我"的姿态关怀人类，祝愿所有的人都得到幸福，悲天悯人的"人类情怀"

---

① 《洛夫诗选·代序》，中国友谊出版公司 1993 年 3 月版。

使整首诗突破了通常抒情诗的情感表达，全诗就进入了新的境界。关爱万物生命是诗歌的存在价值，海子的诗超越了生命的自我，表达了对人类生命的关爱。海子的生死哲学还体现了他对终极价值的思索与追寻，对存在的追问，对个体生存困境的深沉感悟。"麦地、村庄、月亮、天空"等，是海子诗中经常出现的、带有原型意味的意象，但海子赋予这些意象以新意，使它们与现代社会的个人经验产生了联系。海子的"麦地"系列，就可以发现诗人对现实人生的关注，充满了对生命本源的探寻与亲近。而对于"村庄"，海子赋予了新意，1986年海子回了趟安徽老家，家乡的变化，使他用反讽的语气在《村庄》一诗里说："我顺手摸到的东西越少越好"，还写道"万里无云如同我永恒的悲伤"。"两座村庄隔河而睡/海子的村庄睡得更沉"（《两座村庄》）。"月亮"也不能带给他精神上的慰藉，如"月亮的两角弯曲/做满神仙如愁苦的秋天/——/月亮的双角倾斜，做满沉痛的众神/我无所依傍的生涯倾斜在黄昏/——/月亮的众神、幸福的姐妹/你们在何方？"（《太阳·土地篇》），个体生命无所寄托的灵魂表现出一种无归宿无依靠的悲凉。再如"天空"，诗人绝望地写道："天空上面是天空/道路前面还是道路"。这些带有海子个人经验的诗句和表白都体现了诗人对生命生存的追问和对终极价值的思索，海子在大地和天空（远方）都无法找到生命存在的意义，因此陷入了空前的绝望。

洛夫的生死哲学还体现在洛夫诗歌中生死的对立，生死的搏斗。洛夫说："生命、死亡是诗人无法绕开的主题，战争、情欲与生命、死亡的冷酷交织逼迫人去叩问、去冥思，最终指向一种宗教性情怀"[1]。所以生命和死亡是洛夫诗歌中反复吟咏的一个主题。体现洛夫生死哲学观最典型的莫过于他的组诗《石室之死亡》。这首诗最初的写作是在金门炮战的地下碉堡之中，面对战争和死亡的威胁，洛夫更深刻地体认了生命的矛盾存在，在繁复的玄想式意象的碰撞中，表现了生与死的对立同一。他用"白昼"、"太阳"、"火"、"向日葵"、"子宫"、"荷花"等意象，象征生命；用"黑夜"、"暗影"、"盲瞳"、"蝙蝠"、"墓冢"、"蛇腹"等意象，象征死亡。这两组意象的对立，构成了长诗的基本矛盾，给人触目惊心的印象。洛夫诗歌将生与死的繁复意象交杂在一起，作品第一首就写道："我的面容展开如一株树，树在火中成长"。树和火都是生命的象征，而诗人一开始就把树的生长和火的燃烧联系在一起，把"生"放在"死"的熔炉里，而在"死"的阴影恐怖中，又往往挣扎着"生"

---

① 朱立立：关于中国现代诗的对话与潜对话。《华侨大学学报》（哲社版），1999年第4期。

的光彩。如"光在中央，蝙蝠将路灯吃了一层又一层"（第五首）；"棺材以虎虎的步子踢翻了满街的灯火"（第十一首）来表现生与死的对立和搏斗。

海子对死亡的倾心集中体现了海子的生死哲学。他是一个具有死亡情结的诗人。他在一篇日记里写道："我差一点自杀了——但是我活下来了，我——一个更坚强的他活下来了。我第一次体会到强者的尊严、幸福和神圣——我体会到了生与死的两副面孔——在我的身上在我的诗中我被多次撕裂——"①。从中我们可以看到生存与死亡曾经在他的脑子里进行过多么激烈地搏斗。他的诗歌就集中反映了他对生存与死亡的种种考虑，许多意象也不由自主地带上了生存与死亡搏斗的痕迹。他的诗从不回避死亡意识，"尸体"、"腐烂"、"沉睡"、"埋葬"等死亡意象遍存于他的诗中，死亡是无处不在的："谷仓中太黑暗，太寂静，太丰收/也太荒凉，我在丰收中看到了阎王的眼睛。"（《黑夜的献诗》），这时的死亡是一种冰冷刺骨的终结："我的病已好/雪的日子我只想到雪中去死"（《雪》），最后海子在《春天，十个海子》一诗里说："这是一个黑夜的孩子，沉浸于冬天，倾心死亡/不能自拔。"这是一场死亡诱惑之下的自焚之舞。"黑夜从大地上升起/遮住了光明的天空/丰收后荒凉的大地/黑夜从你内部上升/——/草权闪闪发亮，稻草堆在火上/稻谷堆在黑暗的谷仓/谷仓中太黑暗、太寂静，太丰收/也太荒凉，我在丰收中看到了阎王的眼睛"（《黑夜的献诗——献给黑夜的女儿》），"黑夜"是死神是天堂。诗人仿佛看到"阎王的眼睛"在漆黑的大地上闪烁，与自己相遇。海子诗歌中的死亡似乎是无处不在的。大地上不断毁灭的事物深深震撼着他的心，使他相信，死亡本身就是存在的显现，如《九月》："目击众神死亡的草原上野花一片/远在远方的风比远方更——/远方只有在死亡中凝聚野花一片/明月如镜，高悬草原，映照千年岁月/我的琴声呜咽，泪水全无/只身打马过草原"。

洛夫的生死哲学更重要体现在他的关于生死相依的观念。洛夫自言："死是人类追求一切所获得的最终也是必然的结果，其最高意义不是悲哀，而是完成，犹如果子之圆熟"。死，既是生的终点，又是生的起点，如"为什么我们的血不让大地吸干/而使婴儿草枯萎在母亲的墓旁"（《雪崩》），死是生的复活，死生如潮汛共生同在，生不必喜，死不必悲，每一个生者都是未亡之人，每一个死者都是将生之人。"没有人真正死过，正如微尘未曾隐失——春天碑碣上印着未亡人的齿痕，一个比一个深"（《投影》），所以诗人知死而生，

---

① 西川编：《海子诗全编》，上海三联书店，1997年版，第881页。

"当河床泛起另一次春潮，我曾笑过/笑声来自一粒种子的死亡"（《我曾哭过》），生命之花来自死亡之种，凋零之终即是新生之初。在洛夫诗中，生命主题和死亡主题交结在一起，死生既对立，又同一。"他生前冷若一座冰雕/火葬后通过烟囱/乃提升为一朵孤傲的云/剩下一坛子灰/一小撮磷/撒向风中/便舞成满天闪烁的星/降下则为雨/冷却后还原为冰"（《冰的轮回》），所谓从物到物的"冰的轮回"，也即从生到死再到生的人的轮回。因此，对死亡的哀叹即对生命的礼赞。而在《石室之死亡》中那种生死错杂的意象碰撞中，我们更加可以领悟到"死之伟大与虚无之充盈"（洛夫语），如诗人以"他们竟这样的选择墓冢，羞怯的灵魂/又重新蒙着脸回到那潮隘的子宫"（第十三首）；"蓦然回首/远处站着一个望坟而笑的婴儿"（第三十六首）来表现生死相依的思想。"死"，加之于人的，并不完全是寂灭，它可能意味着"生"的开始，如《石》诗所言"唯灰烬才是开始"；"死"，也可能只是代表着一种完成，它也可能只是一个循环的环节，是终点亦是起点，就如洛夫说"如果我有仙人掌的固执，而且死去/旅人遂将我的衣角割下，去掩盖另一粒种子"。洛夫诗歌里的生死相依观，正体现了"生兮死所伏，死兮生所伏"的思想。

海子的诗歌中也体现了生死相依的观念，出现在海子诗歌中的几个重要意象如：麦子、太阳、土地、远方及黑夜等，同时都包含了生命与死亡两种可能，它们是生命意象和死亡意象的结合体，诗人一般在写它们是生命意象的同时，接着就叙述它们的死亡或笼罩在它们周围的绝望气息。如"麦子"就是果实与种子的结合体。种子是希望，是生命之萌芽。所以当麦子成熟时，诗人才会满怀感激和欣喜："健康的麦地/健康的麦子/养我性命的麦子"（《麦地》），而麦子是小麦花的尸体，麦子的成熟，就意味着小麦花的死亡。生命与死亡原来只有一线之隔，活着，就无时无刻不面对死亡。"四姐妹抱着这一颗/一颗空气中的麦子/抱着昨天的大雪，今天的雨水/明日的粮食与灰烬/这是绝望的麦子"（《春天，十个海子》），这颗既是"昨天的大雪、今天的雨水"又是"明日的粮食"的麦子便是过去、现在、未来的集合，"粮食与灰烬"，矛盾而又深刻地写出了麦子的两重性质：既是生命又是死亡。还有大地的丰收和丰收之后在海子眼中也是生命与死亡的象征，"丰收之后荒凉的大地/人们取走了一年的收成/取走了粮食骑走了马/留在地里的人，埋得很深"（《黑夜的献诗——献给黑夜的女儿》），丰收之后，死亡敲响了大地的门。而海子倾心的"远方"又如何呢？"远方"既是幸福的地方，又是死亡的乐园。"目击众神死亡的草原上野花一片/——/远方只有在死亡中凝聚野花一片"（《九月》），在海子眼中，远方既是有美丽野花开放的地方，又是死亡的归宿。"野花"与"死亡"相伴而在，这正体现了海子的生死相依观。

七、翟永明与唐亚平：张扬女权意识的女性诗歌

20 世纪 80 年代以来，中国女性诗潮以一种前所未有姿态向男性诗界甚至整个诗坛进行挑战。对于"女性诗歌"的概念，诗评家唐晓渡是这样定义的："追求个性解放以打破传统的女性道德规范，摒弃社会所长期分派的某种既定角色，只是其初步的意识形态；回到和深入女性自身，基于独特的生命体验所获得的人性深度而建立起全面的自主自立意识，才是其充分实现。真正的'女性诗歌'不仅意味着对被男性成见所长期遮蔽的另一世界的揭示，而且意味着已成的世界秩序被重新阐释和重新创造的可能"①。一批崛起的女性诗人：翟永明、唐亚平、伊蕾、陆忆敏、小君、海男、张真、筱敏、林珂、林雪等震动诗坛，并公开声称"在我们的名字下面，拥有一个自己的世界"②。而在女性主义诗潮中，翟永明是先行者和旗帜。1984 年完成组诗《女人》及其序言《黑夜的意识》，发表后引起强烈反响，这一诗一文奠定了翟永明在诗坛的地位。此后又发表力作《静安庄》（1985）、《人生在世》（1986）等。她不仅以《黑夜的意识》显示其鲜明的性别意识和性别角色，构成女性主义诗歌的理论之纲，而且以他的组诗《女人》、《静安庄》和《人生在世》构成创世纪的女性诗歌文本。正如翟永明所说"首先我是一个女人，然后才是一个诗人"。她的诗歌表现了强烈的女性意识。另一位引人注目的女诗人是唐亚平。她的代表作是组诗《高原的女人》和《黑色沙漠》。唐亚平同样表示了她的女性意识，在她的艺术自释《谈谈我的生活方式》中，她说："我作为女性最关心的是活个女性的样子出来——我想占有女人全部的痛苦和幸福——像普通人一样过日子，像上帝一样思考"。有人曾经这样评价翟永明和唐亚平的意义："翟永明和唐亚平分别先后写于 1984 年、1985 年的两组诗：《女人》和《黑色沙漠》，成为 80 年代中期女诗人最饱含性意识的优秀作品。从以上限定的意义上，也可以说是大陆 30 多年来双峰并峙的突世之作"③。翟永明、唐亚平等女诗人的出现标志着女性意识的自觉化。她们的诗歌写作代表了新时期以来完全意义上

① 唐晓渡：女性诗歌：从黑夜到白昼。《唐晓渡诗学论集》，中国社会科学出版社 2001 年。
② 海男：《当代青年诗人自荐代表作选》，河海大学出版社 1989 年。
③ 徐敬亚：圭臬之死。《鸭绿江》，1987 年第 6～7 期。

的"女性诗",其从表现方式到内容的果敢的探索和积极的创新,都表现了强烈的女性意识,并以女性对生命的独特体验建构了自己的诗歌世界。

女性主义诗歌首先体现了对女性自身命运的关注。女性诗人作为觉醒的女性,作为女性代言者,当然要首先关注自身的命运,自然要首先关注自身生存的状态和生命状态。她们深知女性几千年来的存在状态,深刻地感觉到自己作为女性而生存的艰难和痛苦。她们意识到了作为女性自身的处境,要寻找自己生命的本来面目。一直生存在男性话语世界中的女性终于走出了被遮蔽的黑暗,一直在黑暗中沉默而没有自己语言的女性终于开始发出自己的声音。女性诗人以空前的勇气,开始直面和关注女性生命的一切。翟永明的《女人》便是对女人命运的这一关注的辉煌结果。1984 年,她写了著名的组诗《女人》20 首,并以文章《黑夜的意识》昭示了女性意识的自觉:"我作为女性最关心的是我的同性的命运。站在这个中心点上,我的诗将顺从我的意志去发现预先在我身上变化的一切——作为人类的一半,女性从诞生起就面对着一个完全不同的世界"。她深知女性的不幸,对女性无法摆脱的悲剧命运有很深的思考。她对女性不幸的认识异常的清醒,如:"我,一个狂想,充满深渊的魅力/偶然被你诞生。泥土和天空/二者合一,你把我叫作女人/并强化了我的身体"(组诗《女人〈独白〉》),"听到这世界的声音,你让我生下来,/你让我与不幸构成/这世界可怕的双胞胎。多年来,/我已记不得今夜的哭声"(组诗《女人〈母亲〉》)。在这里,对于母亲,翟永明不像以往的我们所习惯的那样对母亲充满深情的思念与赞美,而是带着怨愤之情对母亲诉说着女人的全部不幸,既显示了她对女性命运的关注,又显示了她成熟而冷静,清醒而富于洞察力的诗歌风格。

唐亚平对女性自身命运的关注也是明显的。她同翟永明一样深知女性几千年来的存在状态,并为此而深感屈辱和愤怒。但她并不停留于无尽的哀怨,而是以此为起点思考现代女性的生活方式,探讨新的生存的可能。她说:"诗人用诗表现自己。诗歌艺术并不像一些人说的那样玄奥高深,也不像一些人说的那样简单易行。诗歌属于自然、自由和生命。对于诗人来说,'诗没有什么理论,只有经验和灵感'。但是诗如果没有一种深刻的哲学从内部无形的支撑着,诗就难以长久地站稳脚跟"①。由此可见,唐亚平对诗歌艺术的理解是全面而比较深刻的。她不像她的同代人一样信仰诗的自我表现力,看重经验和灵

---

① 《中国当代实验诗选》,春风文艺出版社 1987 年版,第 198 页。

感，而且对诗歌创作有着严肃的追求。她关注女性生命形态、生存状态和生活方式，通过对这一切的传达而表现着极具现代色彩的生活态度和生活哲学。而且她的诗偏于个体生命体验，充分展示了一个不甘沉沦、不甘平庸、渴望独立和自由的现代女性愤世嫉俗的风格。组诗《黑色沙漠》最鲜明地显示了她的特色。在这里，诗人着力表现了女性在现代社会中的压抑和由此而生的反抗情绪，展示了一种处于压抑下的女性的特殊情感状态，展示了现代女性脱掉了各种伪装之后的生活状态和精神状态。她对在男权政治沉重压抑下渴望逃脱而又不能逃脱，实在是无处可逃困境的暴烈反抗而显示其愤世嫉俗狂放不羁的审美特征。另外在《我因为爱你而成为女人》、《高原女人》、《高原女人的粗野是羞涩的》等诗中，也流露出鲜明的女性意识，表现了对高原女性生存状态的体察，表现了一种纯朴的本色，体现着对女人的关注。

女性主义诗歌的另一个显著特征是"走向黑夜"。她们之所以对"黑色"、"黑夜"等意象表现出特有的热情，因为在这模糊的意象中可以容纳她们的女性生命意识，"黑夜"成为女性诗歌的一个共同的隐喻。她们用"黑夜的意识"来表现她们对现代社会和人类沉沦的关注和怜悯。翟永明使用"黑夜"和"黑夜的意识"来表达女性生命自身。在《黑夜的意识》一文中，翟永明说："对女性来说，在个人与黑夜本体之间有着一种变幻的直觉。我们从一生下来就与黑夜维系着一种神秘的关系，一种从身体到精神都贯穿着的包容在感觉之内和感觉之外的隐形语言——对于我们来说，它是黑暗，也是无声地燃烧着的欲念。它是人类最初同时也是最后的本性。就是它，周身体现出整个世界的女性美，最终成为全体生命的一个契合。它超过了我们对自己的认识而与另一个高高在上的世界沟通，这最真实也是最直接的冲动本身就体现出诗的力量。"。她的黑夜的意识开始直面女性生命的本来状态和深层领域。黑夜的状态就是女性被遮蔽和被迫沉默无语的状态，同时也是一个难以把握、难以言明的广阔空间。这里隐藏着女性全部的情感、欲望和生命，同时也隐藏了女性的全部苦难和不幸。在《黑夜的意识》的宣言中，还包括着对现代女性诗歌审美创作的新的原则和追求。翟永明认为："这是一个再度呼唤人类和宇宙意识的巨大时刻。女性诗人面对当代混乱、焦虑的现实怎样处心积虑地建立自己的黑夜并为诗提供了一个均衡的秩序？如果你不是一个囿于现状的人，你总会找到适当的语言和形式来显示每一个人身上必然存在的黑夜，并寻找黑夜深处那唯一宁静的光明"。没有比寻求"黑夜"意识的保护更有利于消解现代人自身的焦虑意识和精神危机感。所以她说："我目睹了世界，因此，我创造黑夜使人类幸免于难"(《女人》)。

与翟永明一样，唐亚平的诗也钟情于"黑夜的意识"和一系列黑色意象。在唐亚平的诗中，建构起了一个黑色的意象群落，这个意象群落容纳了整个神秘的女性生命世界和女性意识，并因此而成为作为女性生命和女性意识的代名词。以黑色意象构成的 11 首组诗《黑色沙漠》，表现了一种陌生而令人吃惊的女性生活世界。如"傍晚是模糊不清的时刻/这蒙昧的大气最容易引起狗的怀疑/我总是疑神疑鬼我总是坐立不安/我披散长发飞扬黑夜的征服欲望/我的欲望是无边无际的漆黑"(《黑色沼泽》)，表现了女性特有的敏感。"我的高贵和沉重将超越一切"(《黑夜》)显示了自我的充分成熟。"黑色的意识"又是女性表现女性生命特别是深层隐秘世界的一个思维空间。如"我的眼睛不由自主地流出黑夜/使我无家可归"(《黑夜》)、"女人发情的步履浪荡黑夜/只有欲望腥红"(《黑色子夜》)，展现了她生命野性的反叛。"那只手瘦骨嶙峋/要把女性的浑圆捏成棱角/覆手为云，翻手为雨/把女人拉出来/让她们有眼睛，有嘴唇/让她们有洞穴"(《黑色洞穴》)，隐喻着千百年来男权政治的巨大压迫。面对沉重压抑却又无奈，"我已经百依百顺"(《黑色犹豫》)，透露了一种深深的屈辱感和愤愤不平。她就是这样借"黑夜"、"黑色"的掩饰，曲折表现了女性在真实表现自我内心世界时的难言苦衷。

翟永明、唐亚平等女性诗人的女性意识是深层次的，内向型的。她们不约而同地都把注意力转向内心，也就是向内看，把自己的内宇宙、灵魂当作审视对象。正如翟永明所说："我的诗来自我的内心，对我而言这是十分重要的。我也曾寻求过某种变化，但那些没有变掉的、依然存在的东西却正好是我诗中最宝贵的，因此我今后的方向不是改变自己，而是怎样更恰当地贴近自己并排除掉那些不属于我的东西，这种纯洁性是我的目标"①。正因为女性诗人把内心作为审视对象，又因为她们深受美国自白派诗歌的影响，她们开始努力挣脱男性中心话语的笼罩，建构属于自己的女性语言和话语系统，试图寻找属于自己的声音，寻找属于自己的语言。她们的写作开始走向个人化、私语化，走向女性独特的经验和感觉世界。她们寻找到了不同于男性的自己的语言和表达方式，就是自白，即自我表白、内心独白。自白是诗人情感历程的记录，是她们的情感和体验的记录。她们的亲身经历和深刻体验往往以自白的方式表达着。她们走向生命的深处，呈现了女性诗人丰富而隐秘的内心世界。女性诗人们相

---

① 《青春诗话》，载《诗刊》，1986 年 11 期。

当普遍地采用了内心独白的方式，甚至纷纷以《自白》、《独白》命名自己的作品。如在翟永明和唐亚平的诗中，更多的是自白式的倾诉。"我，一个狂想，充满深渊的魅力／偶然被你诞生。泥土和天空／二者合一，你把我叫作女人"（翟永明《独白》），"念念有词，而心忐忑／脚步绕着圈，从我大脑中走过"、"我来了我靠近我侵入／怀着从不开敞的脾气／活得像一个灰烬"（翟永明《女人〈荒屋〉》），再如"我有我的家私／我有我的乐趣／有一间书房兼卧室／我每天在书中起居／和一张白纸悄声细语／我聆听笔的诉泣纸的咆哮／在一个字上呕心沥血／我观看纸的笑容苍老的笑声一片空寂"（唐亚平《自白》）等，无不是自白式的倾诉。自白直通女性丰满的生命黑洞，敞亮潮湿灵魂的黑夜，使"内心的语言和诗的语言融为一体"、"个人和宇宙的内在意识"融合一体，具有逼人的私人性、内在性、真实性和深刻性。

第六章

现代语言主义诗学的生成与发展

现代语言主义诗学导源于西方现代主义诗学的引进及在中国诗坛的移植，其直接诱因无疑是那场席卷全国的"五四"新文化运动，作为其重要一翼的"五四"文学革命，也将焦点对准了文学的重要载体——语言的改革上。"五四"语言改革的核心便是：抛弃文言取用白话。

一、胡适等的工具论语言观

1. 刘半农的新音律论

"五四"时期较早也较详细论及诗歌语言改革问题的应该是刘半农。他在《我之文学改良观》① 一文中指出，韵文的改良应从三方面入手：一曰破坏旧韵重造新韵。他认为梁沈约所造四声谱，早已受顾炎武辈指斥，在旧文学中已失去存在资格，20 世纪的吾辈读音已与古人相去甚远，所以没有必要迷信古人，而应破坏之。但旧韵既废，今音不能统一怎么办？刘半农提出三种解决之法：一是作者各就土音押韵，并注明用的是何处土音；二是以京音为标准，造一京语韵谱；三是希望国语研究会通过调查所得，撰一定谱，行之于世，这样便可尽善尽美了。当然，第三法虽佳，但语音随时变迁，所以所谓定谱，也要随时代变迁而改变，使之臻于完美。二曰增多诗体。刘氏认为，中国古代诗体本来就少，其原因就在于诗律太严，"诗律愈严，诗体愈少，则诗的精神所受之束缚愈甚，诗学决无发达之望。"且以英诗律宽而诗发达，法诗律严而成绩不佳为证，强调为建设新文学之韵文计，必须增加诗体。自造或输入他种诗体，可以在有韵之诗外增加无韵之诗亦无不可。他非常自信地说："彼汉人既有自造五言诗之本能，唐人既有自造七言诗之本

---

① 原载 1917 年 5 月《新青年》3 卷 3 号。

能。吾辈岂无五言七言之外，更造他种诗体之本能耶。"三曰提高戏曲在文学中的地位。他认为元曲用元语本无可厚非，但今人写曲不必套用元语，而应自铸新语，"用当代方言之白描笔墨为之"。刘半农的改良方略与胡适一样，都是文学进化观的产物，破旧之信念与勇气可佳，但具体改革意见与措施则显得粗疏与概念，这是"五四"语言革命的通病。但刘氏对于韵文改良的意见，对于中国新诗的建设还是有相当的启示作用的。陈独秀当时就认为刘文"最足唤起文学界注意者二事，一曰改造新韵，一曰以今语作曲"。当然，刘氏所提出的改造新韵与增设诗体，对"五四"以后的汉诗写作产生了深远的影响，使无韵诗与自由体成为 90 年代中国新诗的主流，其成绩自然不小，但由此带来的负面效应，也是不可低估的。

2. 胡适的新语言观

对于诗歌语言的改革问题，胡适在《文学改良刍议》中虽有涉及，但只是在文学言语改革的大前提下论及此题的，因而显得笼统与概括。因为声韵与格律是汉字本身所具有的两种重要审美特性，而无韵诗与自由体毕竟是舶来品，它更符合西洋文字的特点，我们全盘移植未必能给现代汉诗带来好运，90 多年来中国新诗成就的高低，只要拿《新诗三百首》与《唐诗三百首》对读一下，便可一目了然。我想十有八九的人是会为现代诗人们汗颜的，这其中的一个重要原因是丢掉了汉语固有的声韵与格律之美。

胡适在《谈新诗》① 一文中，主要谈了"诗体大解放"与新诗音节问题。胡适从一以贯之的文学进化观出发，认为古今中外的文学改革莫不从语言文字文体入手，中国新文学革命亦是先从"文的形式"一方面进行改革的。初看起来这似乎算不得重要，但须知形式与内容有密切的关系，"形式上的束缚，使精神不能自由发展，使良好的内容不能充分表现。若想有一种新内容和新精神，不能不先打破那些束缚精神的枷锁镣铐。"所以，中国当下的新诗运动首先应做"诗体大解放"一事。唯如此，方能让"丰富的材料，精密的观察，高深的理想，复杂的感情"跑到诗里面去。胡先生还例举周作人的《小河》，康白情的《窗外》，俞平伯的《冬夜》和他自己的《应该》等新体诗，来证明唯有解放了的新诗体，才能表现现代人复杂高深的思想感情。在胡先生眼里，语言文字文体这些形式的东西，是与内容结合在一起的，两者密不可分，表面看来他是个内容与形式的统一论者，这个思想对后人的影响也着实不小。

---

① 原载 1919 年 10 月 10 日《星期评论》。

但仔细分析就会看出，胡适仍是将语言文字文体等形式看作表现内容的工具，这与古人将语言文字看作"载道"的工具并无二致，只不过所载之道不同而已；有趣的是，这种语言观，与西方古典主义诗学的"工具论"却极为相似，语言形式之所以重要，那是因为它是承载内容的媒体，如今内容已经改变，那么承载内容的媒体理所当然的应该改变。所以，胡先生从语言形式入手发起文学革命，是完全符合这种"工具论"逻辑的。就诗而言，突破旧诗语言体式的束缚，实现"诗体大解放"，以能更好地承传新思想新精神，不能不成为当务之急。这与刘半农早先提出的增加诗体的用意是一致的。当然，胡先生谈得更具体，更有操作性。如他对新诗音节的看法，几乎成了 90 多年来中国新诗的"金科玉律"，现在看来仍具有启示力。

关于新诗音节问题，胡适也是从当时的新诗实践入手，他指出"五四"新体诗在音节上留有不少乐府词曲的影响，具有过渡性质。他针对"新诗没有音节"的质难，说新诗是有音节的，但不只是古诗里的"句脚有韵"或"平平仄仄"，因为中国的韵极宽，不押韵不用平仄也会有响亮的音节。对于新诗来说，"语气的自然节奏"和"每句内部用字的自然和谐"两者是至关重要的。只要符合这两项要求，借用旧诗体的音节亦无不可，他举沈尹默的《三弦》和自己的《一颗星儿》，因用双声叠韵而使音节和谐。但新诗取用白话，而"白话里的多音字比文言多得多，并且不止两个字的联合，故往往有三个字为一节（相当于"顿"或英诗里的"音步"和"音尺"），或四五个字为一节的"。至于新诗的"音"，就是诗的声调，应做到两点：一是平仄要自然，二是用韵要自然。白话里的平仄，与旧诗韵里的平仄有许多不同的地方。同一个字，单独用来是仄声，若同别的字连用组成一顿，就可能变成很轻的平声了，如"的"字顿与"了"字顿，就可能会有这样的变化。所以，新诗的声调不必太看重平仄，而应看重声调的轻重与高低，这显然是受西语诗以轻重音为核心的声律的影响所致。在用韵上，胡适主张三种自由：一是用现代韵，不拘古韵，不拘平仄；二是平仄可以互相押韵；三是有韵固然好，无韵也不妨。因为"新诗的声调既在骨子里，——在自然的轻重高下，在语气的自然区分——故有无韵脚都不成问题。"胡适认为，新诗的音节还可通过内部词句的组织——层次，条理，排比，章法，句法——来获得自然和谐的效果。胡适的音节理论，他对"节"（即顿）的划分方法，他对声调与用韵的看法，都被后人继承。特别是他的"新诗的声调在骨子里"一说，在郭沫若、徐志摩、戴望舒、艾青等那里得到了呼应与成功的实践。当然，由于他对新诗声韵的要求太宽，也给中国新诗带来了过于散文化的弊端，致使以散文的分行为诗的恶习，直到现在也难以改掉。

3. 白话诗人群的语言观

俞平伯在《白话诗的三大条件》① 一文中认为，诗是一种"发抒美感的文学"，应"力求其遣词命篇之完密优美。"而"文字粗俗，万不能发抒高尚的理想。"基于此，他对新诗语言提出两条要求：一是用字要精当，造句要雅洁，安章要完密；二是音节务求谐适，却不限定句末用韵。俞平伯的意见与新诗界同人的看法并无二致，但他相对比较温和，他讲新诗不必一定押句尾韵。但对作白话诗的人来说，声气音调顿挫之类，仍不可轻轻放过，而应当考究，窃以为是很中肯的意见。而特别具有现实意义的是，俞先生对诗语的"雅洁"要求。"五四"新诗有不少粗制烂造的俗诗，但到 20 世纪 90 年代的一些后现代诗人手里，诗语已不再以雅洁为美，而是以粗俗、下流、野蛮和暴力为美，使诗成了人们讽刺的对象，也几乎葬送了诗。诗应该是最高雅最纯洁的文体，即使以丑为描写对象，也应是化腐朽为神奇的艺术，而不应是丑的展览，恶的发泄。俞先生 90 多年前的告诫，希望引起当下诗人的重视。

宗白华在《新诗略谈》② 一文中，首先从"形"与"质"（内容与形式）相统一的角度，对诗作了定义，认为诗是一种用美的文字，即音律的绘画的文字，表写人的情绪与意境的文体。因此，诗形是传达诗情诗境的媒介，有着重要的意义。从这一视角，宗先生先谈诗形问题。他认为，诗形的凭藉是文字，而文字的作用不外乎两种：一种是音乐的作用；一种是绘画的作用。从音乐的文字中可听出声韵的节奏与谐和，从绘画的文字里可以见出空间的形相与色彩，两者的融合，便可传达出时空中极复杂繁富的美。这是因为"图画本是空间中静的美，音乐是时间中动的美。而诗恰是用空间中闲静的形式——文字的排列——表现时间中变动的情绪思想。所以我们对于诗，要使他的'形'能得有图画的形式的美，使诗的'质'（情绪思想）能成音乐式的情调。"宗先生的对于诗形的看法，充分照顾到了汉字本身所具有的美感特点，这在当时西诗占主流地位的情势下，显得更具眼光和启示性。不久就有诗人受此启发，提出回归传统的诗学理论，这就是闻一多先生提出的"三美"理论。

---

① 原载 1919 年 3 月《新青年》6 卷 3 号。
② 原载 1920 年 2 月《少年中国》第 1 卷第 8 期。

康白情《新诗底我见》① 一文较全面地论述了新诗的成因，与旧体诗的区别，新诗的本质特征，新诗的写作过程以及今后新诗应做的工作等。康白情在文中对新旧诗区别的概括相当简洁准确："旧诗大体遵格律，拘音韵，讲雕琢，尚典雅。新诗反之，自由成章而没有一定的格律，切自然的音节而必不拘音韵，贵质朴而不讲雕琢，以白话入行而不尚典雅。新诗破除一切桎梏人性底陈套，只求其无悖诗底精神罢了。"窃以为康先生在此文中提出较有诗学价值的，一是旗帜鲜明地提出了"诗是主情的文学"的诗学观；二是提出诗的声韵贵在自然的主张。他认为，诗的音节与节奏不在于有韵无韵，而在于有无内在情感的自然起伏。他说："感情的内动，必是曲折起伏，继续不断的。他有自然的法则，所以发而为声成自然的节奏；他底进行有自然的步骤，所以其声底经过也有自然的谐和。"这种以情的自然起伏为声韵节奏的内在依据的见解，与中国古代的"诗缘情"说是一脉相承的，也与胡适所说的"语气的自然节奏"说如出一辙。由此看来，追求新诗声韵节奏的自然和谐，几乎成了"五四"新诗人的共同审美要求。

二、郭沫若的一元论语言观

就诗情与诗形两面看，郭沫若似乎是个一元论者，因为他是位彻底的主情论者。在他看来，对诗起决定作用的是情，有了诗情便有了诗形。他说："诗的本职专在抒情。抒情的文字便不采诗形，也不失其诗。"因为"情绪本身有音乐与绘画二作用故。情绪的律吕，情绪的色彩便是诗。诗的文字便是情绪自身的表现。我看要到这体相一如的境地时，才有真诗好诗出现。"② 所以，他主张诗以"自然流露"为上乘，形式上主张"绝端的自由"和"绝端的自主"。郭沫若的诗形观里，没有形式的因素，一切都取决于诗情，有什么情就写什么情，情怎么流就怎么写，诗的自由度全由生命的自由度决定，这在张扬个性的"五四"有其存在的合理性。但诗毕竟不是情感的发泄装置，它的媒介毕竟是语言文字，所以必要的控制与修饰，对于诗美的提炼仍是有价值的。这一点到新月诗人那里得到了重视。

---

① 原载 1920 年 3 月《少年中国》，第 1 卷第 9 期。
② 《致宗白华》，原载《三叶集》，1921 年 5 月，上海亚东图书馆。

三、李思纯、徐志摩、穆木天等的纯诗式语言观

1. 李思纯：形式与内容的统一论者

李思纯在《诗体革新之形式及我的意见》[①] 一文中，对当时新诗界普遍重视诗的内容而忽略诗的形式的现状甚为不满。他认为，诗的内容与诗的形式是诗的本体的两个方面，并非截然可分的二物。既没有不重精神而形式毕肖的，也没有不重形式而精神能完满的，两者应是统一的，是一物的两面。从这一基点出发，他对当时的新诗提出了三点不满：一是内容上的单调。写景的多，写贫富对立的多，而写其他方面的繁复事象，写哲学意境，写神秘象征的诗就少。二是形式上的太幼稚。表述感受总是用"你啊，我啊，心啊，意啊"那样直率无味的字句；写景色总是"红的，蓝的，白的，黄的，青的，翠的"那种拙劣可笑描写。这么幼稚的艺术，怎能建设起成功的新诗？三是新诗太漠视音节。新诗的音节，虽不必像旧诗那样严格，但自然的音节所带来的诗美仍不可漠视。且单音节的中国文字对于音节的要求更切近。他还举俗歌为例以证之，说这类"俗歌俚谣，本无微妙之意境，深长之趣味。不过因为音节的合于歌唱，所以也就'不胫而走'，显示出支配社会的大力量。"意思很明白，希望新诗同人不要太漠视汉语所具有的音乐的力量。为了纠正新诗的这些偏颇，他提出"多译欧诗输入范本"，"融化旧诗及词曲之艺术"两途加以解决，以期创造出"深博美妙复杂的新诗"。李思纯在当时普遍重视诗的精神而轻视诗的形式的情境里，能从内容与形式两者不可偏废的角度，提请新诗人对诗的形式的关注，应该说是有相当眼光的，他提出的建议也是中西融合论的较早版本之一。

2. 徐志摩：典型的唯美诗学

徐志摩在《诗刊》弁言（原载 1926 年 4 月《晨报·诗刊》）中有一段描写闻一多画室的文字相当有意思，可以看作新月派诗学的一种艺术背景，也是新月诗学的形象展示。徐志摩说："一多那三间画室，布置的意味先就怪。他墙壁涂成一体墨黑，狭狭的给镶上金边，像一个裸体的非洲女子手臂上脚踝上套着细金圈似的情调。有一间屋子朝外壁上挖出一个方形的神龛，供着的不消说，当然是米鲁维纳斯一类的雕像。他的那个已够尺外高，石色黄澄澄的像蒸熟的糯米，衬着一体黑的背景，别饶一种潋远的梦趣，看了叫人想起一片倦阳

---

① 原载 1920 年 12 月《少年中国》，第 2 卷第 6 期。

中的荒芜的草原，有几条牛尾几只羊头在草丛中跳动。这是他的客室。那边一间是他做工的屋子，基角上支着画架，壁上挂着几幅油色不曾干的画。屋子极小，但你在屋里觉不出你的身子大；带金圈的黑公主有些杀伐气，但她不至于吓瘪你的灵性；裸体的女神（她屈着一支腿挽着往下沉的褒衣）免不了几分引诱性，但她决不容许你逾分的妄想。白天有太阳进来，黑壁上也沾着光；晚上黑影进来，屋子里仿佛有梅斐士、滔弗利士的踪迹；夜间黑影与灯光交斗，幻出种种不成形的怪象。"徐志摩不厌其烦地描写闻先生的画室，意在为《诗刊》寻找一种艺术氛围和背景，以期使《诗刊》不辜负那制景人的匠心，不辜负那发糯米光的爱神，不辜负那戴黑金圈的黑姑娘，不辜负那梅斐士和滔弗利士出没的地方。

徐志摩认为，《诗刊》同人的诗就是表现人类创造力的一种方式，它与音乐美术具有同样的性质（这一点对稍后三美理论的提出有直接影响），无论从时代还是从性灵方面讲，我们都有责任创造一种新的样式，来传达这个时代所特有的民族精神解放的内容。这种样式就是"诗文与各种美术的新格式与新音节"，他认定"完美的形体是完美的精神唯一的表现"，这是典型的唯美主义诗学，与穆木天、王独清的纯粹诗学是一致的。他们虽主张内容与形式的完美统一，但其重心却放在诗的形式上，穆木天热衷于"纯粹诗式"，王独清倾心于"音画艺术"，徐志摩追求"完美的形体"，不久闻一多创立音乐、绘画、建筑三美一体的诗学理论，都把注意力放在新诗形式的锤炼上，其用意就是要矫正"五四"新诗由重内容而轻形式带来的粗制滥造和愈演愈烈的散文化倾向，以期提高新诗的艺术品味，让新诗走上健康的发展道路，其正面效应是不容低估的。

3. 穆木天的"纯粹诗歌"

穆木天在《谈诗——寄沫若的一封信》① 一文中，首先提出了"纯粹诗歌"的观点。这种纯粹性表现在内容上就是"诗的统一性"，即一首诗的内容只表现一个思想。因为诗在先验的世界里，绝不是杂乱无章的。与诗的内容统一性相关的是诗的持续性。因为诗是一种心情的反映，而心情的流动是有秩序和持续性的，所以一首好诗应该是那种生命之流持续流动的艺术结晶。他要求诗能表现出那种立体的、运动的、具有空间感的音乐曲线，要能表现"月光的针波的流动，水面上的烟网的浮飘，万有的声，万有的动；一切动的持续的

---

① 原载 1926 年 3 月《创造月刊》，第 1 卷第 1 期。

波的交响乐。"并认定"一个有统一性有持续性的时空间的律动",是诗最重要的因素。

在内容与形式的关系上,穆木天与白话诗人一样,主张两者的统一,认为内容与形式是不能分开的。若思想与表现思想的形式(主要指声与律)不一致,那是绝对的失败。他说:"暴风的诗得像暴风声,细雨的声得作细雨调。诗的律动的变化得与要表达的思想的内容的变化一致。这是最要紧的。"由此出发,他并不排斥旧诗体的运用,五言七言、七绝和西洋的十四行体,自有它们表现的独特领域,因此在自由诗体统治的天地里仍有其存在的价值。他主张在保证诗的纯粹性原则之下,诗的形式应力求复杂,样式越多越好。他的这一见解,对以后新诗的健康发展还是有不小的启示性的。

穆木天的诗学带有浓厚的象征主义的神秘色彩,他的纯粹诗论,他对诗的统一性与持续性要求,他对造型美与音乐美的刻意追求,他对诗的暗示力的迷醉,都是建立在生命的先验性基础之上的。他说:"在人们神经上振动的可见而不可见,可感而不可感的旋律的波,浓雾中若听见若听不见的远远的声音,夕暮里若飘动若不动的淡淡光线,若讲出若讲不出的情肠才是诗的世界。我要深汲到最纤细的潜意识,听最深邃的最远的不死的而永远死的音乐,诗的内生命的反射,一般人找不着不可知的远的世界,深的大的最高生命。我们要求的是纯粹诗歌,我们要住的是诗的世界"。在他眼里,这个"诗的世界",就是潜意识的世界。而潜意识世界是一个无序的、非逻辑的、破碎的、神秘的世界,诗要表现这个世界,非用暗示不可。"诗是要暗示出人的内生命的神秘"。他还说,在读拉马丁、维尼以及象征运动以后的诗时,你总会觉得有"无限的世界"环绕在你周围。所以他说,"用有限的律动的字句启示出无限的世界是诗的本能。"基于对诗的世界的这种理解,他认为"诗越不明白越好",因为明白是概念的,而概念是诗最忌讳的。按照这一诗学标准,他认为李白是诗人,而杜甫就只能算是个散文家。因为李白表现的是"诗的世界",而杜甫说明的是人的散文化的世界。由此,我们可以看到,穆木天的"纯粹诗歌"理论,是一种只注重内在生命的神秘主义诗学,其排他性是显而易见的。但在当时写实派诗歌过于重视社会现实生活表面的语境里,他的象征主义诗学仍有一定的纠偏作用,不仅使诗真正回归诗的本体,而且为诗找到了一个与现实世界同样复杂、高深、巨大的心灵世界,大大拓展了诗的空间。而且,他对诗的纯粹性要求,对于提升新诗的艺术品味,无疑是起到了积极作用的。但是,象征主义诗学本身所具有的神秘性，在增强诗的纯粹性与朦胧美的同时，也给新诗带来不小的负面影响。由于象征主义诗人迷恋于潜意识世界，表现上又过于迷信暗示与隐喻，意象生僻，逻辑混乱，能指与所指之间缺乏联系，有时连应有的信息通道都被切断，再加上句法上的文白错杂和严重欧化，使得象征派的一些诗形象破碎，晦涩难解，如同一只莫名其妙噪叫的怪兽，令人生厌。后起的现代派试图去除这种神秘性，将其定位于"吞吞吐吐"、似与不似之间的朦胧美上，写出了不少好诗。但不久，一些主知诗人仍将其推向了玄学的境地。

四、王独清的"音画"艺术

王独清的《再谈诗——寄给木天、伯奇》① 也是一篇象征主义诗论，他是为呼应穆木天的《谈诗》而作的。他与穆木天一样，深受法国象征派的影响，他表示"很想学法国象征派诗人，把'色'与'音'放在文字中，使语言完全受我们的操纵"，并愿意为此下最苦的功夫。他还回顾了自己近几年来创作上的变化，以前是拜伦式的，而现在已转向象征派。他说他理想中最完美的诗可以用"（情+力）+（音+色）=诗"的公式来表示。在形式上，他认为散文式的无韵不分行的，纯诗式的有韵分行且限定字数或不限定字数的，以及散文式与纯诗式结合的都可以。当然，他最为倾心的还是纯诗式的，并举自己的新作《我从 Café 中出来》以证之。

我从 Café 中出来，	我从 Café 中出来，
身上添了	在带着醉
中酒的	无言地
疲乏，	独走，
我不知道	我的内心
向那一处走去，才是我底	感着一种，要失了故国的
暂时的住家……	浪人的哀愁……
啊，冷静的街衢，	啊，冷静的街衢，
黄昏，细雨！	黄昏，细雨！

他说，这种把语句切分并用不齐的韵脚来表现作者醉后断续起伏的思想的做法，不见得能得到当时文坛的认可。他进一步解释说："这首诗的诗形就是我

---

① 原载 1926 年 3 月《创造月刊》，第 1 卷第 1 期。

所采取的'纯诗式'中'限制字数'的。这诗除了第一句与末二句两节都相同外,其余第一节中第二第三第四第五第六各行与第二节中第二第三第四第五第六各行字数相同,并且两节都是第二行与第五行押韵,第三行与第六行押韵,第四行与第七行押韵。这样,在表形上尽管是用长短的分行表出作者高低的心绪,但读起来终有一贯的音调。"

王独清还十分倾慕的"色"、"音"感觉交错的"音画"艺术(即现在所说的"通感")。他说:"我们应该努力要求这类最高的艺术";"我们应该向'静'中去寻'动',向'朦胧'中去寻'明了';我们唯一要入的是真的'诗的世界'",并录自己的诗句来证明:

> 在这水绿色的灯下,我痴看着她,
> 我痴看着她淡黄的头发,
> 她深蓝的眼睛,她苍白的面颊,
> 啊,这迷人的水绿色的灯下!

在音韵方面,他比较推崇双声叠韵,如他的《最后的礼拜日》就是这样的作品。对于诗形的要求,他同意穆木天"诗底形式越复杂越好"的观点,但他希望能把一种形式做得完整,而当时的诗人太粗制滥造,所以他希望与他的同人们一起"下最苦的功夫,努力于艺术的完成",做一个唯美的诗人。

沙似鹏认为,到了1926年,王独清还提倡人们"做一个唯美的诗人",这是"一种历史的倒退"①,鄙人不敢苟同。王独清对"音画"艺术的重视,对于提升中国新诗的艺术品位具有积极的意义,它虽取自于法国象征派诗艺,却也符合汉语本身的特点,与中国古代诗画一体、声画一致的艺术传统相吻合,所以在此后的现代派诗人如戴望舒那里,得到了进一步的发挥,写出了许多成功的作品,可惜的是这种有益的尝试,没有经过多长时间就放弃了。现代诗人(其他文化人也一样)太急于求新,一种新的诗体还没有经过认真的实践,浅尝辄止就草草收场,又忙于去尝试另一种更新的诗体,且美其名曰超越。所谓超越应是创新基础上的发现,而不是为求新而求新。更要命的是这"新"又并非自创,往往是"横的移植",跟在洋人后面,亦步亦趋。在世界

---

① 王运熙主编:《中国文论选》(现代卷上),江苏文艺出版社,1996年11月第1版,第467页。

经济一体化的今天，这种殖民心态愈演愈烈。这不仅丧失了民族的文化传统，也会影响民族的自尊心，甚至会导致民族身份的误认。中国人文知识分子这种趋时求新、急于超越的心态一日不改变，中国的文化建设就不可能取得重大成就，90 多年来中国新诗实践的结果就是一个明证。

五、饶孟侃的新诗音节理论

新月诗人饶孟侃也是从形式角度谈论新诗写作问题的，他的《新诗的音节》[①] 一文相当全面细致地分析了新诗的音节问题。他认为，一首诗，无论是新诗、旧诗还是外国诗，都是由意义与声音两种要素构成的。只有意义而没有调和的声音，或只有调和的声音而没有意义，都是不能成立的。因为"一首完美的诗里面所包含的意义和声音总是调和得恰到好处，所以在表面上虽然可以算它是两种成份，但是其实还是一个整体"。具体说来，这种整体性其实就是情绪与声音的关系，"一首诗里面本有它的特殊的情绪；有几种情绪固然是可以用那几种的音节来表现，但是多方面的情绪也必得用多方面的不同的音节才能发挥得尽致。"表面看来，这是很典型的内容与形式的统一论，但他看重的仍是属于形式范畴的音节问题。他对新月唯美诗学的主要贡献，也在于他对新诗音节的细部分析上，他提出的格调、韵脚、节奏和平仄层次分析法，具有经典意义，此后的诗学理论家在讨论音节时几乎没有越出这一雷池的。

所谓"格调"，即是指一首诗的段式，也就是闻一多所说的"节的匀称，句的均齐"。饶孟侃认为，格调与音节表面看来是两个平行的东西，但它的音节是一个重要成份，没有格调不仅音节不能调和，全诗也免不了破碎。照我的理解，他所说的格调或段式，相当于一个大的音节，有些学者称其为"旋律程"。一首诗可以由一个旋律程构成，但复杂点的诗就可能由多个旋律程构成。这样，各个旋律程之间就有一个谐调与不谐调的问题，饶孟侃显然以谐调为美的。这也是新月诗人的共同追求。

所谓"韵脚"，就是句尾押韵，它的作用就是"把每行诗里抑扬的节奏锁住，而同时又把一首诗的格调缝紧"，并能控制诗的动作和节奏的快慢。所以，他主张新诗应该用韵，但不必完全依照旧韵，"凡是同音字，无论是平是

---

① 原载 1926 年 4 月 22 日《晨报·诗镌》，第 4 号。

仄，都可以用；而发音的根据则以普通的北京官话为标准。至于用土音押韵，我以为除了在用土白作诗的时候可以通融以外，在普通的新诗里则断乎不行；因为要是押韵完全没有一种标准，也是件极不方便的事"。饶孟侃所主张的"以普通的北京官话为标准"押韵的见解，是当年刘半农提出的用京音为标准，修一定谱，行之于世思想的继承与发展，具有一定的超前性，现在新诗押韵就是以普通话为标准音的。饶孟侃对韵脚的用韵要求与胡适等人一样，显得比较宽泛，但在对待无韵诗的态度上，他不像胡适等人那样有信心，说"我们用单音的文字来写无韵诗，虽不敢说是绝对的不可能，但是我相信至少我自己这一辈子决看不到它有成功的可能。因为有韵的新诗我们都还没有做到完全成功的地步，无韵的新诗更又是谈何容易。"现在看来他似乎太悲观了点，无韵诗中如自由体、散文诗等还是有大量成功的作品，像郭沫若、艾青、戴望舒、舒婷、海子、昌耀等，几乎都是无韵自由体诗人。当然，饶孟侃的担心也并不是杞人忧天，自由体无韵诗要作好并非易事，即使在上面所列的大诗人里也有不少失败之作，特别是那些诗情能量不足，又不善控制的诗人，所作的无韵诗与散文没有什么区别，以至于使编辑们老把诗排成散文，把散文排成诗。尤其是到了 20 世纪末，这种散文化无韵诗泛滥成灾，诗的韵律美荡然无存，读诗不如读散文，许多读者视之如臭狗屎，唯恐避之不及。所以，在新世纪的汉诗体重建工程中，音韵的问题仍是一个不可忽视的重要问题，当年饶孟侃先生的意见仍不无借鉴价值。

对于什么是"节奏"，饶孟侃并未直接界定，而是从它的作用入手，用一个比喻来阐述的。他说："一首诗的音节好比是一个人的生命，要是节奏的毛病是在细微的呼吸里，那么也许就有患肺病的危险；要是节奏的毛病是在血管里，那么这个人一定得患心脏病；要是节奏完全毁了，那么就是他死到临头的时候到了。"其实，他所说的生命节奏仍是由人的情绪带来的。据此，他把节奏分成两种：一种是诗中流露出的自然节奏，这是诗人在写作时"无意中从情绪里"得到的暗示，所以会使节奏与情绪相吻合；另一种是作者"依照格调用相当的拍子（Beats）组合成一种混成的节奏"，这纯粹是由人力磨炼出来的。他认为，徐志摩的《盖上几张油纸》，闻一多的《大鼓师》、《渔阳曲》等，都是诗人情绪的自然流露，属于第一种节奏；像闻一多的《死水》是用第二种方法做出来的，即依据段式用"拍子"（胡适叫"节"，实为"顿"）组合而成。

对于"平仄"，饶孟侃也不像胡适等人那样予以一概否定，说它是旧诗里死的形骸，而是说它是一种汉字的特色，是任何外国文字里所没有的。所以他认为不应该完全抛弃，"其实一个字的抑扬轻重完全是由平仄所产生的，我们要抛弃它即是等于抛弃音节中的节奏和韵脚；要没有它的那种作用，一首诗里也只有单调的音节。"他随即举出《采莲曲》里的两句诗加以说明。

    杨柳呀风里颠摇——（平仄平平仄平平）

    荷花呀人样娇娆——（平平平平仄平平）

  他认为第一句平仄调和，念起来动听；第二句仄声太少，所以显得单调，念起来也生硬。我不知道饶孟侃是根据什么音来定平仄的，照现在的读音"柳"与"花"并无区别，若按轻重分，此二字都应是轻声，均属仄声字，所以念起来也并无生硬之感。

  不管怎么说，饶孟侃对新诗音节的分析具有方法论方面的启示作用，他的"格调——韵脚——节奏——平仄"分析模式，无论是对于新诗音节理论的建设，还是对于新诗的创作实践，都具有重要的指导意义。

六、闻一多的新诗格律理论

  闻一多在《诗的格律》① 一文中，以艺术起源的"游戏本能说"为理论基础，说下棋之类游戏尚且有规矩，而作为艺术的诗就更不必说了。他认为英语中的"form"，就相当于我们所说的"格律"，无论外国诗还是中国诗都不应废除格律，并引布利斯·佩里教授的话说，真正的诗人"乐意带着脚镣跳舞"。所以在他看来，"越有魄力的作家，越是要戴着脚镣跳舞才跳得痛快，跳得好。只有不会跳舞的才怪脚镣碍事，只有不会做诗的才感觉得格律的束缚。"在他看来，那些打着浪漫主义旗帜来攻击格律的人，就是那种"不会跳舞的"人。他们对文艺没有诚意，"他们压根儿就没有注意到文艺的本身，他们的目的只披露他们自己的原形。顾影自怜的青年们一个个都以为自身的人格是再美没有的，只要把这个赤裸裸的和盘托出，便是艺术的大成功了。你没有听见他们唱道'自我的表现'吗？他们确乎只认识了文艺的原料，没有认识那将原料变成文艺所必须的工具。他们用文字作表现的工具，不过是偶然的事，他们最称心的工作是把所谓'自我'披露出来，是让世界知道'我'也是一个多才多艺、善病工愁的少年；并且在文艺的镜子里照见自己那偶俍的风

---

① 原载 1926 年 5 月 15 日《晨报·诗镌》。

姿，还带着几滴多情的眼泪，啊！啊！那是多么有趣的事！多么浪漫！不错，他们所谓浪漫主义，正浪漫在这点上，和文艺的派别绝不发生关系。这种人目的既不在文艺，当然要他们遵从诗的格律来做诗，是绝对办不到的；因为有了格律的范围，他们的诗就根本写不出来了，那岂不失了他们那‘风流自赏’的本旨吗？所以严格一点讲起来，这一种伪浪漫派的作品，当它作把戏看可以，当它作西洋镜看也可以，但是万不能当它作诗看。"话虽说得有些意气用事，如说他们是"伪浪漫派"，说他们的眼泪都是假的，不免有些冤枉，显然是门户之见。在他们的眼泪里还是有不少真诚的情感的。不过，他们只顾直抒胸臆，任凭情绪的自由发泄，不作任何控制，文字缺乏锤炼，不讲声韵格律，致使新诗丧失了应有的艺术美，却也是事实。当然，闻先生批评浪漫派的诗学追求，其意在为自己推出"三美"理论张本。（不过，由此使我怀疑起，我们的许多诗学著作都将"新月诗派"归入浪漫主义，是否是一厢情愿。新月诗人中除闻一多外，梁实秋等也都对浪漫派不以为然，说他们是一批不遵守"文学纪律"的人）。

　　闻先生对中国现代诗学的贡献，主要表现在对新诗格律理念的阐释与建构上。他在文章的第二部分，从原质上分析了格律的两种构成要素：一是视觉方面的，如节的匀称和句的均齐；二是听觉方面的，如格式、音尺、平仄、韵脚等；当然，这两方面是密不可分的统一体。不过，以往的学者比较多地讨论听觉方面内容，相对忽略了视觉方面的研究。在闻先生看来，视觉方面的特点对于中国新诗有着不可忽视价值，"因为我们的文字是象形的，我们中国人鉴赏文艺的时候，至少有一半的印象是要靠眼睛来传达的。原来文学本是占时间又占空间的一种艺术。既然占了空间，却又不能从视觉上引起一种具体的印象——这是欧洲文字的一个缺憾。我们的文字有了引起这种印象的可能，如果我们不去利用它，真是可惜了。"基于这种对汉字特点的认识，他推出了"音乐的美（音节），绘画的美（词藻），并且还有建筑的美（节的匀称和句的均齐）"，即"三美一体"的诗学理论体系。这一理论，虽着眼于形式，一个现实目的就是纠正"五四"以来新诗日益非诗化的倾向，以提升新诗的艺术品味；但闻先生并不是一位形式主义者，他借分析旧体格律诗与新格律诗的区别，表明了他也是一位内容与形式的统一论者。他说旧格律诗与内容是不发生关系的，律诗的格式像一个模子，诗的精神与意境不管合适与否，都得往里面挤塞进去；而新诗的格式"是根据内容的精神制造成的"；而且律诗的格式永远只有一个，而新诗的格式则是层出不穷的；律诗的格式是由别人替我们造的，而新诗的格式则可以"由我们自己的意匠随时构造"。有此三点不同，就可保证其先进性，而决不是什么退化。闻先生的"三美"诗学，对于当时的诗坛来说具有纠偏作用，而更重要的是在思维方向上，把新诗界一味向西方移植，拉回到对传统的继承与创新上，使中国新诗开始走上中西融合、推陈出新的正确道路上来，为以后中国新诗的发展与繁荣奠定了基础。

第七章

语言本体论诗学的实验："知识分子写作"

从 20 世纪初到 80 年代中后期，作为现代诗学重要一翼的语言主义诗学，一直在"语言作为工具"的古典主义语言学的轨道上行进。从"五四"时期的"形与质之争"，到 50 年代的民间形式的利用；从台湾现代派主张的"横的移植"，到 80 年代中后期的"字思维"，可以看出中国现当代诗人和诗学研究者对现代汉诗的语言问题越来越重视。特别是到了 90 年代前后，由于西方语言论诗学的影响，当代诗评家开始探讨当代诗歌写作的语言论转向问题，不少诗人都认同诗歌写作应回到语言本身的诗学理念，并身体力行进行写作实践。而其中的"知识分子写作"诗人群就是这股诗潮中较有责任感与成就的群体之一。本章即以"作为诗歌流派的知识分子写作"为命题，对其进行较为全面、细致、深入的分析与阐述。

一、作为流派的"知识分子写作"概述

"知识分子写作"是在"后朦胧诗"区间内形成的一个诗歌流派。它活跃在 20 世纪 80 年代末和 90 年代的中国诗坛上，代表诗人主要有西川、欧阳江河、王家新、陈东东、张曙光、孙文波、肖开愚等人。他们创办《倾向》、《南方诗志》等杂志，提倡"诗歌精神"和"知识分子写作"，即诗人不但是一个深得诗歌奥秘的写作者，也是一个有着责任感、承担意识和理想主义精神的知识分子。当然，"知识分子写作"所谓的承担是建立在个人性写作基础上的承担，和他们对时代语境、诗人和诗歌命运的深刻理解密切相关。本章从诗歌流派的角度论述"知识分子写作"，内容共分四个部分：一、"知识分子写作"形成的历史渊源；二、"知识分子写作"的精神向度和诗学立场；三、"知识分子写作"的主题和艺术特征；四、对"知识分子写作"的评价定位。"知识分子写作"在 20 世纪 80 年代末初具雏形，90 年代初形成为一个具有鲜明艺术特色的诗歌群体。它并没有越出中国现代主义诗歌的演变轨迹，而属于

其中的一个阶段。如果说先锋诗实验的本性是"知识分子写作"形成的内部原因，那么，西方文化的浸染和转型时期知识分子身份危机而导致的诗人主体的位移，则是形成这一流派的外部原因。"知识分子写作"抛弃了各种意识形态幻觉，把主体定位为"穴居动物"和"词语造成的亡灵"，与商业文化、大众文化和主流话语持异质立场，自觉修正曾经奉行的"纯诗"观念，吸收现实成份入诗。他们反对无原则地口语化、平民化，重视诗歌本体的建设，认为思想的深入和语言的挖掘在诗歌创作中是无法分离的，而在与语言的搏斗中，技巧是唯一有效的武器。诗人和读者之间平等对话的关系已被"知识分子写作"所接受，但他们的创作还表现出对"理想读者"的呼唤。中国文化语境的转型所带来的思想、价值的断裂和哗变，以及"知识分子写作"的后乌托邦色彩，使他们的创作主题呈现出如下三个特征，即意识形态焦虑、历史的个体讲述和语言的欢乐。"知识分子写作"诗人大都具有完备的知识结构、过人的艺术天赋，在多种诗歌技巧的运用方面做出了成绩，其中以叙事性、互文性写作、跨文体写作等方面最为突出。

二、"知识分子写作"的命名

"知识分子写作"是"后朦胧诗"区间内形成的一个诗歌流派。它活跃在20世纪80年代末及90年代的中国诗坛，代表诗人主要有西川、欧阳江河、王家新、陈东东、张曙光、孙文波、肖开愚等人。"知识分子写作"诗人群体具有原创性诗歌观念、富有建设性的诗歌文本以及为诗歌争取自由空间的努力，获得了国内外读者、批评家的广泛注意和不少肯定。可以说他们的诗歌写作是中国当代先锋诗歌的重要组成部分。

"知识分子写作"作为诗歌流派的最终命名，应归功于"民间写作"和"知识分子写作"之间的论争。由于许多冠以90年代诗歌头衔的选集以及阐释、总结"知识分子写作"的理论文章，往往有意或无意地忽视了90年代诗歌格局的复杂性，带来了对其他诗歌潮流或创作倾向的遮蔽，因而引起了诗歌内部的论争。1999年初，以于坚为代表的"民间写作"诗人群发表一系列文章，从流派的角度展开了对"知识分子写作"的批评。这年4月，"知识分子写作"诗人和"民间写作"诗人在"盘峰会议"上爆发激烈论争，此后双方的口诛笔伐持续数年。在媒体的推波助澜下，"知识分子写作"作为一个有着鲜明艺术特色的诗歌群体名声鹊起，影响波及全国。

90年代末，"知识分子写作"在外界力量的推动下进入了公众的视线，但喧嚣嘈杂的社会并不是这批诗人的生存热土。在公众眼里，"民间写作"和"知识分子写作"的论争，只是另一个仅供消闲娱乐的社会热点。论争本身的激烈，非但没有加深人民对诗歌和诗坛的认识，相反诗人们的歇斯底里几乎促成了一场诗歌闹剧。这场世纪末的诗歌论争，最终以"知识分子写作"的主动离席而告终。他们似乎认识到了团体化给诗歌带来的伤害，有意识地修正了自己的言行，"知识分子写作"作为一个流派随着新世纪的开始而逐渐淡化。

"知识分子写作"的出现和存在构成了一个事件，但它所具有的严肃的诗学意义还有待我们去发掘。本章拟从宏观的诗歌流派的角度，比较全面的考察"知识分子写作"。全文共分四个部分：第一，"知识分子写作"形成的历史渊源。这部分要梳理清楚流派的来龙去脉，尤其是它所产生的内部和外部原因。第二，"知识分子写作"的精神向度和诗学立场：深入诗人们的灵魂深处，大致勾勒出他们的精神动态和诗歌观念。第三，知识分子论作为诗歌流派的"知识分子写作"的主题和艺术特征。这部分通过对文本的解读和分析，力图归纳出"知识分子写作"的创作特征。第四，"知识分子写作"的评价。这部分并不急于给"知识分子写作"做盖棺定论，而是把它置放在一个相对有限却特殊的时间段内，客观、具体地指出它的成就与不足。

三、"知识分子写作"形成的历史渊源

1. "知识分子写作"的形成

"知识分子写作"酝酿于20世纪80年代中后期，形成于90年代初。

"知识分子写作"作为一个诗学口号最早是由诗人西川提出的。西川在《答鲍夏兰·鲁索四问》中回忆说："从1986年下半年开始，我对用市井口语描写平民生活产生了深深的厌倦，因为如果中国诗歌被十二亿大众的庸俗无聊的日常生活所吞没，那将是极其可怕的事。……稍后，我提出了'诗歌精神'和'知识分子写作'等概念，并以自己的作品承认了形式的重要性"①。西川所说的"稍后"是指1987年8月由《诗刊》社组织的第7次"青春诗会"。在这次会上，西川与陈东东、欧阳江河一起倡导"知识分子写作"②。"知识分子写作"概念具有明显的现实针对性，"知识分子"和"写作"的并置强调了诗人主体的使命性身份，同时这种身份的明确又不以写作难度的消解为代

---

① 西川：答鲍夏兰·鲁索四问。《让蒙面人说话》，东方出版中心，1997年8月，第246页。

② 西川：西川创作活动年表。《大意如此附录》，湖南文艺出版社，1997年版8月. 第294页。

价。随后，1988年9月西川、陈东东等人在上海创办《倾向》杂志。《倾向》第一期的"编者前记"（陈东东执笔）这样写道：

"写作，是对语言的升华，是关乎灵魂的历险。'写作是自觉的、创造的、孤立的'，'写作就是永远的缺席，唯其如此，写作对世界的干预才是显得无处不在'（欧阳江河）。'写作是从语言出发朝向心灵的探寻，是对诗人的灵魂和人类良心的拯救'（陈东东）……而对于诗歌写作的这种认识，是基于诗人的理想主义信念和应当得到倡导的知识分子精神的"①。

可见，知识分子精神、理想主义信念和纯诗追求是这批诗人共同的思想和艺术倾向。《倾向》明显具有了同仁刊物的性质。1991年夏出版的《倾向》第三期的"编者前记"开宗明义地声明："从一开始，《倾向》就不希望成为一个呈示和包容性的诗刊，它最好能够指点方向和引导人。《倾向》关注理想的诗歌，提供秩序或尺度，它要把一只坛子放在田纳西—'它使凌乱的荒野围着山峰排列"②。作为流派的"知识分子写作"应该说在80年代末期已初具雏形了。

1989年在中国诗歌史上是一个特殊的年份。这年的3月底诗人海子在山海关卧轨自杀。由此开端，诗歌似乎进入了一个漫长的冬季。正如诗歌批评家陈超教授所说，"80年代末历史的巨大错动给诗人带来了深深的茫然，带着这种茫然诗人跨入了90年代"③。"非诗的时代"④ 使中国诗人迅速分化，而以西川、王家新、欧阳江河为代表的"知识分子写作"却始终高昂着诗歌的高贵头颅，勇敢地正视着共同的时代命运，更加紧密地走在了一起。《倾向》仍在继续出版，诗人队伍在扩大。可喜地是，一批有着与《倾向》类似诗歌立场和美学趣味的民间刊物，在90年代初相继创刊并顽强生存着。重要的有肖开愚、孙文波在四川创办的《反对》（1990.1～1992.7，共14期）；减棣、西渡、戈麦等人在北京主办的《发现》（1990～1992，共出3期）；由芒克、唐晓渡等人发起，各地诗人参与的大型诗刊《现代汉诗》（1991.2～1995年底，

① 《倾向》第一期"编者前记"。转引自周瓒："知识实践"中的诗歌"写作"，《中国诗歌：90年代备忘录》，人民文学出版社，2000年1月，第50页。

② 《倾向》第一期"编者前记"。转引自周瓒："知识实践"中的诗歌"写作"。《中国诗歌：90年代备忘录》，人民文学出版社，2000年1月，第50页。

③ 《倾向》第三期"编者前记"。转引自程光炜：《岁月的遗照·导言：不知所终的旅行》，社会科学文献出版社，1998年2月版，第1页。

④ 陈超：九十年代诗歌的新变化。《北京文学》，1997年第2期，第54页。

共出 5 卷）；陈东东在上海创办的《南方诗志》（1992 秋～1993 秋，共出 5 期）等。在特殊时期，这些杂志和刊物成了历史的见证，为诗歌的延续和发展做出了巨大的贡献。它们和《倾向》一起承载了历史和社会给予诗歌的无形压力，也让人看到新的诗歌远景。程光炜在诗歌选集《岁月的遗照》序言中热情洋溢地写道：

"《倾向》以及后来更名的《南方诗志》对《今天》、《他们》、《非非》艺术权威的取代不是一般意义的一个诗歌思潮对另一个诗歌思潮的顶替，它们之间不是连续性的时间和历史的关系，而是福柯所言那种'非连续性的历史关系'，它们是两种不同文化背景下的'知识形构'，或者说它们不是一种'艺术责任，能够涵括得了的。在我看来，这个同仁杂志成了'秩序与责任'的象征，正像彼得堡之于俄罗斯文化精神，雅斯贝尔斯之于二战后德国知识界普遍的沮丧、混乱一样，它无疑成了一盏照亮泥泞的中国诗歌的明灯。团结在这个杂志周围的，有欧阳江河、张曙光、王家新、陈东东、柏桦、西川、翟永明、肖开愚、孙文波、张枣、黄灿然、钟鸣、吕德安、臧棣和王艾等"①。

90 年代初，以《倾向》为代表，包括《反对》、《发现》、《南方诗志》等杂志，周围聚集了一些诗人，他们对社会和自身有了清醒的认识，表面的情绪狂热和意识形态焦虑转化为具有节制态度的内在激情，"不再从上帝或其它虚幻之物那里寻求直接的精神抚慰，而是经由自我心灵的审视、感悟、升华而达到精神超越的文本境界"②。他们反省了自己以往诗歌的不足，开始提高自身综合处理时代生活、历史、文化的能力，追求诗歌在一定秩序基础上的深度推进。"知识分子写作"，一个有着比较成熟的诗歌观念和显著的创作实绩的流派最终形成了。

2. "知识分子写作"的成因

作为流派的"知识分子写作"，在 20 世纪 80 年代末中国诗坛的逐渐隆起，并在 90 年代形成为一股声势浩大的诗歌潮流，决非偶然。如果说先锋诗实验的本性是"知识分子写作"形成的内部原因，那么，西方文化的浸染和转型时期知识分子身份危机而导致的诗人主体的位移，则是形成这一流派的外

---

① 程光炜：《岁月的遗照·导言：不知所终的旅行》。社会科学文献出版社，1998 年 2 月，第 2 页。

② 陈旭光、谭五昌：断裂·转型·分化——90 年代先锋诗的文化境遇与多元流向。《诗探索》，1997 年，第 3 辑. 第 11 页。

部原因。

现代诗歌的自然演变。艾略特在谈到诗人和传统的关系时说:"他(指诗人——笔者注)的作品中,不仅最好的部分,就是最个人的部分也是他前辈诗人最有力地表明他们的不朽的地方。我并非指易接受影响的青年时期,乃指完全成熟的时期"①。作为诗歌流派的"知识分子写作",其形成原因也与此相类。它的出现是新时期以来中国现代主义诗歌发展的必然结果。

首先,它是对朦胧诗的继承和超越。朦胧诗的崛起具有重大的历史意义,它不但是对50年代的颂歌传统和60年代战歌传统的彻底反叛,而且宣告了现代主义诗歌传统在当代中国的回归。北岛、舒婷、顾城等诗人一大批脍炙人口的优美诗篇,催生和唤醒了中国人被抑制多年的主体意识和人道主义精神。与此同时,朦胧诗以意象为核心、以象征主义为美学特征的艺术体系,从根本上改变了传统诗歌粗鄙的缺陷,带来新时期诗歌艺术的革新浪潮,产生了巨大的影响力。像西川、欧阳江河、王家新等众多诗人都是在朦胧诗的影响下走上诗坛的。

但恰恰是这些人,在吸收养分的同时已酝酿着反叛的种子。骆一禾曾在《致潞潞》的书信中谈及:"1983年,我与海子、西川的结识中,也谈到,要发展自己的风格,与朦胧诗拉开距离"②。朦胧诗遭到"第三代"诗人的诟病主要集中在如下两个方面。一是朦胧诗与主流意识形态话语的暧昧关系;二是朦胧诗经过一段时间的实践,特别是80年代初期论争过后,它得到了主流诗界承认的同时,也陷入了自身的艺术危机。大部分诗人缺乏继续开拓的后劲,原本作为对传统诗歌锐利有效武器的象征主义也在不断的重复中失去了生命力。在更年轻一代诗人眼里,倒不是偏执地认为现代主义诗歌不可以表现与主流意识形态吻合的内容,或者说不可以使用象征主义,而是前者必将有意或无意导向诗歌独立性的丧失,后者则抑制了诗歌表现力的进一步拓展,不管哪一点都是难以容忍的。于是,一场颠覆性的诗歌运动无可避免的上演了。

"第三代"诗人粉墨登场后,中国诗坛呈现出的是流派蜂起、众声喧哗的情景,但纷繁无序只是表面现象,内部更本质的嬗变正悄然发生。大约至80年代后期即形成了两条比较大的脉流。其一,以"莽汉"、"非非"、"他们"

---

① 艾略特:传统与个人才能,《艾略特诗学文集》。国际文化出版公司,1989年12月,第2、第5页。

② 骆一禾的信:致潞潞。《海子、骆一禾作品集》。南京出版社,1991年,第284页。

为代表的取"民间写作"路子的诗人群体，著名诗人如韩东、于坚、李亚伟等。其二，"后朦胧诗"中，海子、骆一禾、西川等为代表的"新古典主义"诗派、"圆明园"诗派以及"纯诗"写作诗人等。

"莽汉"、"非非"、"他们"及其影响下的种类繁多的诗派，凭借强烈的反叛姿态和平民化立场来表示自己与以往诗歌的不同和决裂。他们的诗歌行动颠覆了"朦胧诗"建立的诗歌规范，拓展了年轻一代诗人的创作思想，增强了中国诗歌的活力。但他们过分夸大反文化、反语言、反逻辑、反深度的可行性，普遍的平面化、游戏性写作，由于没能在破坏的基础上提供给读者创造性的令人信服的诗歌文本，而日益显出其空想色彩。与此相反，西川等一批诗人在各自不无艰难的探索中，逐渐对一轰而上的诗歌运动感到深深厌倦。他们重视诗歌本体建设，并表现出一种寻求乌托邦的勇气、一种献身精神，与"第三代"诗人的游戏、率性的态度截然相异。在艺术追求上，他们强调诗歌的秩序，坚持思想深度与艺术创造性相结合的现代主义诗歌标准。

由此可见，作为流派的"知识分子写作"并非从天而降，它源自于这样一批诗人，他们更多的继承了朦胧诗的理性精神和知识分子的道德承传，在诗歌纯粹性和经典文本的向往与实践上，在强调诗人的承担意识和使命意识上，形成自己的特色。这便是"知识分子写作"与当代中国现代主义诗潮的渊源关系。

社会的转型和主体的位移。如果说永不停息的诗歌生命力的存在是"知识分子写作"产生的内部因素，那么，社会语境的变化而导致的诗歌功能和诗人角色的边缘化，则是它出现的外部原因。

新时期以来，中国社会正经历着一场规模空前的变革。商品经济的繁荣和市场体制的成功运行，在带来物质极大丰富的同时，成为强势话语的商业原则、科技霸权也大肆地侵蚀着人文知识的园地。传统知识分子特别是人文知识分子陷入了两难的困境。"人文关怀"、"社会批判"、"忧患与反思"等一整套价值体系纷纷失效，曾经以张扬个性、追求自由和激情创造安身立命的知识分子瞬间被排挤至社会边缘。坚持还是放弃，是每一个中国知识分子无可选择的命运。坚持即意味着被时代所抛弃，被社会所冷落；放弃则可能在与技术复制时代的大众文化的轻松融入中如鱼得水，风光无限。

"知识分子写作"诗人与"第三代"诗人的分道扬镳，根源在于中国社会语境的转换，以及由此引起的诗人身份的改变。"第三代"诗人从登上历史舞台那天起就带有浓厚的商业气息。他们借助媒体推销自己的方式，标新立异地流派宣言和命名,都是商业炒作的惯用手法。假如一种穷途末路的诗歌格局在技术修补的迟滞中寻求出路时,后起者采用无法无天的颠覆式写作具有某种革命性意义,然而当朦胧诗的影响焦虑已基本消除,大众文化、商业文化粉墨登场并占据主角之时,仍奉行民间路线的诗歌写作其先锋性就相当可疑了。有研究者敏锐地发现了"第三代"诗人掀起诗歌运动的社会原因:

"从严格的意义上来说,'第三代'诗人的反文化矛头主要是针对知识分子精英文化而来的,因为在整个 80 年代,知识分子一直自觉或不自觉地扮演着与国家意识形态合作共谋的文化角色,然而在新时期开端受过知识分子思想启蒙的市民社会随着经济实力的增长,其自身的市民意识形态也逐渐形成。它迫切要求摆脱知识分子精英文化的压抑,由此在诗歌领域里发起一场市民文化全面冲击与无情消解知识分子精英文化的'艺术革命'运动"①。

"第三代"诗人对知识分子精英文化的无情冲击和叛逆,使后者原先确立的一套价值体系与话语系统面临着深刻的"合法化"危机。因此,从一定意义上说,西川等人所强调的诗人主体的独立性、承担意识和理想主义精神,是为了抵制市民文化的强大冲击,以保持一块知识分子话语的独立空间。

20 世纪 90 年代初爆发的人文精神大讨论,则是新的社会背景(中国最终确立改革开放和经济建设的基本国策)下,知识分子身份危机继续深化的表征。90 年代末闹得沸沸扬扬的"知识分子写作"和"民间写作"论争,其焦点并不仅仅是诗学观念的差异,更有现代主义和后现代主义不同话语间的对立和碰撞,中国知识分子的分化更为复杂和深入。

诗人是社会最为敏感的神经,社会转型时期的诗人尤为如此。20 世纪末期的中国诗人经历着抉择和分化,有相当数量曾活跃在诗坛的"第三代"诗人,在严峻的现实考验中离开了诗歌,或者放弃了诗歌精神。"知识分子写作"绝大部分诗人则坚持了下来。他们清醒地意识到,在一个商业文化、大众文化和集体意识形态共谋的语境中诗人的命运及从事诗歌写作的艰巨性,自觉地反省和修正以往写作的缺陷,提出了"知识分子写作"的概念。这是一种具有开阔的文化视野,摒弃了各种意识形态幻觉,始终坚持个人立场,但不放弃责任感的写作。个人与历史、文本与语境之间相互深入,诗人在写作和现

---

① 陈旭光、谭五昌:知识分子写作:文化转型年代的诗与思。《大家》,1997 年第 4 期,第 200 页。

实的平衡中找到了寄寓创造力的基点。

西方文化的浸染。"知识分子写作"曾被指责为"知识写作"、"买办写作",西方知识的乳汁浸润在他们的每个词语之中,直接影响着他们的诗学观念和精神向度。

"知识分子写作"诗人大多受过良好的教育,书本使他们具备了朦胧诗人所没有的良好素养。西川说,"由于我在一个相对单纯的环境中长大,又渴望了解世界,书本便成了我主要可以依赖的东西","相形之下,现实世界仿佛成了书本世界的衍生物,现在时态的现实世界仿佛由过去时代的书本世界叠加而成"①。这批诗人梦想实现经典写作,在情感上天然地接近语言和文本,而不是文本之外的现实。西方语言哲学和象征主义诗学为他们提供了理论基础。批评家燎原说:"它("纯诗"诗人的诗艺建构——笔者注)可以用两句格言式的理论来表述,其一是海德格尔的'语言是存在的居所',其二是瓦雷里对纯诗要义的指说'各种思想的演变显得比思想本身都重要'②。集中展示了早期"知识分子写作"诗歌观念的《倾向》第一期"编者前言"就极好地证明了这种说法。而西川提出"知识分子写作",倡导诗歌的节制、秩序,明显带有后期象征主义,特别是艾略特的影子。

20世纪90年代以后,随着中国的进一步开放,大批诗人走出国门,王家新、欧阳江河、翟永明等都或长或短地旅居过国外。漫游异域的经历,客居他乡的心理体验,尤其是亲身接受曾经培育了像里尔克、叶芝、卡夫卡等大师的诗歌文化的熏染,给"知识分子写作"的创作带来深刻的影响。

这主要表现在两个方面。首先,西方文化提供了抵抗寒冷的精神资源。寻找寂寞旅途中的指路明灯,是现代中国诗人的共同的命运。这些明灯既是温暖心灵的火光,也是指引前行的路标。中国新诗不满百年的历史,决定了他们很难在本土文化环境中找到精神的寄托者,西方的文化资源扮演了中国诗人精神之父的角色。

> 不能到你的墓地献上一束花
> 却注定要以一生的倾注,读你的诗
> 以几千里风雪的穿越
> 一个节日的破碎,和我灵魂的颤栗

---

① 西川:《大意如此·自序:90年代与我》。湖南文艺出版社,1997年8月,第1~4页。
② 燎原:趋向经典性的"纯诗"文本。《星星》,1998年第9期,第105页。

终于能按照自己的内心写作了

却不能按一个人的内心生活

这是我们共同的悲剧

你的嘴角更加缄默，那是

命运的秘密，你不能说出

只是承受、承受，让笔下的刻痕加深

为了获得，而放弃为了生，你要求自己去死，彻底地死

这就是你，从一次次劫难里你找到我

检验我，使我的生命骤然疼痛

——王家新《帕斯捷尔纳克》

　　帕斯捷尔纳克、阿赫玛托娃、布罗茨基、米沃什、叶芝等一些与中国诗人有着相似经历的西方诗人，他们在困境中维护人的尊严和诗歌独立性的精神品格，犹如寒夜的篝火照亮了"知识分子写作"诗人黯淡的心灵，使他们获得了坚持下去的信心和勇气。其次，西方诗歌提供了中国诗人急需的诗歌观念和诗歌技巧。传统抒情性诗歌在复杂的现实语境面前，显得力不从心；与此同时，20世纪90年代后期出现的"70年代后诗人"和"下半身写作"等潮流，说明以后现代理论为后盾的新的诗歌美学思潮，正对"知识分子写作"的诗歌秩序理念提出了严重挑战，他们必须更新思想武器，完善诗歌技巧，这除了发挥他们的创造力外，更多是需要把目光投向西方。90年代，"知识分子写作"提出了比较系统的诗歌理论，并深入运用了"叙事性"、"反讽"、"互文性写作"、"跨文体写作"等技巧，有力地推动了中国当代诗歌的发展，而所有这些都少不了西方诗学精神的滋养。

四、"知识分子写作"的诗学立场

　　仔细考察"知识分子写作"，我们会发现它像新诗史上的许多流派一样，诗人群体并非整齐划一，而大都各自有着鲜明独特的美学观念和诗学追求，甚至有诗人郑重地宣告自己被列入"知识分子写作"行列的无辜。但从诗歌发展的事实看，他们无可争议地存在许多共同的思想倾向，呈现出相似的诗学立场。以下笔者将从诗人主体、诗歌与现实、诗歌本体、诗人与读者等四个方面，分析阐述"知识分子写作"的精神向度和诗学立场。

1. "知识分子写作"的主体观："穴居动物"和"词语造成的亡灵"

新时期以来，诗人主体经历了三个发展阶段：朦胧诗人和社会保持着密切的关系，基本没有脱离亚里士多德时代以来传统诗人的身份，诗人头上的各种光环为他们赢得了大量的读者和巨大的社会荣誉，但同时也带来了对诗歌本身的遮蔽；"第三代"诗人以颠覆性诗歌运动宣告了诗人主体意识的自觉，李亚伟自称"我们本来就是/腰上挂着诗篇的豪猪"（《硬汉们》），"打铁匠的儿子/大脚农妇的女婿"（《我是中国》），主体意识的极度膨胀代表着个性时代的到来，诗歌写作的创造性和自由度都有很大改观，但这种矫枉过正式的无限强调又构成了一个新的神话，对诗歌造成了新的伤害。

"知识分子写作"则把自身定位于"穴居动物"和"词语造成的亡灵"，他们对身处的时代环境和诗人的命运有了清醒地认识。放弃各种意识形态幻觉，回归诗歌是诗人身份清理的第一步。欧阳江河说："在转型时期，我们这代诗人的一个基本使命就是结束群众写作和政治写作这两个神话：它们都是青春期写作的遗传。福柯提出的'普遍性话语'代言人，以及带有表演性质的地下诗人，这两种身份在1989年以后对于国内的诗人都变得可疑起来，它们既不能帮助我们在写作中获得历史感，也不能帮助我们获得真正有力量的现实感"①。因此，国内大多数诗人放弃了这两种身份。在"知识分子写作"看来，告别历史重负的诗人像海子那样选择对古典文明的殉道是不明智的，而肇始于"第三代"诗人并蔓延至90年代的"口语写作"没有原则的平民化、流俗化创作同样值得怀疑。马尔库塞对西方当代社会有着深刻的剖析，他说："今天的新特征在于：通过取消高级文化中对立的、异在的和超越的因素——高级文化正是借这些东西建构起现实的另一纬度——去抹平文化和社会现实之间对抗。对两纬度文化的这种侵蚀并不是产生于对文化价值的否弃和拒绝，而是产生于它们被全部并入现存秩序，产生于它们大规模被重建和染指上"②。"知识分子写作"诗人没有投入金钱物质的怀抱，开始游戏人生，他们仍然坚持人格独立和想象自由，对商业文化和大众文化持疏离姿态。"穴居动物"成了他们生存和写作最为典型的自况性隐喻。"真正的作家是穴居动物，而不是那种'到处发表看法'的人。我们应该能够抵抗这个时代的诱惑。但是从写

① 欧阳江河：89后国内诗歌写作：本土气质、中年写作和知识分子身份。《中国诗歌：90年代备忘录》，人民文学出版社，2000年1月，第188页。

② 赫伯特·马尔库塞：《审美之维》。广西师范大学出版社，2001年9月，第60~61页。

作的角度，作家又是个'出卖黑暗的人'，因为他从沉默中发出了声音"①。缺席日渐热闹的商业文明、市民文化，偏居一隅，在黑暗中发言，既是"知识分子写作"诗人自觉的选择，也是当代诗人无可规避的命运。

那么失去庞然大物支撑的诗人，如何重新确立自己的身份，并在财金挂帅的时代发出自己独立声音呢？语言成为他们唯一的选择。意义产生于"人与世界的相遇"②。王家新引用杜夫海纳的话来说明他对语言文本的转向。的确，当世界向诗人走来时，他们也迎着世界走去。正是这种彼此之间持续的相遇，使双方成为对方最深刻的本质所在。语言，是人与世界相互进入的中介和本质的显现，对世界的进入就是对自我的进入，而这一切必须归结到语言。

语言是诗人才干的试验田，通过对它的耕耘可能开辟出一片未知的天地。然而对中国诗人来说，最有可能的是语言已经成为他们自我确认的最后一根救命稻草，除此之外别无他物。中国诗歌在89后"发生了一种深刻的断裂"③。对那批坚持下来的诗人，首要的不是拯救诗歌，而是超度自我——寻找到一个心灵的基点。宏伟的叙事、意识形态庞然大物轰然倒塌，诗人们毅然地远离这往日的栖身之地，但茫然四顾之时，汹涌的商业大潮已把他们抛到社会的边缘，无人问津。一无所有的诗人们发现自己的写作面对的只有词语，还有什么比词语的存在更为直接和亲近呢？词语已经成为诗人自我精神飞跃的最后一块领地，也是他们拒绝社会的唯一屏障。"记住：我们是一群词语造成的亡灵"④。这是欧阳江河为诗人身份所作的界定。这句话如幽灵般回荡在中国诗坛上空，锁定了诗人们的命运。

2．"知识分子写作"的现实观：诗歌向世界的敞开

诗人西川在90年代曾讲过一句影响甚广的话："当历史强行进入我的视野，我不得不就近观看"⑤。短短数语触及了中西诗学的一个恒久话题——文学与世界的关系。历史语境的变动迫使"知识分子写作"重新反思这一古老的话题。

---

① 王家新："游动悬崖"及其它.《大家》1996 年第 1 期，第 164 页。

② 王家新：《人与世界的相遇·书题》.文化艺术出版社，1989 年 9 月。

③ 欧阳江河：89 后国内诗歌写作：本土气质、中年写作和知识分子身份.《中国诗歌：90 年代备忘录》，人民文学出版社，2000 年 1 月，第 196 页。

④ 欧阳江河：89 后国内诗歌写作：本土气质、中年写作和知识分子身份.《中国诗歌：90 年代备忘录》，人民文学出版社，2000 年 1 月，第 182 页。

⑤ 西川：《大意如此·自序：90 年代与我》.湖南文艺出版社，1997 年 8 月，第 1~4 页。

20 世纪八、九十年代之交中国诗歌出现了深刻的中断，在历史与诗歌的摩擦之间，诗人们在如下问题上陷入深思：为什么一度"先锋"的诗歌，进入 90 年代后却几乎失去了对现实讲话的能力？为什么曾经被视为经典的作品，今天似乎已失去了有效性，在时间的拷问中彻底败下阵来？

诗歌的失语和文本的失效，归根结底在于当代诗歌缺乏进入世界、整合世界的能力，而这与新时期以来一种非历史化的诗学倾向紧密相关。臧棣在批评后朦胧诗说："后朦胧诗以前的中国现代诗歌，几乎仅限于同经验化的现实世界打交道，它更多地源于一种文学经验，而不是一种不断向存在敞开的特殊的诗歌感受力。"①。王家新的反思更为全面和沉痛，他说："我们不能不看到，多年来在中国现代诗歌写作中占支配地位的，一直是一种非历史化的诗学倾向及'纯诗'模式。出于对历史的反拨，70 年代末人们提出了'回到诗本身'，'让诗歌成为诗歌'的主张，这本来无可厚非，然而许多人在试图摆脱意识形态的同时却又陷入了另一种虚妄。到了 80 年代中后期，'语言本体'以及罗兰·巴尔特的'不及物写作'更是被片面理解被抬高到压倒一切的位置上，加上中国文人的趣味主义与功利主义之心，致使大部分写作成为一种'为永恒而操练'的竞技，一种与翻译同步却与诗人自身的生存相脱节的行为"。他还以自己和"第三代"诗人韩东为例来证明非历史化诗学的危害性，认为"一种真实的、富于活力的写作并不能从超凡绝尘中产生"，最后总结道，"我并不否定'新生代'诸流派和诗人在向朦胧诗挑战时所具备的某种意义，但他们在消解神话的同时却又在制造新的神话；重要的是，在流派喧嚣之后，一种不断地向存在'敞开'的话语能力却未能有力的形成，一种在中国语境中诗歌品格及承受力的铸造更是没有怎么考虑到的事"②。

"知识分子写作"倡导历史化诗学，痛苦而决绝地舍弃纯诗写作中的虚幻成分，力求在一种踏实的诗歌实践中从事写作。诗歌对历史与现实的处理能力被当作检验诗歌质量的一个重要标志，也成为衡量诗人创造力的一个尺度。"写作时并未觉得有将其直接凸现出来必要"的"语境"，第一次真正得到诗人的重视，开始"不得不就近观看"③。"诗歌必须向世界敞开"④。不但成为

① 臧棣：后朦胧诗：作为一种写作的诗歌。《中国诗歌：90 年代备忘录》，人民文学出版社，2000 年 1 月，第 207 页。

② 王家新：阐释之外：当代诗学的一种话语分析。《文学评论》1997 年第 2 期，第 64 页。

③ 西川：《大意如此·自序：90 年代与我》。湖南文艺出版社，1997 年 8 月，第 1~4 页。

④ 西川：《大意如此·自序：90 年代与我》。湖南文艺出版社，1997 年 8 月，第 1~4 页。

西川个人创作的沉痛经验，也是所有跨越两个时期的"知识分子写作"诗人的共同心声。

"敞开"是海德格尔哲学里的关键词之一，它意味着真理的展现，美就在真理的去蔽过程中得以呈现，而艺术作品的敞开使真理获得栖身之所。对于"知识分子写作"诗人来说，"敞开"则有着更为特定的内容和意义。"敞开"意味着诗人要面对充满荒谬、悖论的世界，无所畏惧，自信十足。"敞开"不是诗歌对现实内容的复述，它强调的是诗人吸纳和处理复杂世界的心灵魔力以及在这一过程中诗人能力的螺旋式的提升。在个人经验、诗歌天赋和历史现实的相互进入和摩擦中，经过诗人的审美转化以诗歌的方式创造性发明出一个艺术空间。西川称之为培养诗人"综合创造"① 的能力。艾略特则把这一过程比喻为锤炼诗人心灵的白金丝——那根"可以部分或全部地在诗人本身的经验上起作用"② 的白金丝。

但必须指出，"知识分子写作"主张"诗歌必须向世界敞开"不是回复到文学反映现实的老路。欧阳江河在90年代初考察诗歌演变内在轨迹时曾归纳了三条线索，其中线索之二即"本土气质"。他说："我认为，如果说89后国内一些主要诗人在作品中确立起了某种具有本土气质的现实感，那么，它们主要不是在话语的封闭体系内，而是在话语与现实之间确立起来的"③。欧阳江河以简洁的语言概括"本土气质"的内涵为"语言中的现实"。显而易见，一种全新于传统的诗歌"现实"观展现在中国读者眼前。在这些诗人眼中，"现实"决非不费吹灰之力就可以轻而易举掌握、先于写作而存在的世界，相反它是生活与历史、现在与过去、善与恶、美与丑、纯洁与污浊等的一种混生状态，"你如要得到它，你必须用很大的劳力"④。虽波兰诗人米沃什要求诗人必须"试图将一种现实纳入诗句，同时尽可能不使其遗漏，这个基本的、被五种官能所证实了的事实比无论哪种知识结构都更为重要"⑤。但呈现在普通人眼前的现实不但是肤浅的，更有可能是虚假不真实的。"知识分子写作"清楚

① 西川：《大意如此·自序：90年代与我》。湖南文艺出版社，1997年8月，第1~4页。
② 艾略特：传统与个人才能，《艾略特诗学文集》。国际文化出版公司，1989年12月，第2~5页。
③ 欧阳江河：89后国内诗歌写作：本土气质、中年写作和知识分子身份。《中国诗歌：90年代备忘录》，人民文学出版社，2000年1月，第199页。
④ 艾略特：传统与个人才能。《艾略特诗学文集》，国际文化出版公司，1989年12月，第5页。
⑤ 米沃什：历史、现实与诗人的探索。王家新、沈睿编选：《二十世纪外国重要诗人如是说》，河南人民出版社，1992年11月，第335页。

地明白，"现实"并不是一目了然、自在、明确的，它依赖诗人们的语言探险，存在于诗人的诗歌创造中。

3. "知识分子写作"的诗歌观：秩序——内容和形式的对称

"知识分子写作"秉持诗歌写作的神圣感，甚至赋予诗歌以宗教般的虔诚。西川曾说："对于我，面对诗歌一如面对宗教"①；欧阳江河则宣称："它是完美的生命形式"②。"秩序"是"知识分子写作"首要的诗歌美学原则。它存在于两个前提中，即精神和语言。精神深度和语言潜能的开掘构成了"知识分子写作"诗歌本体观的核心内容，当然内容与形式的对称也离不开诗歌技巧的完善。

"知识分子写作"从一开始就以局外人立场和批评者姿态，与商业文化和大众文化保持距离，肩负起机械复制时代个体承担的重任。王家新进入灵魂深处，挖掘人性的高贵和不屈："大师的晚年是寂寞的。/他这一生说得过多。/现在，他所恐惧的不是死，/而是时间将开口说话"（《反向·晚年》）；西川致力于在支离破碎中发现美感，在矛盾悖论中寻找和谐："要他收获已不可能，/要他脱身已不可能。/一个人老了，重返童年时光，/然后像动物一样死亡。他的骨头/已足够坚硬，撑得起历史，/让后人把不属于他的箴言刻上"（《一个人老了》）；欧阳江河则在持续不断的修辞实验中表达当代人的复杂体验："在一个角色里呆久了会显得孤立。/但这只是鬼魂，面具后面的呼吸，/对于到处传来的掌声他听到的太多，/尽管越来越宁静的天空丝毫不起波浪"（《哈姆雷特》）。

20世纪90年代，关于文学语言的讨论和反思是国内理论界的热点之一，其中也不乏警告的声音："当时新文学运动先驱们大力主张从翻译世界文学吸收营养。这也确实在30年代、40年代收到很大成效，但对汉语本身所蕴藏的几千年智慧却抱有难以克服的偏见，这里的损失和后患是难以估计的"③。老诗人郑敏的痛惜与诺贝尔文学奖获得者布罗茨基的话："语言比任何作者年迈"、"它有挖掘不尽的潜力"④ 不谋而合，直接影响了"知识分子写作"的

---

① 西川："西川体"自释，《诗歌报》。安徽文联出版社，1996年10月，第23页。

② 唐晓渡、王家新编选：《中国当代实验诗选·欧阳江河部分的诗人自述》，春风文艺出版社，1987年6月，第131页。

③ 郑敏：世纪末的回顾：汉语语言变革与中国新诗创作。《文学评论》1993年第3期，第5页。

④ 布罗茨基：文学憎恶重复诗人依赖语言—布罗茨基在瑞典的讲演，《从彼得堡到斯德哥尔摩·附录》。漓江出版社，1990年11月，第558页。

创作。王家新在1990年《词语》一诗中这样写道：

> 它们是来自炼狱的东西
>
> 尖锐、明亮，不可逾越
>
> 直至刀锋转移
>
> 我们终因触及到什么
>
> 突然恐惧、颤栗。

他们从内心接受了深入诗歌即深入语言的理念。诗歌的思想只有在书面语、口语以及其它各种词语量和程度的可变性游戏关系中，在词与现实的碰撞、摩擦和错位对比中，才能充分显示出它深刻、复杂的性质。

对技艺的普遍推崇则表现出"知识分子写作"诗歌秩序观正在向纵深推进。"第三代"诗歌为追求个体生命的真实表白，而有意抛弃繁复的技艺；海子、骆一禾们视精神和理想为生命，情感洪流的喷发摧毁了外在的形式。在"知识分子写作"看来，他们放纵情感的写作使诗歌获得一定程度的自由和解放的同时，也是对诗歌自身价值的耗损。诗歌缺少娴熟技艺的制衡和有效表达是不成熟的。为此，纠正"第三代"诗歌以来情感泛滥、技艺单调的弊病，成了"知识分子写作"自觉的要求。同时，急剧转型的社会对诗歌提出了更高的期望。诗人所身处的世界如此的复杂，在与语言的搏斗中如何进入自身存在，并保持表达有效性，技艺是诗人们唯一的选择。臧棣说："如果我们谦卑些，那么也不妨说，写作就是技巧对我们的思想、意识、感情、直觉和体验的辛勤咀嚼，从而在新的语言肌体上使之获得表达的普遍性"，"在写作中，我们对技巧的依赖是一种难以逃避的命运"[1]。

4. "知识分子写作"的读者观：寻找内心隐秘的对话者

诗人与读者的关系是一个老生常谈的话题。在新的历史语境中，当代诗歌的作者和读者的关系发生了重大变化。正如罗兰·巴特所说，"文学作品的诱惑使读者不再是文本的消费者，而成为文本的生产者"[2]。进入20世纪90年代，诗人们自觉放弃了启蒙者的角色，对话式的交流代替了宣示式的教诲；读者不再像过去那样处于从属和被动接受的位置，相反他们是文本创造的不可或缺的环节，与作者一道创造着文本的生命。

---

[1] 臧棣：后朦胧诗：作为一种写作的诗歌．《中国诗歌：90年代备忘录》。人民文学出版社，2000年1月，第213页。

[2] 罗兰·巴特：《S/Z》。上海人民出版社，2000年10月，第10页。

如果是说"个人写作"时代诗人们普遍调整了自身立场，与读者采取了平等对话的姿势，那么"知识分子写作"自然也不例外，但和其他诗人相比一种呼唤"理想读者"的冲动则显示出他们读者观的特殊之处。这种冲动本源于他们对诗歌———一种古老技艺的高标准的追求，或如欧阳江河所说："只为自己的阅读期待而写作"，"所谓阅读期待，实际上就是可能的写作，即先于实际写作而存在的前写作，其内部包含了交替出现的不同读者"①。经典作家和经典文本像一面旗帜，始终飘扬在"知识分子写作"诗人上空，煽动着他们的雄心壮志，然而这需要高水准读者有效地阅读参与。

西川和王家新这两位"知识分子写作"的代表诗人，分别描绘过他们心目中的理想读者。西川在《写作处境和批评处境》中认为，"不论是普通读者还是作家读者还是批评家读者，通向所阅读作家的暗道看来是必要的，否则就不能达成有效的交流"，而想找到这一暗道的前提是应该具备"相称的文化背景和精神深度，对世界文化的脉络有一个基本了解，对自身的文化处境有一个基本判断"②。王家新鉴于"青春写作"的虚妄和肤浅，提出读者要注意研究文学的"晚年"。他说："显然，这里谈的'晚年'不是一个年龄概念，而是文学中的某种深度存在或境界。这样的晚年不是时间的尽头，相反它改变了时间——它在时间中形成了一个可吸收的'洞'；它会使时间停顿，并发生纬度和性质上的改变。这样的晚年才是'无穷无尽的'"③。在诗人看来，读者只有进入这样的"晚年"境界，才能真正与作家对话，触摸到文学的精髓。

读者要理解那些灌注着"精神才智的伟大劳役"④ 的言语或文本，必须有能力洞悉其中的"暗道"和"晚年"，否则对话将是无效的。"知识分子写作"为心目中理想读者规定了极高的艺术标尺，其苦苦寻找的结局可想而知。事实上，有能力与他们对话的只有两类人，一是已成为亡灵的经典诗人。"既然走出了这一步，/就不要回头。/记忆女神永远不会使你安顿下

---

① 欧阳江河：89 后国内诗歌写作：本土气质、中年写作和知识分子身份。《中国诗歌：90 年代备忘录》。人民文学出版社，2000 年 1 月，第 195 页。

② 西川：写作处境与批评处境，《中国诗歌：90 年代备忘录》。人民文学出版社，2000 年 1 月，第 218 页。

③ 王家新：文学中的晚年。《没有英雄的诗——王家新诗学论文随笔集》。中国社会科学出版社，2002 年 6 月，第 4~5 页

④ 王家新：文学中的晚年。《没有英雄的诗—王家新诗学论文随笔集》。中国社会科学出版社，2002 年 6 月，第 4~5 页。

来。”（王家新《反向·流亡：致米沃什》）。第二类只能是他们自己，像欧阳江河许多的优秀诗作，如《一夜肖邦》、《哈姆雷特》、《雪》等，按照批评家的解说，它们都表达了诗人沉痛的个体生命感，但真正有领悟能力如有研究者描述："读者在这一活动中，一方面是文本中的'戏中人'，另一方面，又是站在文本之外的那个知识渊博、深刻自省与有很强分析能力的审视者，他是各种不同文本的鉴赏专家，是那种集大成者的人物"①。这样的"普通"读者又有几个呢？

五、"知识分子写作"的主题意蕴

评论家指认 20 世纪 90 年代中国诗歌版图使用最多的术语是"个人写作"。显然"个人写作"是个有着特定时代历史内涵的概念。它不是指个体创造性或个体风格意义上的写作，而是指个人对主观真理的审视、认定与信奉，是一种个人的话语权利。从社会学、文化学的角度看，"个人写作"体现出工具理性和机械复制时代的特征。身处边缘的诗人们以个体的特殊性、创造性保存想象的自由和纯洁，从而与吞噬一切的物质化、平面化和感官化的势力划清界限。因此，在这样一个创作驳杂的时代，强行梳理"知识分子写作"的主题是极为困难的事情。

但是中国文化语境的转型所带来的思想、价值的断裂和哗变，必然会在"知识分子写作"的创作中留下阴影，再加上这一流派的后乌托邦色彩，使他们的创作主题呈现出以下三个特征。

1. 意识形态焦虑

"知识分子写作"最初在反拨"第三代"诗人虚无主义倾向中找到共同话语，他们重视诗歌精神、呼吁诗歌本体建设，这种颇具古典色彩的先锋诗歌探索在 80 年代末初具规模，并表现出良好的发展势头。然而，发生在 90 年代末期的社会断裂，使诗人们经历了一次灵魂的炼狱，极大动摇了他们长期据守的精神信条，影响了 90 年代最初二、三年的写作。当时整个思想界、文艺界像冬天寒潮扫荡过的原野，悲观、失望、苦闷和仿徨大范围滋生，灰色成为笼罩诗歌的主色调：

---

① 程光炜：90 年代诗歌：另一意义的命名。《程光炜诗歌时评》，河南大学出版社，2002 年 1 月，第 10 页。

> 一只，两只，三只蝙蝠
>
> 没有财产，没有家园，怎能给人
>
> 带来福祉？月亮的盈亏褪尽了它们的
>
> 羽毛；它们是丑陋的，也是无名的
>
> ——《夕光中的蝙蝠》

西川这首传唱甚广的诗作，给我们带来的一群"没有财产、没有家园"，"褪尽"了羽毛的"丑陋"的蝙蝠，谁能说这不正是当时失意诗人的生动写照呢？

这一时期"知识分子写作"诗人的作品数量有限，大多折射出一定历史时期的"意识形态"，曲折地隐喻出他们的现实处境和灵魂动态。王家新的《瓦雷金诺叙事曲》、《帕斯捷尔纳克》，让中国大地吹刮起西伯利亚大草原的狂风暴雪，残酷的自然环境和相似的社会氛围影射着挥之不去的阴影。欧阳江河的《傍晚穿过广场》试图重新厘清"广场"一词的能指，恢复其休闲娱乐的功能，但深入骨髓的记忆具有巨大的磁场吸引力，不断地把诗人的目光引向过去的梦魇，消解行为最终演化为一首传唱过去的挽歌。柏桦的《十夜，十夜》，陈东东的《病中》、《八月》，西川的《汇合》，王寅的《神赐》等诗篇，都以隐喻手法触及同一主题。仔细考察，这些社会转型时期带有"意识形态"焦虑的诗篇，在处理与意识形态关系上，体现出许多耐人寻味之处，暗示着"知识分子写作"未来的发展路径。它们在主题和题材方面至少有两点值得注意：

第一，直面现实，洞悉诗歌的生存环境，通过对自我心灵的审视、感悟、升华达到精神的超越。这在王家新身上最为突出。这一时期王家新突然爆发，写作了《瓦雷金诺叙事曲》、《一个劈木柴过冬的人》、《反向》、《转变》、《词语》、《帕斯捷尔纳克》等为数不少的优秀诗作。他的以诗歌为核心的全部写作，被人誉为"一部诗歌精神的启示录"[1]。在王家新看来，任何一个诗人都得经受恶劣的生存环境的磨洗和锻炼，后者是考验心灵和创作的试金石。王家新诗歌创作内敛、深沉，关注自己内心的视角替代了吐纳世界、纵横古今的扩张姿态。他的诗歌就像一个巨大的吸盘，紧紧逼视着理想、价值颠覆时期诗人灵魂的振颤，诗歌的价值似乎就在其中酿造、诞生。

---

① 王家新的诗学随笔集，《没有英雄的诗》封底简介。

> 如此逼人之风
>
> 已彻底吹进你的骨头缝里
>
> 仅仅一个晚上一切全变了
>
> 这不禁使你暗自惊心把自己稳住，
>
> 是到了在风中坚持或彻底放弃的时候了。
>
> ——《转变》

也许"坚持"或者"放弃"在其他诗人那里是一个痛苦迫切的问题，但在王家新这儿，"吹进你的骨头缝里"的寒冷，不但是令人永生难忘的记忆，更是衡量心灵厚度和诗歌高度的标尺，是诗人涅槃的福地和开始新的飞翔的另一块基石。

王家新还调转目光，越过让他多次失望的国度，在异域的诗歌思想库中寻找精神的对话者。荷马、但丁、艾略特、里尔克等经典诗人纷纷进入他的视野，特别是前苏联以及东欧的流亡诗人，比如布罗茨基、帕斯捷尔纳克、米沃什等，以及与中国有着相似历史境遇的爱尔兰诗人如叶芝、希尼等。他们与时代、命运抗争的坚毅品格，深邃的灵魂穿透力和具有启发性的文本创造经验，为王家新提供了可靠的思想依托和努力方向，也为国内其他先锋诗人展示出另一片真正的精神和艺术的高度。

第二，如果说王家新借用"对抗"姿态实现了自我飞升的话，另一些"知识分子写作"诗人则采取灵活、圆滑的隐身术逃离了那"剪不断，理还乱"的"意识形态"的纠缠，从"对抗"的反面实现了自我的救赎。欧阳江河选择的是词语解构。请看他写于1990年的《傍晚穿过广场》：

> 一个无人离去的地方不是广场，
>
> 一个无人倒下的地方也不是。
>
> 离去的重新归来，倒下的却永远倒下了。
>
> 一种叫做石头的东西
>
> 迅速堆积，屹立，
>
> 不像骨头的生长需要一百年的时间，
>
> 也不像骨头那么软弱。

"广场"曾经具有浓厚的政治色彩，是中国近现代史上政治风云的集散地。欧阳江河力使自己心平气和，逐层而耐心地剥去"广场"多余的能指，最终恢复为人来人往的大众娱乐和商业活动的场所。诗人自言自语道："是否穿过广场之前必须穿过内心的黑暗？"看来擦洗去历史强加于人的沉重污垢，轻松地"穿过广场"成了一代人的心灵自白。唐晓渡指出，欧阳江河等诗人这时期诗歌"新的可能性"是"通过对'广场'作为传统的对抗场所被赋予的神圣性，以及主题本身在意识形态框架内历来具有的黑白分明的僵硬对峙色彩双重消解获得的"①。与此同时，欧阳江河还敏锐地发现另一方向的探索："钟鸣在双语研究中注意到方言对官话的偏离，南方文人话语对北方标准话语的偏离，这一研究已经包含了偏离权利中心的某种历史自觉"②。他又举了陈东东创办《南方诗志》，钟鸣、肖开愚拟办《外省评论》为例，证明这批诗人以民间话语消解权威话语是基于个体认识基础之上的自觉行动，正是这种自觉行为"可能为写作提供丰富的、真实的、层出不穷的材料"③，诗歌新的可能性从此产生。

"知识分子写作"对意识形态的消解，还表现为他们对民间生活领域的性和色情的浓厚兴趣。欧阳江河的《计划经济时代的爱情》、《蛇》，陈东东的《在南方歌唱》、《形式主义者爱箫》，肖开愚的《葡萄酒》、《动物园》，柏桦的《往事》等诗篇都充满色情意味。这批诗人倾心性和色情的描述，原因之一是诗人们当时普遍低靡、仿徨的心理状况；另外，他们的作品当时大都难以发表，或者只能在民间刊物上与读者见面，制约相对较小。但这些诗作与通常意义上的色情诗歌具有本质的差异。它们色情描写的背后有着比较严肃的社会内容，往往将色情与意识形态话语并置在一起，以达到一种微妙的隐喻与戏讽效果。比如欧阳江河的《计划经济时代的爱情》：

> 一个官员要穿过 100 间卧室
> 才能进入妻子的、像蓄水池上升到唇边
> 那么平静的睡眠。录音电话里
> 传来女秘书带插孔的声音。
> 一根管子里的水，
> 从 100 根管子流了出来。爱情
> 是公积金的平均分配，是街心花园
> 耸立的喷泉，是封建时代一座荒废后宫
> 的秘密开关：保险丝断了。

---

① 唐晓渡：90 年代先锋诗的若干问题。《唐晓渡诗学论集》，中国社会科学出版社，2001 年 4 月，第 108 页。

② 欧阳江河：89 后国内诗歌写作：本土气质、中年写作和知识分子身份。《中国诗歌：90 年代备忘录》。人民文学出版社，2000 年 1 月，第 195 页。

③ 欧阳江河：89 后国内诗歌写作：本土气质、中年写作和知识分子身份。《中国诗歌：90 年代备忘录》。人民文学出版社，2000 年 1 月，第 198 页。

不断闪现的情爱意象如女秘书、管子、水等被放置在计划经济时代的环境中展开，充满反讽和荒诞色彩，呈现出一种不动声色、客观冷静的诗性智慧。显然，情爱空间已成为诗人们施展才华的新天地。在政治阴影和商业阴影的缝隙中，他们轻松上阵，但骨子里的知识分子气质使他们不可能沉迷于感官愉悦，逃离和回望构成了他们某个阶段的特殊心态。

2. 历史的个体讲述

从 1992 年开始，中国社会全面走向市场化，其直接后果是商业文化和大众文化在市场的叫卖声中迅速崛起，坚持精英立场的文学艺术退居二线。表面上主流话语似乎失去了对文化的整一、规划的必要和兴趣，而实际上按马尔库塞的观点：在后工业时代，政治和经济的合围，使文化所秉承的完美性、独立性、超前性等积极因素在潜移默化中被加以改造，从而失去了异己色彩。面对这个深刻转型的社会，先锋诗人再次陷入迷茫和困惑，其深刻程度甚至超过上一次对"意识形态"的焦虑，因为当先锋诗歌的进程突然中断时，诗人极容易在对立状态中找到自己的写作身份和立场，写作的有效性得到了某种可靠的保障。而现在面对着铺天盖地的商业大潮，社会不再需要沉重、深奥和精神教父，轻松、搞笑和感性化愉悦才是大众口味，原有的严肃对抗式写作姿态迅速喜剧化，变得相当虚妄和可疑。

对手的隐形和观众的缺失并不等于诗歌价值的消失。文化产品在商业利润、大众趣味和集体主义指引下，失去了压力的同时也丧失了深度，变为轻飘飘的快餐读物。大量复制的后果是削减了人的创造力和想象力。看来，唐·吉诃德的长矛并非没有可刺之物，而是后者无处不在，渗透到了商业社会的每个细胞。布罗茨基说："一首诗是不服从的语言形式。它的声音挑起的疑窦远远不限于具体的政治制度。它包括整个存在秩序，它遭遇的敌手也相应的更加强大"①。"知识分子写作"经过沉痛地反思后选择了个人的承担，或如王家新所说：独自一人去成为……。这种富有时代感和承担意识的写作，臧棣把它称为"历史个人化"②。"它不再指向一种虚妄的宏大叙事，而是把一个时代的沉痛感化为深刻的个人经历，把对历史的醒悟化为混合着自我追问、反讽和见证的叙述"③。

---

① 布罗茨基：《文明之子：从彼得堡到斯德哥尔摩》。漓江出版社，1990 年 11 月，第 470 页。
② 臧棣：90 年代诗歌：从情感转向意识。《郑州大学学报》（哲学社会科学版），1998 年第 1 期，第 70 页。
③ 王家新：从一场濛濛细雨开始。《中国诗歌：90 年代备忘录》。人民文学出版社，2000 年 1 月，第 4 页。

张曙光和孙文波在类似自传性质的个人生活史的客观、冷静地叙事中，生存的沉痛感、荒谬感在不经意间的流露，给读者以震撼人心的力量：

> 土坯房的教室中央悬挂着一幅彩色的地图。
> 地理教师手握荆竹教鞭，指着
> 淡绿色的一处："这里就是我们居住的省份，
> 它就像一只脸盆的底部，无数条山脉
> 包围在周围。""盆子盆子，山脉山脉。"
> 学生们用机械的嗓音齐声朗诵。
> 窗外树枝上几只麻雀被这声音惊吓，
> 惶然地飞起，穿过操场，消失在灰色空中。
>
> ——孙文波《在无名小镇上10》

王家新在寒冷氛围中对灵魂的持续挖掘，刻画出了当代知识分子的心路历程，"我们为什么不能在这严酷的年代/享有一个美好的夜晚？/为什么不能变得安然一点/以我们的写作，把这逼近的死/再一次地推迟下去？"（《瓦雷金诺叙事曲》）。西川90年代的短诗一如80年代匀称、漂亮，想象精妙华美，而他的长诗《致敬》、《近景和远景》、《恶运》和《芳名》等，显示出诗人触及命运秘密后诉诸表达的强烈欲望：

> 只有附耳于岩石，才会相信
> 寂静是一种辽阔的声音
> 一块岩石等待一位石匠
> 我的一生将由谁来刻写？
>
> ——《致敬》

"知识分子写作"的每一位主将都从自己擅长的角度叙述着"历史"。那种讲述历史的自信和尝试，使他们近年来笔下的场景大多具有中介性质——介于私人生活和公众生活之间的场景，比如翟永明的咖啡馆、欧阳江河的时装店、肖开愚的动物园、孙文波的车站等。

假如说公众场合让人浮想联翩的是示威人群、政治集会、团体讨论等群众性狂欢场面的话，90年代的"知识分子写作"实现了语言转化，他们有魄力在话语系统内重新切入社会。王家新在《混乱的领土》一文中说："今天我们在这里所谈的时代，我想它主要指的是转型期的生存境遇、文学发展及前后相关的历史语境。如果我们不能对之获得一种切实、深刻的意识，写作很可能就是盲目的，甚至无意义的。我不信任那种脱离了具体时代语境的写作"①。显然，"公共领域"具有了与众不同的崭新意义，原有的统一的意识形态想象让位于富有时代气息和浓厚个人色彩的话语讲述。翟永明的《咖啡馆之歌》采用双视角，其中一个"我"坐在咖啡馆喝咖啡、聊天，另一个"我"审视着咖啡馆中所有人，在两个"我"的巧妙转换之间，咖啡馆成为当代人情感和意识的 T 型台，当然这是经过一双个人化眼睛过滤和涂抹过的。肖开愚的《动物园》表面上写一次平常的游览动物园经过，其中穿插了"男人与女人"、"人与动物"、"自由与囚禁"、"文明与野蛮"以及"看与被看"等多个向度的命题。

> 这里的猴子倒是现实，
> 绝不幻想爬上陡峭光滑的池壁，
> 她递给我粒（糖），回望桔黄的一片。
> 我听到，接着看到鸟的合唱团，
> 婉转的声部，绚丽的羽毛。
> 蓦然明白，美妙就是兽性的一半。
> 欲望秽浊的舞池里，涡流旋转，
> 卷走腐烂的形象，裸露出婴儿
> 纯洁的身体。

瞬间的感官体验、适时的个人回忆和油然而发的人生玄思，一步步使诗歌抛开了具体事件的叙写，进入时代和人生命运的考察，"动物园"最终成为诗人进入想象和创造的一个借口。

如果从宽泛的意义上——正如伊格尔顿所意识到：意识形态是人们现实生活中必不可少的中介，通过这个中介，个体才能认知自身和他所处的社会②——理解的话，个人化的"历史"讲述也就是个人心目中的意识形态讲述。"知识分子写作"的"对抗"主题不是消失而是深化了，它只是变得更为宽泛、隐蔽或者说内在化了。

3. 语言的欢乐

臧棣在谈论 90 年代诗歌主题时说过：在很多时候，语言的欢乐既是一个总的诗歌主题，又是每一首诗的美学背影。在这条线索上，中国诗歌被书写得

---

① 王家新："混乱的领土"，《夜莺在它自己的时代》。东方出版中心，1997 年 9 月，第 81 页。
② 伊格尔顿：《历史中的政治、哲学、爱欲》。中国社会科学出版社，1998 年 8 月，第 78 页。

越来越有深度。'欢乐'既意指语言的一种审美功能的恢复，又涉及到人的意识的进展"①。的确，"语言的欢乐"在每一个"知识分子写作"诗人那里都可以找到确证，而且往往越来越明显。

1992 年翟永明发表了她个人写作史中具有转向性意义的短诗《土拨鼠》："秋冬的环境/梦里有土拨鼠/一个清贫者/和它双手操持的寂寞/我和它如此接近"。稍显沉重的自我隐喻很快被词语滑行游戏所产生的快感淹没：

> 一首诗加另一首诗是我的伎俩
> 一个人加一个动物
> 将造就一片快速的流浪
> 我指的是骨头里奔突的激情
> 能否把它全身隆起？
> 午夜的脚掌
> 迎风跑过的线条
> 这首诗写我们的逃亡
> 如同一笔旧账。

翟永明收起飞翔于"黑夜意识"和女权领空的双翅，变成一只辛勤探索而乐此不彼的语言"土拨鼠"。有批评家指出："作为语词的'土拨鼠'，他们轻松自如穿行于日常生活场景中，那些外表平易的语词，诡秘地隐瞒着各种隐喻和他者的文本，他们共享着解决修辞学难题的快乐"②。翟永明此后的诗作比如《咖啡馆之歌》、《莉莉和琼》、《脸谱生活》等更专注于个人生活经验的挖掘和文本的经营。她的诗歌情境总是给人以与诗人生活相似的感觉，而客观化的观察视角和游戏性的词语处理又不断颠覆着这种感觉，最终使它的叙述达到了非个人化的惊心动魄的艺术效果。

翟永明 90 年代诗歌活力的获得，很大程度上与她语言观的改变相关。翟永明表白道："我对词语本身的兴趣超过了以往任何时期"，"对于一个词语建筑师来说，那些目不暇接的，词与词的关系和力量，那些阻断你视线，使你无

① 臧棣：90 年代诗歌：从情感转向意识。《郑州大学学报》（哲学社会科学版），1998 年，第 1 期，第 70 页。

② 陈晓明：语词写作：思想缩减时期的修辞策略。《中国诗歌：90 年代备忘录》，人民文学出版社，2000 年 1 月，第 107 页。

所适从的物和材料，是无须抱怨的，我们只是需要一个二维的极少主义的限制"①。事实上，80年代末、90年代初，"知识分子写作"诗人大都经历了类似的语言观的"革命"。

陈东东被公认为语言感觉最优秀的诗人之一。他的诗歌具有一种自足性，无须借助本文之外的阐释因素，语言层面的历险即能给读者无限的快感。

> 那蝙蝠又归于收缩的黑翅膀
> 那胡桃树又迎接
> 夏季的热风
> 夜里的喷泉像胸中的新诗句
> 而太阳如母鸡——
> 七月是它最烫的蛋卵"
>
> ——《七月》

诗歌想象力的轻灵跃动，语言的漂亮华美，使他的诗篇呈现出独特的光泽。臧棣评论说："陈东东的优异才能则在于，他把对意义的消解令人惊叹地同审美感性结合起来，发展成为一种相对完整的诗歌感受力。更进一步地说，他把汉语现代诗歌对意义的执著还原为轻盈地通过意义的、对审美感性的沉迷"②。

而对于欧阳江河来说，语言和他亲近的历史则要悠久得多。从80年代前期的《天鹅》、《手枪》的语言拆解、意义还原，到中期的《英汉之间》、《玻璃工厂》、《一夜肖邦》，试图在中西语言的较量中探求人与语言的同构命运，以及从经过改造的词语中挖掘社会人生的疼痛，90年代以来《傍晚走过广场》、《计划经济时代的爱情》、《雪》、《时装店》等作品语言修辞化倾向更加显著。他对语言的迷恋程度和对语言的开掘深度与日俱增。

> 如此多的现象和盘算，
> 公共关系，手或裙子，环绕着
> 中间以下的带花边的眩晕。
> 四颗并列的头颅使交易变得昂贵，
> 以此酬答小人物的一生。增长的纸币，

---

① 翟永明：面对词语本身。《作家》，1998年，第5期，第94~95页。

② 臧棣：后朦胧诗：作为一种写作的诗歌。《中国诗歌：90年代备忘录》，人民文学出版社，2000年1月，第206页。

虚幻的高度，将财富和统辖
限定在眩晕中心。对这一切的询问，仅有
松懈的句法，难以抵达诗章。

———《快餐店》

上帝是邮差，你可以从本地邮局
给外星人写信。警车快得像刽子手
快追上子弹时转入一个逆喻，
一切在玩具手枪的射程内，车祸被小偷
偷走了车轮，但你可以用麻雀脚
捆住韵脚行走，越过稻草人的投票
直接去见弹子王。

———《感恩节》

欧阳江河除了在词语表层的舞蹈中体验快乐外，他还喜欢使用不同性质词语的强行嫁接、拼凑、重组，新奇陌生的修辞创新，书面语、口语以及方言或专业术语并置等诗歌修辞手段，在词与词，词与现实的碰撞、摩擦和错位对比中，显示出诗歌接近奥秘的可能性。当然，这也可能只是诗人一种审美观念的文本化，探索过程本身就是目的。

但是"知识分子写作"的诗歌文本，也表现出一定的复杂性。他们并非一味地投入西方语言论怀抱。比如被誉为语言实验大师的欧阳江河，他在制造语言眩晕的同时，并不缺乏所谓的社会和人生主题。例如晚近作品《时装店》，诗人并没有写现实情景中的时装店，给出的只是一幅后工业时代的文化拼图。"瞧，那意识形态的/皮尔·卡丹先生走出来了，以物质/起了波浪的跨国步伐，穿着船形领/或 V 字领的 T 恤衫。瞧那老派/殖民主义的全副武装。留够了清白/体面，涂黑了天使，开口就讲黑话。"《时装店》至多是进入诗歌的一个路径，或者说是若隐若现的文化隐喻。全诗密集的意象，极快的推进速度，与时装追新求异、变动不居的特征，暗合了现代社会快速变异的社会节奏和审美风尚；而时装跨越国界、民族的趋势，不正如巴尔特所说是实现意识形态目的和文化殖民主义的符号吗？可见，或隐或显的"后乌托邦"情结始终存在"知识分子写作"诗人的头脑中。"语言的欢乐"更大程度上是语言意识和思想意识同时向深度推进，或借助语言的解放实现写作的松绑。

六、"知识分子写作"的艺术特征

"知识分子写作"普遍重视诗歌技巧的运用。这批诗人大都具有完备的知识结构、过人的艺术天赋，在多种诗歌技巧方面作出了成绩，从而使他们的诗歌文本显现出一些特征，其中以叙事性写作、互文性写作、跨文体写作等方面最为突出。

1. 叙事性

"叙事性"是 90 年代诗歌区别于 80 年代诗歌最显著特征之一。从文本的实际看，"叙事性"是指诗人们自觉限制了大而无当主题和情感泛滥，取而代之以现实性场景、细节、故事等入诗。这种建筑在诗人日常经验基础上的叙事性探索，可以追溯至张曙光在 80 年代中期的诗歌实践，到 90 年代则蔚然成风。张曙光的《岁月的遗照》、《尤利西斯》、《西游记》，肖开愚的《国庆节》、《动物园》、《向杜甫致敬》，孙文波的《在无名小镇上》、《在西安的士兵生涯》、《祖国之书》，臧棣的《书信片段》、《北京地铁》，西渡的《寄自拉萨的信》、《一个钟表匠的记忆》等等，几乎每一个"知识分子写作"诗人都从中寻找到无限的写作乐趣。

艾略特的"非个性化"诗学主张、英美新批评派的诗歌戏剧化理论，甚至战后西方运动派诗人如拉金的理论都能在"知识分子写作"的叙事倾向中找到影子，但现实语境和诗歌观念的变动是"叙事"风行的更内在原因。按照程光炜在《岁月的遗照》导言《不知所终的旅行》中论述："'叙事性'是针对 80 年代浪漫主义和布尔乔亚的抒情诗风而提出的，它的主要宗旨是要修正诗与现实的传统性的关系"①。不管是朦胧诗人的英雄主义和启蒙色彩，还是"第三代"诗人的"纯诗"追求，都存在着浓厚的浪漫主义色彩，诗歌在脱离现实语境的同时忽视了本身的建设。诗歌与现实的关系是 90 年代中国诗人反思的重要命题，孙文波这样阐述他的思索：我之所以在后来多次提到"生活"对于诗歌的重要性，完全是因为我看到在我们所置身的时代环境中，处处都显露出来的对人的基本境遇的无视，而且这种无视不可避免地改变着我们作为"个人"生活。同时我也看到在文学的历史进程中，总是那些对自己生活的时代有良好把握、真正理解了其隐秘内涵的诗人，写出了可以称之为一

---

① 程光炜：《岁月的遗照·导言：不知所终的旅行》。社会科学文献出版社，1998 年 2 月，第 2 页。

幅幅精纯画卷的作品"①。诗歌要真正获得与现实的对话关系，必须寻找到进入现实肌体的切实武器，"叙事"就是最有效的武器之一。西川说："在抒情的、单向度的、歌唱性的诗歌中，异质事物互破或相互进入不可能实现。既然诗歌必须向世界敞开，那么经验、矛盾、悖论、恶梦，必须找到一种能够承担反讽的表现形式，这样，歌唱的诗歌便必须向叙事的诗歌过渡"②。

但必须说明的是，"知识分子写作"转向"叙事"决非等于他们转向传统诗歌门类叙事诗的创作。叙事诗以讲述故事或叙述事件为主要目的，而"知识分子写作"增加现实性情境和陈述语句，容纳各种矛盾、困境和喜剧成分，是他们完善诗歌表现力的努力之一。因此，90 年代出现的绝大多数"叙事性"诗歌，并不是真正的叙事诗，他们向小说、散文借鉴记人叙事的手法，本意不在扩充自我反映现实的野心。恰如王光明在论述臧棣诗歌"叙事性"特征所作的一个精彩比喻："即使在这两种因素使用得最多，甚至用诗来'纪事'的诗人臧棣那里，事件、场景、细节不过是展开诗歌的机缘，不过是吹动'草'的'风'，或测试'风'的'草'……'叙事性'实在是诗歌的一面风旗，或者，如同机械是人类手臂的延长一样，是诗歌思维延长的一根触须"③。孙文波的《地图的旅行》抽空了"旅行"的空间性位移特征，而单独选取词语的思想旅行层面展开；《散步》，借助"散步"行为的轻松自由切入对社会、历史、诗人命运的揭示：

> 老人和孩子是世界的两极，我们走在中间。
> 就像桥承受着来自两岸的压力；
> 双重侍奉的角色。从影子到影子，
> 在时间的周期表上，谁能说这是戏剧？
> 我们还要站得多高才能看见那些在
> 县政府走动的人？还要用多少管墨水，
> 他们才会下达一个命令：搬出漏雨的屋子。

旅行、散步的行为和过程，只是诗人进行灵魂运动的热身场地，诗人至多将之作为写作线索和背景来使用，到了最后，要么被抛弃掉，要么被叙述超越

---

① 孙文波：诗写作：对相关问题的解释。《红岩》2001 年，第 5 期，第 128 页。
② 臧棣：后朦胧诗：作为一种写作的诗歌。《中国诗歌：90 年代备忘录》，人民文学出版社，2000 年 1 月，第 206 页。
③ 王光明：《现代汉诗的百年演变》。河北人民出版社，2003 年 9 月，第 633～634 页。

了故事本身的含义，获得了某种更为普遍的意义。日常经验成为进入社会历史的中介物，它们就像加入中药的药引子，可能激发出无限的功能，又限制了效用的泛滥，使写作在自由和约束、开放和凝聚的矛盾中保持张力。

由于个体气质、人生态度及语言能力的差异，"知识分子写作"在"叙事"个性上形成了不同的风格。张曙光通常采用一种平易的叙事语调，意象和思维跳跃不大，语言亲切自然。比如他的代表作《岁月的遗照》："也许，我们只是些时间的见证，像这些旧照片/发黄、变脆，却包容着一些事件，人们/一度称之为历史，然而并不真实。"暗淡无光的现实生活令人失望，记忆或许能维持诗人关于自我自足性、统一性的幻觉，《岁月的遗照》散发出难以抵抗的诱惑力，但结尾"并不真实"的自省透露出一丝消极的人生观。孙文波的叙事更像叙事者与读者一道，围着火炉，喝着清茶，絮絮聊来，而且所叙之事大多带着诗人自身生活的痕迹，如《在无名的小镇上》，便是诗人早年生活的写照。现摘录孙文波《聊天》中的4节，以资品尝。

1

生活在这座人口稠密的城市，
如果我对你说：我们仍然是孤独的。
或者我像人们那样拿关在动物园的动物做比喻，
你同意吗？当我穿行在汽车的洪流中，
在繁华的、人群拥挤的春熙路，
我清楚地知道我像什么：
一只甲虫；一个卡夫卡抛弃了的单词！

3

孙毅发，我们的祖父，他现在终日
坐在华阴故居的大门口。如果他是一尊石雕，
我们还可以称赞完成他的人的技艺。
但现在面对他，我们只能缄默。
特别是看到寒风使他头顶的树叶落下来，
铺满一地，在我们的内心深处，
只有缓缓升起泥土，那种潮湿的黑暗。黑暗。

10

我们白净皮肤的侄子，在父母离异后，

成了姥姥珍爱的财产。他被安排

要学习很多门技艺；白天画画，

晚饭后练习写字。但他更醉心玩耍；

在院子中奔跑，采摘紫堇花果，

或趴在大树下的蚂蚁洞穴前，

用细棒捅来捅去，看着蚂蚁们惊慌逃窜。

11

我们的收藏品中，有一张祖母的照片，已经发黄。

她坐在院子中间。那儿，一棵枣树

已落光叶子，墙角下还积留着肮脏的雪。

祖母低着头，望着脚下一大堆捡来的干柴。

在她干瘪瘦削的脸上，粗糙的，

我总是看着殉道者的忧伤。

这使我想到我的灵魂，具有由来已久的模样。

相对而言，王家新的叙述则显得沉重、缓慢。他的各个时期诗作如《持续的到达》、《伦敦随笔》、《回答》惯用在回忆的调子中展开故事，像一个沉思默想者在喃喃自语："你从没有像现在这样想念那个生下你的人，/你从没有像现在这样需要忍住泪水，/你抬起头来，树林和天空如此寂静，/花园里空了……"（《孤堡札记》）。

2. 互文性写作

"互文性写作"，在 90 年代的语境下，特指诗人在创作中有意识化用中外诗学资源，比如文本、故事和诗歌人物等，从而增强诗歌表现力的写作策略。它与中国古典诗歌的常用手法"用典"类似，都涉及对以前诗歌资源的借用，但两者也有差异。首先，"互文性写作"建立在全球化、开放性的文化背景中，与古典诗歌相对单一、封闭的体系不同，"知识分子写作"至少面对着西方诗歌传统、中国古典诗歌传统和"五四"以来的新诗传统。这三大传统既为新诗现代化提供了丰富的诗歌资源，但它们所树立的高度也预示着后来者攀登更高山峰的难度。其次，"互文性写作"还鲜明地体现出"知识分子写作"对中国诗歌文化身份的思考。实现新诗的现代化，同时保持它的本土文化身份，是一个问题的两面，而如何处理新诗与西方话语资源关系则是其中无法回避的核心问题。90年代以来，一批优秀诗人特别是"知识分子写作"诗人表现得较为成熟和理性。他们主张以一种更为开阔自信的胸襟、态度来包容西方的文化成果，这和写作中保持自己的民族特色并不矛盾。"互文性写作"即是这种视野下的产物。

"知识分子写作"诗人群充满自信，他们的诗歌创作不但向现实经验敞开，也以平等的目光与古今诗歌展开对话。王家新说："中国诗人已由盲目被动地接受西方影响，转向有意识地'误读'与'改写'西方文本，进而转向主动奋发自觉、创造性地与西方诗歌建立'互文'关系"①。换言之，诗人承认西方诗歌对中国诗人的影响仍然巨大，但不再是创作与翻译同步，而是创造性的"互文性写作"替代了生硬的模仿。试举互文题材相同（《荷马史诗》）的两首诗——张曙光的《尤利西斯》和王家新的《挽歌》为例。《尤利西斯》的开头写道：

> 这是个譬喻问题，当一只破旧的木船
> 拼贴起风景和全部意义，掠鸟大批地
> 从寒冷的桅杆上空掠过，浪涛的声音
> 像抽水马桶哗哗响着，使一整个上午
> 萎缩成一张白纸。

"一只破旧的木船"、"掠鸟大批地/从寒冷的桅杆上空掠过"，"浪涛"所组成的场景和氛围，显然暗示了荷马史诗《奥德赛》的内容：英雄奥德修斯——也即尤利西斯——在战争结束后历经海上漂泊，返回故乡的故事。而荷马史诗千百年来业已形成的价值体系构成了一个能量源头，它在我们阅读张曙光的《尤利西斯》过程中，不断辐射出能量，干扰和影响着最终感受的形成。王家新"互文写作"步子迈得更大、运用也更为娴熟，他的《挽歌》第二节写道：

> 归来的陌生人：奥德修斯
> 他在物是人非的故乡寻找的不是女人，
> 更不是往昔的权柄，
> 而是一支笔。

---

① 王家新："迟到的孩子"——中国现代诗歌的自我建构。《没有英雄的诗》。中国社会科学出版社，2002年6月，第77页。

> 盲诗人荷马看到了这一切，
>
> 但为什么他给我们讲述的
>
> 是另一个结局？

诗人不但敏锐地洞察到了英雄奥德修斯的命运，更对伟大诗人荷马写作的隐秘进行大胆猜测，在改写和对话中，揭示出写作和人类命运的难以捉摸。除了上述诗人，欧阳江河的《哈姆雷特》、孙文波的《散步》等诗歌文本，也都比较成功地使用"互文性写作"手法，在切入个人处境和历史现状时，有意识地与西方文本相互指涉，折射出我们时代的文化现实。

同时，"知识分子写作"也在思考和处理与中国传统的关系。曾经遭到先锋诗人冷遇的中国古典诗词传统，在 90 年代重新进入他们的视线。但正如王家新指出的，这不是一种"继承与被继承的关系，而是在一种新的历史、文化条件下建立的'互文'关系和对话关系"①。肖开愚的《献给阮籍的二十二枚宝石》、《向杜甫致敬》可作为典型。两首诗歌在写作策略方面有相似之处，诗中除了几处提及古代诗人阮籍、杜甫外，找不到更多的字面联系，大量的篇幅行进于诗人自己的思维领域。比如《献给阮籍的二十二枚宝石》全诗 22 节中，有 21 节叙述与阮籍无关的其它庞杂的主题，像一条信息量巨大的河流，四处漫流难以确定其走向。但阮籍、杜甫文本的经典性，诗人"献给"、"致敬"暗示性的姿态，始终高悬在诗歌上空，它使读者无时无刻不把阅读获得的文本含义与文本之外的众多信息加以关联。"互文性写作"在已有的信息和将产生的信息之间指出某种可能性，但它提供给读者的是想象出发点而不是终点。

3. 跨文体写作

"知识分子写作"90 年代的诗歌还显示出文体综合的倾向，即"跨文体写作"。它力图打破文体界限，吸纳散文、小说、戏剧的文体特征到诗歌中来，把散文、随笔的句式引入诗歌。如王家新的《反向》、《临海孤独的房子》、《词语》、《另一种风景》、《游动悬崖》等诗片段系列，西川的《近景和远景》、《芳名》、《厄运》，陈东东的《词，名词》；把小说结构引入诗歌，如翟永明的《脸谱生活》，肖开愚的《来自海南岛的诅咒》；借戏剧的独白手法入诗，如陈东东的《喜剧》等。

"跨文体写作"的盛行，根源于诗人们对诗歌可能性的新认识。80 年代末

---

① 王家新："迟到的孩子"——中国现代诗歌的自我建构。《没有英雄的诗》。中国社会科学出版社，2002 年 6 月，第 77 页。

诗歌文本的纷纷失效，使诗人们反思原先"纯诗"文本的缺陷。他们认识到真正的诗歌应该能够容纳"不洁"的现实成分，真正有效的写作有能力与时代相较量。除了采用叙事、反讽、互文性写作等手法外，大胆超越狭隘的诗歌文体界限也是极有诱惑的尝试。王家新曾向自己也向所有诗人发出话问："那么，为什么我们不试一试？为什么我们总是画地为牢，而不让文学呈现出它本身的自由？"①。

自但丁以来，到帕斯捷尔纳克，诗人们就一直生活在诗歌的暴政之中，而这是他们自己所秘密承受的火焰，对此我已不能多说。

当我开出了自己的花朵，我这才意识到我们不过是被嫁接到伟大的生命之树上的那一类。

卡夫卡的饥饿艺术家仍坐在小广场上：那里并不是没有什么可吃的，但他们体现的却是饥饿本身。因此在人们的嘲笑中他们仍会将这一饥饿默默地坚持下去。

这就是我们的天空：我们要么优秀，要么在一声鸟鸣中无可阻止地崩溃。

——王家新《词语》

> 他好奇地点燃一堆火，一下子烧掉一只胳膊
> 他必须善于自我保护，他必须用另一只手将
> 命运掌握。
> 教条和习俗拦住他，懒散的人群要将他挤瘪。
> 他试着挥起先知的皮鞭，时代就把他屁股
> 撅到他面前。
> ……

——西川《厄运》

《词语》属于王家新的"诗片段系列"，是诗人跨文体尝试的结晶，他在谈论这些作品说："我想达到的是一种比任何时候都更为自由、开阔的表达，同时又使它们以诗的有意味的片段呈现出来，换言之，在不采用诗的完整形式的同时，又力求使之成为诗歌的文本"②。西川90年代初写长诗《致敬》以来，也一

---

① 转引自李振声：回复诗性的众多向度。《中国诗歌：90年代备忘录》，人民文学出版社，2000年1月，第319页。

② 王家新：卡夫卡的工作。转引自陈均：90年代部分诗学词语梳理。《中国诗歌：90年代备忘录》，人民文学出版社，2000年1月，第319页。

直努力加强诗歌的文体综合，"我一直在努力打破各种界限，语言的界限、诗歌形式的界限、思维方式的界限"，"把诗写成一个大杂烩，既非诗，也非论，也非散文"①。面对着"在人们的嘲笑中他们仍会将这一饥饿默默地坚持下去"的生命沉痛感和"他试着挥起先知的皮鞭，时代就把他屁股撅到他面前"的厄运，挖掘词语的潜能与突破文体的限制同样紧迫。《词语》和《厄运》没有采用诗歌惯常的分句形式，而是以几句话组成一个中心意思，然后有小节串联成诗，类似散文形式。诗歌的外在制约得到了进一步解放，尽最大努力保证形式与写作者思想、生命的一致性。"跨文体写作"建立在诗人主体性高度自觉、创造力强烈爆发的基础之上，它自始至终保证诗歌不可复制的独创性。

七、"知识分子写作"的历史贡献与缺失

"知识分子写作"的存在是一种历史事实。但对它的评价却大异其趣。褒扬者说："像西川、欧阳江河、王家新、翟永明、陈东东、肖开愚、孙文波等，……试图从灵魂的视野去阐释和想象当代的生存处境，以严肃的思想和语言探索回应浮浅低俗的时代潮流"②；贬斥者则说："作为文本的'知识分子写作'是没有读者的'少数'，一个'圈子气候'，作为'知识分子'却企图扮演秩序、立场，权威、明灯之类的主流、多数角色"③。或许对"知识分子写作"作历史定论还为时过早，但客观地看它的确为 20 世纪中国诗歌的发展做出了一些贡献。

"知识分子写作"对中国当代诗歌形成了实际影响力。首先是这批诗人坚守诗歌的纯粹性，与大众消费时代的一体化持异质立场。他们最早汇聚《倾向》杂志周围，抵制几乎泛滥成灾的市民趣味诗歌，倡导"知识分子写作"，追求情感的高贵和写作的难度。80 年代末 90 年代初中国社会急剧转型，边缘化的诗人群体纷纷溃散，"知识分子写作"却顽强地坚持了下来，超越功名，默默地探索。他们对诗歌、诗人的命运和生存的时代语境认识日益深入。"知识分子写作"认为，知识分子并非指一般意义上受过良好教育的人，"而是专指那些富有独立精神、怀疑精神、道德动力，以文字为手段"④ 的人，诗人的

---

① 西川：与弗莱德·华交谈了一下午。《山花》，1997 年，第 3 期，第 77 页。

② 王光明：个体承担的诗歌。《诗探索》，1999 年，第 2 辑，第 18 页。

③ 于坚：真相——关于"知识分子写作"和新潮诗歌批评。《诗探索》，1999 年，第 3 辑，第 31 页。

④ 转引自李振声：回复诗性的众多向度。《中国诗歌：90 年代备忘录》，第 319 页。

命运就在于保持个人化、理想化的灵魂状态，既不趋附于物质主义和主流话语，也天然拒绝集体主义。"穴居动物"和"词语的亡灵"是他们的身份。他们坚毅的生命力、孤独抗争的身影和影响较大的诗歌文本，构筑了非诗时代一道灿烂的风景线。布罗茨基曾说过："边缘地区并非世界结束的地方——而正是世界阐明自己的地方"①。在一个不再拥有中心文明的时代，保存文明的工作总是由身处边缘的人们来默默完成的，"知识分子写作"（包括其他为诗歌事业做出贡献的诗人）正是这样一批人。

"知识分子写作"除了在精神层面给人以鼓舞外，他们富有成效的诗歌活动也为 90 年代的诗歌书写了重要的篇章。这至少体现在以下三个方面：

1. "知识分子写作"为读者奉献了一大批质量上乘的诗篇

在 90 年代诗歌阅读视野中，像西川的《夕光中的蝙蝠》、欧阳江河的《傍晚穿过广场》、翟永明的《土拨鼠》、王家新的《伦敦随笔》、张曙光的《岁月的遗照》、肖开愚的《动物园》、孙文波的《散步》等都是耳熟能详的名作。长诗有着庞杂的结构、深沉的主题，随着创作的深入"知识分子写作"诗人开始在长诗领域证明自己的能力。西川的《致敬》、《近景和远景》、《芳名》、《厄运》显示了诗人探究社会和历史隐秘的野心；翟永明的《咖啡馆之歌》、《脸谱生活》在小说化场景中，精心铺展个人经验领域的情感、意识等的细微经验，最终达到对人性的尖锐触及；王家新的《回答》试图通过讲述个人性的生活经历来演绎当代人的悲剧命运；陈东东的《炼狱故事》，吕德安的《适得其所》也都是诗人长时间思考的艺术结晶，有着厚重的分量。他们是 90 年代最早出个人诗集的先锋诗人，比如 1997 年 3 月第一套反映诗歌创作风貌的诗丛"坚守现在诗系"（门马主编，改革出版社），共收肖开愚、孙文波、西川、欧阳江河、翟永明的诗集。同年，湖南文艺出版社"20 世纪末中国诗人自选集"出版，分别为王家新的《有动悬崖》、欧阳江河的《谁去谁留》、西川的《大意如此》、陈东东的《明净的部分》。1998 年由洪子诚主编的"90 年代文学书系"诗歌卷《岁月的遗照》（程光炜编选）更是"知识分子写作"的集体亮相。

2. "知识分子写作"大都涉猎诗学研究领域，并做出了可喜的成绩

像王家新的《夜莺在他自己的时代》、《对隐秘的热情》，西川的《让蒙面人说话》，陈东东的《词的变奏》，钟鸣的《徒步者的随想》、《人界·言界》等诗学随笔文集，欧阳江河的《89 后国内诗歌写作：本土气质、中年写作和知识分子写

---

① 转引自李振声：回复诗性的众多向度。《中国诗歌：90 年代备忘录》，第 319 页。

作》，臧棣的《后朦胧诗：作为一种写作的诗歌》等诗学论文，因为作者身份的特殊，不管是个案研究、现象评析，或是创作规律的把握，他们都能够深入到写作的内部，揭示出其他评论者无从洞察的隐秘，从而成为研究者进入90年代中国诗歌不可或缺的资源。

3. "知识分子写作"积极投身诗歌刊物的创办和诗歌资料的收集

他们主持的民间刊物如《倾向》、《反对》、《90年代》、《向周》、《发现》、《南方诗志》等，为诗人们提供了重要的平台，一大批后来产生影响的诗歌作品和诗学文章都首先在民间刊物上与读者见面的。另外，受诗歌界争论的需要和启发，"知识分子写作"诗人也进行了一些诗歌方面的资料收集工作，最突出的就是《中国诗歌：九十年代备忘录》的编辑和出版。这部书汇集了关于90年代中国诗歌的诗学论文、90年代诗歌纪事、90年代部分诗学词语梳理以及诗歌理论批评文章和诗论集索引等内容，材料翔实，具有较高的参考价值。

4. "知识分子写作"的缺失

当然，我们在充分肯定"知识分子写作"成绩的同时，必须看它所存在的问题。在"民间写作"与"知识分子写作"论争中，于坚称"知识分子写作"为"知识写作"，认为他们写作靠的是知识，而不是对生命的体验和感受。它具体表现为诗歌缺乏有血有肉、有着日常生活经验和生命感觉的语言和意象，经过技巧精心雕琢过的诗歌要么矫揉造作，要么以故弄玄虚来遮掩空洞无物。这的确命中了"知识分子写作"写作的弊病——文本技巧的繁复与内涵的过分晦涩。请看欧阳江河《雪》中的一节：

> 雪将以夏天的样子被记住。
> 中年：一条终于松开的绳子，
> 双手从长满皮毛的事实缩了回来。
> 雪的浪漫灵魂牵涉到光线变化，
> 哦雪，巴罗克风景的崇高闪烁，
> 肖像从肖像吹拂过去，词回到词。
> 玛利亚，随着词的改变
> 我们也改变着自己肉体。
> 事实变轻了，词却取得了重量。

读者要想从这样的诗句中获得某种关于雪的审美愉悦，那就大错而特错了。读这类诗必须具备异域的自然和人文知识、中西诗学素养，以及当代西方思想史知识，才有可能解开知识化的文本设置的重重障碍。《雪》像许多"知识分子写作"的诗篇一样，是为特定的阅读期待创作的，它要求对话者必须与自己处于相似的文化层次。再看臧棣的写日常题材的诗《菠菜》：

　　　　菠菜

　　美丽的菠菜不曾把你
　　藏在它们的绿衬衣里。
　　你甚至没有穿过
　　任何一种绿颜色的衬衣，
　　你回避了这样的形象；
　　而我能更清楚地记得
　　你沉默的肉体就像
　　一粒极端的种子。
　　为什么菠菜看起来
　　是美丽的？为什么
　　我知道你会想到
　　但不会提出这样的问题？
　　我冲洗菠菜时感到
　　它们碧绿的质量摸上去
　　就像是我和植物的孩子。
　　如此，菠菜回答了
　　我们怎样才能在我们的生活中
　　看见对他们来说并不存在的天使的问题。
　　菠菜的美丽是脆弱的
　　当我们面对一个只有50平方米的
　　标准空间时，鲜明的菠菜
　　是最脆弱的政治。表面上，
　　它们有些零乱，不易清理；
　　它们的美丽也可以说
　　是由烦琐的力量来维持的；
　　而它们的营养纠正了
　　它们的价格，不左也不右。

"菠菜"是中国普通百姓熟知的蔬菜，诗歌触及它们颜色碧绿和营养丰富的特征，以及冲洗菠菜等日常经验。但是以为诗歌将在自己惯常的审美领域展开的话，那读者的预想必定落空。"菠菜"其实是一个中介，它以其日常性、琐碎性构筑了一个私人性的空间，诗人各种隐秘、细致的经验、感受或者"个人化的历史"在其中蔓延、伸展。《菠菜》一诗中人称的不断转换，"菠菜"能指和所指的游移不定，词语搭配的陌生化，都给诗歌脉络的把握带来直接的困难。

转型社会的巨变，带来诗人内心世界的隐晦和复杂，他们认同了罗兰·巴特所说的："对我们这些既非信仰的骑士又非超人的凡夫俗子来说，唯一可能的选择仍然是用语言来弄虚作假和对语言弄虚作假"①。用语言来消解历史、用语言来戏仿社会成了"知识分子写作"惯常的手法。这样做，在带来对语言潜能开发的同时，必然产生诗歌的晦涩和极端关注个人情感。随之而来的是诗歌与普通读者的疏远，越来越陷入孤立的境地。可见"知识分子写作"在90年代诗歌观念的修正，比如"叙事"的倡导和实践，要求诗歌向社会、历史的敞开，在部分纠正了"纯诗"理念影响下过分沉迷形式的缺陷后，再次面临着考验。

八、结语

综上所述，"知识分子写作"作为活动在20世纪末期中国诗坛的一个流派，它和倡导"口语写作"、"日常生活写作"的"民间写作"，甚至更激进的"70后"、"下半身"等同属先锋诗歌阵营。它们共同遭遇着中国社会转型时期知识分子的精神裂变，由于主体定位和话语更新选择的不同而导致了观念与创作的差异。

"知识分子写作"有着双重面目。他们热爱书本和知识，紧跟世界诗歌的前沿，优越的个人才华使这批诗人有自信吸收任何先进的观念和技巧，并付诸于实践，因而往往成为诗歌实验的先锋。与此同时，他们的骨子里却有着传统知识分子遗传。"知识分子写作"口号就是一个典型例子。它要求诗人在当今复杂语境下具有独立思考独立判断的能力，自由公正的社会信念，还表露出隐藏在内心深处、尚未泯灭的理想主义精神。因而在"知识分子写作"的理论

---

① 巴尔特：《符号学原理—结构主义文学理论文选》。三联书店，1988年11月，第6页。

表述中，现代主义和后现代主义交揉共存，文本也体现出类似的复杂性。或许，期望"知识分子写作"马上为我们奉献上具有本土气质的现代诗歌是不切实际的奢望，但他们正努力着。这批诗人扭转了新时期以来崇洋媚外的创作风气，开始平等地正视中西方的诗歌资源，自信的"互文写作"代替了一味的模仿。更为可贵的是，他们终于认识到文本与现实的密切关系，那种脱离现实语境的创作倾向得到了修正，"中国话语场"、"中国经验"诸如此类的术语进入了他们的理论视野。因此，这是一股形式和内容并重，文本与历史深度交迭的诗歌探索潮流。从这一意义上说，他们必将在未来的诗歌史中占有一席之地。

附录 1

现代主义的本土化
——论"诗帆"诗群

汪亚明

内容提要 本文以至今仍被现代文学研究界所忽视的"诗帆"诗群为对象，从都市感觉、性爱意识、诗语形式、意象构造和艺术色调等方面切入，通过对其诗情主题与表现艺术的细致分析与研究，揭示出该诗群的总体审美取向：在现代化进程中走向现代主义的本土化，并以此认定该诗群在中国现代文学史上应有的地位。

众所周知，"本土化"是世纪之交以来中国文化界的一个热门话题，其背景无疑是全球化时代的到来，是相对于"全球化"，或者说就是为了抵御全球化浪潮而提出的一个带有防御性的文化概念。面对席卷全球的"西化"浪潮，中国知识界感到了前所未有的焦虑与困惑。他们担心民族文化的泯灭、民族精神的丧失、民族身份的误认以及汉语文学诉求的失语。但理智又告诉他们全球化浪潮势不可挡，大有顺之者昌逆之者亡的气势。处在这样一个西/中结构张力场中，中国文化尤其是文学其实是没有什么选择空间的，唯一的选择就是那句老话——中西合璧。我们暂且不论在这"合璧"中，是以"中学为体，西学为用"，还是以"西学为体，中学为用"。因为，一谈及谁主谁次的问题，就会纠缠不清。作为中国文学之源的现实本身①，就是一个"你中有我，我中

---

① 昌切先生在《民族身份认同的焦虑与汉语文学诉求的悖论》（原载《文学评论》2000 年第 1 期）一文中认为，在全球化与民族化之间存在一个中介——现在。而这个"现在"是非古非今，是当下中国的，是运动的，切身关世，连接中西，贯通古今的。每个人他的"现在"，都只能在观照和书写中体现他的生命价值。"现在"是不可复制的，因为个体生命是独一无二的。谁写活了"现在"，谁就能展现其生命价值，因而也就能展现其民族性格。我觉得，这虽是个没有办法的办法，却是个可以验证于写作实践的理念。《诗帆》诗群的诗歌写作即是一明证。

有你"的复合体。所以我所理解的"本土化",并非仅指本民族传统的弘扬,而是指与现代化进程交错行进的动态整合过程。衡量本土化的尺度也只有一个,就是看其是否逼近当下中国的现实——中国人的生存状态,其逼近的程度决定其价值的高下。从这一视点出发来打量现代主义,我们就会发现,它在中国近80年的流变进程中留下的仍是现代化与本土化交错行进的轨迹。我们无需求证于现代主义在中国的发展史,只要选择活动于20世纪30年代中期,至今仍不为人所知的"诗帆"诗人群略加考察,便可窥其全豹。

一

"诗帆"诗群,因《诗帆》半月刊①得名,1934年9月1日创刊于南京,1937年5月1日终刊,共出3卷。1934下半年出6期,为第一卷;1935上半年改为月刊出6期,为第二卷;1937年上半年出5期,为第三卷。本刊由南京的"土星笔会"编辑发行,从第三卷开始改由汪铭竹任编辑兼发行印制人。第一卷前4期由南京花牌楼现代群众书局及平沪各大书坊代售。从第5期开始改由南京花牌楼现代群众书局上海杂志公司总代售。"土星笔会"的主要成员有滕刚、汪铭竹、程千帆、章铁昭、艾珂、孙望、常任侠和绛燕等。其中的大部分成员都出过个人诗集,如常任侠的《毋忘草》、《收获期》,汪铭竹的《自画像》、《纪德与蝶》,孙望的《小春集》、《煤矿夫》,艾珂的《青色之怨》,章铁昭的《铁昭的诗》,绛燕的《微波辞》。滕刚还出过三部译诗集:《波氏十四行诗》、《波多莱尔评传(戈帝叶)》和《土星人》。第一卷6期和第二卷第1期,只发笔会成员的诗作。从第二卷第2期开始,应读者要求增辟"外稿推荐"栏目,刊发了唐绍华、于一平、周白鸿、洪梦茜、余佳、陆田、雨丁、雨行、陈康仲、仓庚等人的作品;从第三卷第1期开始又改"外稿推荐"为"友朋寄稿",除以上作者外又增加了雨零、毛清韶、邹乃文、霍薇、李白凤、许雨行、徐光摩、郑德本、侯汝华、林英强等。本刊第一卷6期至第二卷前4期,都辟有译诗栏目,主要刊载法国象征派诗人的作品,多为滕刚所译。如《病了的诗神》、《十四行》、《猫》、《交感的战栗》等13首波特莱尔的诗,《SubUrbe》《天真之歌》、《誓》、《给一妇人》等9首魏伦的诗,以及S·普鲁东的《眼睛》等。此外,《诗帆》还先后刊发过阿拉伯、英国、俄罗斯、日本等国的诗歌译作。这些译作的发表无疑会对"诗帆"诗风的形成产生一定的影响。

---

① 作者所依据的《诗帆》3卷本是由骆寒超先生转赠的原刊复印本。本文所引诗作全源于此刊。

"诗帆"同仁是作为一个诗歌群体出现在 20 世纪 30 年代中国诗坛上的。他们没有严密的组织，只有一个同人性的"土星笔会"；他们也没有发表过什么共同宣言，只在《诗帆》第一期卷首刊发了滕刚所作的《题诗帆》以示祝贺。这首题诗也并不是什么纲领性的宣言，只是以象征性的诗语表明了"诗帆"同人的某种心迹：他们想写一支曲子，携往暗蓝的海滩。但在驶向这海滩途中，他们只看到了在冰冷的海水里穿梭的虫鱼，听到了海螺的鸣咽、海底的龙吟和那来自波希米亚人的四弦琴。他们并没有抵达那海滩，而是像一片秋叶飘到了一座忧郁的岛上，他们只好无奈地悄然返回书斋，在昏暗的灯光下，他们的眼底似乎又浮起"一枝银白的古帆"。显然，"诗帆"同人是一群寻梦者，他们有过美好的理想，也曾为此追寻过，但他们又无法忍受途中的风暴，只好带着颓丧回归书斋，试图在知识的海洋里寻找那面象征理想的"银白的古帆"，然而这又是不确定的，存在着许多变数与问号。这或许就是这群久居书斋的学院派诗人的心路历程。

二

　　现代主义是一纯正的舶来品，传入中国以后虽几经沉浮甚至是断流，却仍被视作中国文学现代化的标志。然而就在现代化进程中本土化的脚步也在默默地行进着。作为同人性的"诗帆"诗群，虽然没有宣称过自己是现代主义诗派，其整个诗歌写作也不是一个现代派所能涵括殆尽的。但是，就其主导倾向而言无疑是属于现代主义的。相对于同时期的现代派而言，"诗帆"诗群显然处于弱势地位。但其诗歌写作同样显示出与现代主义本土化进程相似的轨迹：在自觉追求现代化的进程中不知不觉地走向了本土化。"诗帆"同人多为高等学府中的青年知识分子，他们久居书斋，与当时的现实距离较远，对整个民族的深重灾难缺乏痛切的体验，因而他们写不出像艾青、田间、臧克家以及稍后的"七月"诗派那样的感同身受式的忧患之作。当然，这并不是说"诗帆"诗人在那场民族灾难面前无动于衷，袖手旁观。他们也写过不少关注现实苦难的诗作，如孙望的《祝福》，常任侠的《忏悔者之献词》、《列车》，汪铭竹的《孤愤篇》和《冬日晨感》等，都是不错的"感时花溅泪"的忧愤之作。但这类诗作无论从数量还是质量上看都是无足轻重的。"诗帆"诗人更大量的是抒写他们内心深处的生命感受——都市感觉与性爱心理。然而，就在这种极具现代主义特质的生命感受里，却又分明跃动着民族灵魂的身影，显示出鲜明的本土化特征。

　　都市感觉一直是中外现代诗人们热情追逐的审美对象。从法国象征派诗人波特莱尔的组诗《巴黎风光》，到比利时大诗人凡尔哈伦的组诗《原野与城市》；从孙大雨的《纽约》到艾青的《巴黎》、《马赛》，再到徐迟的《都会的满月》等，都是抒写现代大都市奇异感觉的经典力作。面对现代都市的繁华与喧嚣，现代诗人感受到了前所未有的困惑与晕眩。他们为高度发达的现代物质文明而兴奋不已，又为置身于其中不能自拔，遭致人性的异化而悲怀感伤。这便是施蛰存所说的"现代人在现代生活中所感受的现代情绪"①。因为在现代都会里"汇集着大船舶的港湾，轰响着噪音工场，深入地下的矿坑，奏着Jazz乐的舞场，摩天楼的百货店，飞机的空中战，广大的赛马场……"②。正是这种由现代工业文明带来的快节奏与强刺激，使现代人的完整人格被无情地撕成两半，进而形成一种闪烁不定、骚动不安的都市新感觉。但现代派所热衷于表现的这种"新的感觉"，其实是一种心理上的变态情绪，他们"用急促的节拍来表示都市的狂乱不安，用纤微难以捉摸的联系（外形上便是奇特用法的形容词、动词和组句式样）来表示都市中神经衰弱者敏锐感觉"③。显然，这种病态感觉只能属于身处半殖民地半封建社会里的中国诗人。"诗帆"诗人也摆脱不了这样的历史命运。在他们的感觉视野里，都市既是一位美艳无比、充满诱惑的富贵女子，又像是一头巨大无比的怪兽，它吞噬着都市森林中的每一个生灵——从肉体到灵魂。像滕刚的《紫外线舞》，这首与穆时英的新感觉小说《上海的狐步舞》同调的作品，就摄取了都市中最具动感最富魅惑力的舞厅作为表现对象，并以其生花妙笔形象地摹写出都市舞厅的图景：人们合着暴风雨似的音乐节拍，在舞池里像兔子一样地奔突、旋转，追逐着那对扑朔迷离的白乳；他们的听觉"已变成一群白胸脯的水禽/从险峻的波涛之尖端/寻求它们的新陆"；他们的眼神"如野燕猎食，在空中发出一长弩。/但立刻又如，马戏场的浪人/被象鼻戏弄/抛入云霄，佯作绝命的狂呼"；舞女的头颅、臂膀与胴体，因急速旋转被支解成精确的"截断美术"；长发飘起的面积足有十二米突，银粉的裙裾在波光的映照下飘洒开来，像一把撑开的圆伞，更像"大海的风柱/扫掠空气之外缘/射溅金星无数"。在这里，有对舞厅图景的整体投影，也有对个体舞女的特写镜头，而融贯于字里行间的却是诗人对享乐者的鄙视、对不幸者的同情与悲悯。当然，在如此细致入微而又动感十足的描写

---

① 施蛰存：又关于本刊中的诗。《现代》第4期第1期。
② 施蛰存：又关于本刊中的诗。《现代》第4期第1期。
③ 柯可：论中国新诗的新途径。《新诗》第4期。

中，是否隐含着诗人那种难以掩饰的欣赏与激动呢？敏感的读者是不难体味出此中真意的。如果说在这首诗里还只是悲悯与欣赏同在的话，那么到了《都市底牧歌》诗人便开始诅咒都市那"红色的罪恶"了。你看，都市的夜张开撒旦的天幕，情欲的灯火引来了一群从圣画上走下来的家畜：蹬着高跟鞋的少女隐没于昏暗的街角；酒徒们在合着震耳欲聋的爵士乐狂呼；有人金屋藏娇，"色情之眼灼灼"；幽会者的私语也从痉挛的梦中凋落。总之，都市的夜笼罩着"红色的罪恶"，都市的爱情是"一杯含毒的乳酪"。正是这都市的种种罪恶迅速消蚀着都市人的灵魂，一种前所未有的没落感在诗人心中油然而生（《没落》）。从兴奋到诅咒再到没落，就是滕刚都市诗的心理轨迹。"诗帆"同人汪铭竹也是一位摹写都市感觉的高手。他的都市诗在情调上与滕刚颇为相似，都将都市视为恶俗肉感、污秽不堪的大染缸。生活于其间的都市人是孤独的、变态的、疯狂的，也是无望的。他在《人形之哀》中写出了现代都市人的独特感受：渺小、孤独与变形。《都会人墓铭》所抒写的绝对是那种"过把瘾就死"的享乐主义哲学。

"诗帆"诗人对现代都市文明这种既激赏又诅咒的矛盾心态，在当时的知识分子中是极具典型性的。我们知道，中国几千年来一直是以农业文明为主导的国家，物质文明的水平普遍较低。但到了20世纪上半叶，一些沿海城市在外国资本的刺激下获得了迅速而又畸形的发展，其物质文明水平远远高于周围广大的乡村。这种突变，无论对来自都市还是乡村的中国知识分子都是一个前所未有的冲击。这一冲击，使他们很容易被都市发达的物质文明所诱惑，甚至是沉迷于其间而不能自拔。但是，他们在长期的农业文明里建立起来的价值观、伦理观和审美观并未获得及时的调适。于是在一阵激动之后，他们感到了前所未有的失落与孤独。他们再也找不到乡村社会那种温情脉脉的伦理情感，再也无法沉醉于"悠然见南山"式的田园牧歌里了。由此，他们便转向对都市文明的悲愤与诅咒。然而，由于生命本能的驱使，他们又无力抵御都市的诱惑，就在诅咒的同时又投入了都市的怀抱。这种现代与传统交织在一起的都市感觉，或许不仅仅是属于蛰居南京的"诗帆"诗人的，而是属于那个半殖民地半封建社会里所有中国知识分子的。这就是"诗帆"诗群的本土情结。

作为生命感受的另一重要形态便是性爱感觉，而大胆展示这种感觉也便成了现代主义诗歌的显著标志。从20年代的郭沫若、徐志摩、邵洵美等浪漫派诗人，到30年代的戴望舒、何其芳、路易士、徐迟等现代派诗人，都曾以各种艺术策略大胆表现过人的性欲本能与情爱心理。"诗帆"诗群在这方面也有不俗的成绩，汪铭竹与艾珂就是其中的代表。汪铭竹是一位较早的"躯体写作"者，曾写下《乳底礼赞》、《手》、《三月风》、《春之风格》、《春之风格次章》、《乳》等。这类诗以描写女性躯体为主，而女性躯体最具吸引力的无疑是乳，所以汪铭竹写了不少咏乳之作。有学者说这是"性欲念的大胆展示"，也是"触觉上的官能享乐"①。当然，乳是女人身体上最具魅力的器官，其性的色彩极其强烈，所以在诗人对乳之礼赞和崇拜里必然隐含着某种性本能的冲动。在诗人笔下，少妇的双乳像一对"孪生的富士山"，一双比邻而居的"小斑鸠"，"是撒旦酒后手谱的两支旋律"（《乳底礼赞》、《乳》）；三月里的春风也喜欢溜进"少妇之胸际"，它的抚摸使她的"双丘更毓秀了"（《三月风》）；诗人那"触角之触角"的手，也忍不住要投宿于那"金色的乳房"，梳理她那"浩修之长发"，并将此女体作为那个梦中"游子"的"流戍地"（《手》）。汪铭竹这类"躯体写作"，虽也涌动着性之急流，但描写适度，点到即止，并未越出"发乎情，止乎礼仪"的传统窠臼。不过，性情多变的汪铭竹并非总是恪守旧道的，他偶尔也会作大胆直露的宣泄。如《春之风格》与《春之风格次章》两首诗，都是写抒情主人公渴望与贵妇人共度良宵的作品，特别是后者不再"止乎礼"了，而是吁求呼喊甚至是有点"猫叫春"的味道了。"从您底小屋步出吧，贵妇人；我正陷落在/那有七重肌肤之寂寞中，您知道吗"。这种呼告式抒写虽不合中国正统的"温柔敦厚"诗教，却与中国民间传统获得了某种承续。艾珂是"诗帆"同人中专心致志写情诗的一位，他那些感伤的情诗虽也有性的意味，却从不正面描写具有性特征的女性身体，而侧重于表现现代人在现代生活中的孤独感、迷茫感甚至是死亡意识。所以他的情诗写得异常的凄苦，什么两情相悦、心心相印是不属于艾珂的。在艾珂的诗国里有的是猜忌、隔膜与怨恨。《慰言》抒写两颗心永远贴不到一起隔阂，《系念》、《寞感》是感伤孤寂之作，《寄》追求一种沉默的爱，一种无言的灵魂碰撞，《夜之魔》则更进一步，"爱之魔"将人引向了死神，尤其是到《长歌》，诗人已由感伤绝望转向疯狂，因为只有疯狂才能写出"黑暗的故事"，才能激活那日渐萎顿的生命。艾珂的这些情诗里，虽不无现代知识者所特有的现代情绪，但其形成的原因却是传统爱情的破碎与失落，他们难以忘怀的仍是那种温情脉脉的古典式的爱，这或许就是艾珂情诗的民族性遗存。

如果说汪铭竹、艾珂的性爱组诗表现出浓郁的现代主义特色的话，那么

---

① 骆寒超：《新诗主潮论》，上海文艺出版社 1999 年 1 月第 1 版，第 355 页。

《诗帆》诗派中其他诗人的情诗则几乎是古典情诗的翻版，其本土性特征异常的鲜明。像程千帆的《宫词》、《绣枕》、《西施吟》、《记忆》等，直接取材于中国历史上的艳闻趣事，并借此抒写诗人的现实感怀。孙望的《咏眉》尽是些轻飘飘的细声软语，绛燕的《给碧蒂》、《来》、《忍耐》等绝对是贤妻良母式的爱："我用温柔的手指，/试探你发热的额角。/我不许秋虫在窗下唱，/当心每一片落叶的响，/让你有一刻宁静的休息，/我为你数着停匀的呼吸"。常任侠虽写过《相见欢》、《湖上》这样天真浪漫的爱情梦幻曲，但更具震撼力的还是《速写·一女人》和《秋天》等抒写悔恨与感伤的作品。前者表面看来是诗人以一种观赏的姿态所绘制的一幅女人速写，但深蕴其中的却是诗人那深深的悔恨。诗中的"我"，见一坠地的"柳丝"，因不忍心践踏而弃之于道旁，但终究没有把它捡起，因而铸成大错，成为他人足下的牺牲。"我"非常后悔，因不忍心再看它遭人蹂躏，便将它拾起重理其残枝。但为此过失，"我"将长时地痛苦，"我"的灵魂也会像这"柳丝"一样继续遭受灾祸。名为惜柳，实为怜人，也许是诗人为一曾被遗弃的女子而生出的忏悔和赎罪心理。像这样的作品从情调到意象都是古典式的，其本土化特点再明显不过了。

三

现代主义作为一种外语写作样式，其本土化进程是与其汉语化过程同步进行的，也就是说现代主义自传入中国并以现代汉语作为其写作载体时，它就已经开始了本土化的历史进程。因为汉语是与任何其他语种完全不同的独立语言系统，任何流派的写作样式只要一进入这个系统，就会不自觉地按照它的思维方式和习惯来运作。因此，可以说文学写作的本土化是在语言的本土化中完成的。西方现代主义诗潮传入我国之后，从初期象征诗派到现代派再到"九叶"诗派，在不到20年的时段里，其诗歌语言就经历了一个由欧化到本土化的渐进过程。与现代派几乎同时的"诗帆"诗群，在诗歌语言的运作上也明显留有欧化与本土化交错行进的运行轨迹，在诗语形式、意象构造与艺术色调上呈现出过渡性与杂糅性特征。

先来看诗语形式。毫无疑问，"诗帆"诗人都是用较为纯正的现代汉语来写作的，从词汇句法的运用到韵律节奏的设置也都基本符合现代汉语的运行规则。像常任侠、艾珂、孙望、绛燕、程千帆都显示出相当纯熟的现代汉语功力。他们的作品文字简洁明朗，句法稳中有变，节奏徐疾交错，充分显示出现代汉语所独具的诗性特色。然而，就在这现代化演进的同时，诗语的古典化进程也在不经意间进行着，两种进程的合力导致现代诗语的"变异"。这种"变异"主要表现在"融化"①与"省略"两种方法上。所谓"融化"，即指在现代汉语系统中融进旧诗词语，使之成为富有表现力的现代诗语。"融化"后的诗语往往呈现出古今杂糅、文白相间的特点。滕刚、程千帆、汪铭竹的诗歌语言就是如此。如滕刚的《题诗帆》的第一节："想一支曲子，/携往暗蓝的海滩，/像为谁家思妇捎一封书翰。/你的手，指着天南/白鸟空濛/是游走着一枝古帆"。诗中虽有"思妇"、"书翰"、"空濛"、"古帆"等古典词汇相嵌其间，却并无生涩别扭之感，反而显得相当和谐融贯。其原因就在于这些古典词语已融入现代汉语系统中，无论是新旧词汇的搭配还是韵律节奏的设置都与现代汉语的运行规则一致，也与诗作的情思节奏相吻合。汪铭竹的诗语与他们不同，在古今杂糅上平添了一种"怪味"。他的诗用词奇诡，比喻怪异，满篇的之乎者也，读来诘屈聱牙，颇为费力。但这种颇为怪异的语言虽有些"反常"，却基本符合现代汉语的规范，并与诗人的怪异感觉极为合拍，也别有一种独特的诗味与诗境。应该说这种熔古于今、虽不无错杂却混然圆融的变异性语言，对于提升现代汉语诗歌的艺术品位是有借鉴价值的。所谓"省略"，照象征派诗人的说法就是"不固执文法的原则"和"跳过句法"。其意为新诗写作不必拘执于现代汉语语法规范，可以像古典诗词那样省去一切不必要的句子成份，使诗语变得更为简练且富有弹性，也给读者留下想象的诗情空间。苏雪林曾总结过李金发诗的省略法："第一题目与诗不必有密切关系，即有关系也不必黏着做。行文时或于一章中省去数行，或于数行中省去数语，或于数语中省去数字"②。省略的目的无非是为了造成诗情诗境的断裂，拓展诗的情感空间，增大诗的吞吐能量，以便更有效地传达现代诗人异常复杂的情思蕴藏。"诗帆"诗人也很重视"省略法"的运用，其中有主词、助词和形容词的省略。但更多的是大跨度的跳跃，因为跳跃是诗语省略的必然结果，它省去了词与词、句与句或意象间、画面间必要的联想中介，即以断裂的办法营造出阔大的审美空间。像常任侠《列车》、滕刚《没落》、汪铭竹的《狂言》、《冬日晨感》等都是这方面的杰作。

再来看意象构造。意象虽是个古已有之的诗学概念，但由于它经历过一个

---

① "融化"一说最早由周作人在《〈扬鞭集〉序》中提出，他说："我不是传统主义（Traditional-ism）信徒，但相信传统之力是不可轻侮的。坏的传统思想自然很多，我们应当想法除去它，超越善恶而又无可排除的传统却也未必少，如因了汉字而生的种种修辞方法，在我们用了汉字写东西的时候总摆脱不掉的。我觉得新诗的成就上有一种趋势恐怕很是重要，这便是一种融化"。见《语丝》第82期。

② 苏雪林：论李金发的诗。原载《现代》3卷3期。

"出口转内销"的过程，因而被赋予了较多的现代性内涵。国内诗学界对其诠释也颇多争议。但笔者认为美国诗人庞德的原创性解释比较符合现代诗歌的写作实际，他说："一个意象是在瞬间呈现出的一个理性与感情的复合体"①。说白了，这"意象"就是意与象在创作瞬间的合二为一，或者说是写作主体的内在情思经由"移情"作用投射到外在客观物象上，并与之浑然融为一体。所以意象是介于主观与客观、真实与想象之间的"中介物"，是一种具有生命感的诗性语言。意象主义甚至于整个现代主义都将其视为最具表现力的现代诗歌语言。30年代的现代派就曾提倡过"意象抒情诗"，《现代》杂志还辟有专栏刊载这类诗，徐迟也写了《意象派的七个诗人》② 以助其声威。他认为意象是"感觉能觉得到的"，甚至是"五官全部能感受到色香味触声"的"一串东西"，它能使诗"生活在立体上"，成为"有温度、有组织、有骨骼、有身体的系统"合成的"有生命体"。为达到此目的，就要求诗人们致力于"新的声音，新的颜色，新的嗅觉，新的感触、新的辨味渗入于诗"，使诗的世界成为根据"意象的原则"而对"光线、色彩、感情、感觉的固定"。显然，徐迟是在提倡写新感觉、新印象的意象派诗歌。那么到何处去获取这类超现实意象呢？其源头不外乎三个：一是当下生活的新事物新情景；二是异域文化的新概念新景观；三是民族文艺的旧遗存。从中国现代诗歌的发展历程看，这三个源流总是在交错并行中向前流去的，"诗帆"同人的诗歌写作也是如此。在他们的艺术世界里，现代性意象并不少见。其中有与都市相关的高楼、烟囱、大街、汽车、列车、酒吧、舞厅、爵士乐、广告牌、霓虹灯、升降机、紫外线等，有从西洋输入的教堂、上帝、修士、修女、僧袍、地狱、天堂、修道院、圣处女、安息日、十字架、朱丽叶、吸血鬼、马赛歌、华尔兹、美浮灯、普罗米修斯、吉卜赛女郎、海伦的眸子和波希米亚的四弦琴等，还有一些与丑恶恐怖相关的蝙蝠、夜枭、黑猫、撒旦、魔女、猫头鹰、赤练蛇等。但更主要更大量的还是本土意象，如夕阳、月亮、鼓楼、古帆、思妇、绣枕、书翰、风铃、芭蕉、柳丝、落叶、冷宫、蟋蟀、天女、神驴、汨罗江、古渡头、蒲公英、梅萝香、禅门寺院、善男信女、大雄宝殿、书斋斗室、黑衣蜘蛛、沙漠驼铃、后羿射日等。两大意象系列互相交织彼此融通，形成一个古典与现代交相辉映多姿多彩的艺术世界。但从总的审美取向看，"诗帆"诗群表现出相当鲜明的古

---

① 庞德：回顾．《二十世纪文学评论》，上海译文出版社，1987年版上册，第108页。
② 《现代》第4卷第5期。

典化倾向，他们都在自觉地从古典诗歌中获取艺术资源，经由现代化处理后来传达现代人的现代情绪。一个突出的方面便是化用古典诗歌意象或意境来传情达意。程千帆、孙望、绛燕、滕刚、章铁昭、林英强、侯汝华、李白凤等都有这方面的佳作，而汪铭竹又是其中的典型代表，他的大部分诗作都有非常浓郁的古典色彩，但传达的却是现代文人特有的孤独、感伤、迷惘、绝望甚至是神经错乱。譬如《牛鸣》是一幅全由乡土意象构成的牧场牛鸣图，而渗透其间的却是现代人嚣张烦躁之气。即使现代意识特别强烈的常任侠，也写出了像《秋天》这样几乎是直接化用古诗意境的作品："秋原枯黄如贫妇之衰颜，/白的苇花摇曳于荒冢上//我背夕阳默然而独坐，/听草丛中病蛩之低泣。//短碣的阴影被渐渐拉长，/古道之铃语随西风而潜至。//踽踽的一步步踏入黄昏，/寻不见昔时爱者之足迹。"这不是"枯藤老树昏鸦"的现代版吗！现代主义诗人并不反对这种现代版的古典化，艾略特就曾崇尚古典主义，戴望舒曾说"旧的古典的应用是无可反对的，在它给予我们一个新情绪的时候"①。卞之琳也注重现代诗的意境美。所以，"诗帆"诗群在新诗意象上的古典化倾向，与中国现代主义诗歌的本土化趋势是相当合拍的。

最后来看艺术色调。所谓"色调"，即指色彩与情调。"色彩"本是一个重要的绘画术语，指各种物体因吸收和反射光量的不同而呈现出复杂的光影变化②。所谓"情调"，按传统批评家的解释，是指一种不可捉摸的情感特质，常以隐喻的方式弥漫于整个艺术作品中；按现代批评家的解释，是指一个作品或一首诗通过措词、意象、色彩、句法等间接方式所呈示的态度③。照此理解，情调无疑是艺术作品的内容，而色彩则是承传这一内容的媒介，两者的浑然一体，便是所谓的艺术色调。所以，"色调"是一种混合物，一种"有意味的形式"，也是一种如戴望舒所说的是"全感官或超感官的东西"④，通过它既可窥见潜藏于作者内心深处的情思涌动，又可感受其外在形式的视觉美感。"诗帆"诗人也很看重诗歌的艺术色调，他们的诗歌写作明显受到法国象征派诗歌与后期印象派绘画的影响，在色彩的处理上不再刻意追求光与影的对比效果，而专注于分量感十足的大色块、暗色调的运用，以此来表现那种沉重的忧郁和感伤。这种艺术趣味不仅符合"诗画一体"的传统审美观念，而且与中

---

① 《现代》第 4 卷第 5 期。
② 《辞海·艺术分册》第 290 页，上海辞书出版社，1980 年 2 月第 1 版。
③ 《世界诗学百科全书》第 445～446 页，陕西人民出版社，1999 年 9 月第 1 版。
④ 《诗论零札》，《戴望舒诗集》。四川人民出版社，1981 年 1 月第 1 版，第 163 页。

国传统水墨写意画取得了直接的联系，所以"诗帆"诗歌的艺术色调看似现代，其中也不乏传统艺术的积淀。汪铭竹就是其中的典型代表。他的绝大部分作品都是暗色调的，浓重的黑色已成为其作品的情感底色。他那首《黑色的哲学》就是由夜、寒流、棺木、蛇群、蝙蝠、夜枭等冷色调意象构成的一个令人恐惧、不寒而栗的黑色境界，传达出诗人那种孤寂、感伤、悲凉、绝望的情感。艾珂虽不像汪铭竹那么绝望，但沉重的黑色仍是其诗作的基本色调，如《夜之魔》和《怀黑帽男》都是这样的作品。此外，像"日在抚索冥黑之墙垣"，"在斑驳的都市风景线之画面上，/我如单纯的黑色之笔触""将以一只黑蝙蝠为诗叶之纸镇，墨水盂里/储有屠龙的血"等黑色诗句，在"诗帆"诗人的笔下俯拾皆是。黑色在他们的艺术世界里已不再是其颜色本身，而是浸透了写作主体的忧郁诗情，使之成为恐惧、绝望和死亡的象征。

四

在 20 世纪 30 年代的中国诗坛上，现代主义虽没取得强势地位，却也不能忽视它的存在。这个存在是个相当复杂的结构系统。大致说来：在 30 年代前期，现代主义诗潮是由上海的"现代"诗派与北京的"水星"诗群交汇而成的。前者以戴望舒、施蛰存为代表，西化倾向较显著；后者以何其芳、卞之琳为代表，本土化倾向较明显，而介于两者之间的则是北京的"小雅"诗群和南京的"诗帆"诗群。这两个诗群虽然都显示出西化与本土化有机结合的趋势，但"诗帆"诗群更体现出由西化向本土化直觉转化的特色。正是这种直觉转型使"诗帆"诗群获得了现代主义本土化的定位，具体标志有两个方面：其一，该诗群虽亦张扬个性主义，致力于主体的内宇宙——直觉本能与潜意识的抒情表现，但抒情的终极目的是为了超越肉体意绪而向灵性意绪转型，将现实升华为形而上境界，从而给人以更高层次的生命体悟，常任侠的长篇抒情诗《列车》就有这样的特色。该派同人还以灵界的宇宙觉识来俯瞰芸芸众生的存在荒诞性，从而获得更深层次的生命观照，孙望的《感旧》就是个典型。正是这种扎根于现实的超现实——新浪漫追求，使该派诗人在严酷的现实斗争面前终于能收起"美丽的遁逸"的翅膀，而汇入到时代的大合唱中。就在民族解放大潮来临之时，他们终于走出书斋，在逃亡路上，抗争声中，纷纷以现代主义运思方式与传达策略，写出了一批既具有现实主义精神和爱国主义真情而又境界非常高远的诗篇，如汪铭竹的《纪德与蝶》、《法兰西与红睡衣》，孙望的《芦花》，常任侠的《冬天的树》等，都有着至真人性的时代体悟。所有这些，正是"歌诗发为时而作"的传统诗教在这批立足于个人主义的现代派诗人在灵魂中的折射。其二，该派诗群以其意象的实体描绘与意象间如实关系的组合而给接受者以具体真切的体验，从而完成了甚至是强化了意境的创造，特别显示出中西结合中"本土守望"的特色。唯其如此，"诗帆"同人的文本大都排拆理性联想导致的抽象化和譬比化的意象构筑与表现，而显示出情性感应的意境美。所以从特定的角度看，该诗群是在接受西方现代主义思路和风格的前提下，对晚唐五代传统诗美的一次超越性发展。孙望的《感旧》，常任侠的《收获期》、《丰子的素描》以及绛燕的一部分情诗，可以说是30年代现代主义诗风中具有本土化典型色调的精品之作。正是这种诗美学追求，启示了30年代中后期崛起于上海的"新诗"诗群能在更大规模上进行现代主义本土化的写作实验，先导作用是显而易见的。

遗憾的是，这样一个以现代主义本土化追求而走上正途的新诗流派，一直被现代文学研究界忽视，几乎有被岁月的风尘掩埋的可能，这是中国诗界同人所不愿看到的。"诗帆"诗群历史功绩不可抹煞，今天有必要给它以客观公正的评价。

2002年7月31日初稿，9月5日改定。

原载《文学评论》2002年第6期

附录2

建国初期浙江四诗人论
——论"诗帆"诗群

汪亚明

　　新中国成立后，歌颂新生的共和国，歌颂党和领袖，歌颂劳动人民翻身当家作主人的新生活，一时间成为中国诗坛上最响亮的声音。政治敏感性极强的浙江诗人也迅速加入了这一颂歌大合唱的行列，以发自内心的真诚唱出了时代的最强音。老诗人艾青、唐湜等继续焕发青春，更可喜的是扎根于浙江土地的一批青年诗人的涌现，显示出浙江新诗的新特点。就诗歌题材而言，有反映新旧社会变化的怀乡诗，如艾青的《双尖山》、唐湜的《划手周鹿》和蔡根林的《东阳江》；有反映农村建设生活的民歌体新诗，如李苏卿的《小篷船》、《月下挖河泥》等；有反映边疆海岛生活的，如陈山、方牧的作品；也有抒唱建设者之歌的，如郑成义、谢其规、邵燕祥的作品；还有在全国也颇具影响的儿童诗创作，如圣野、田地、贺宜等的儿童诗作品。所有这些，共同汇成了一股不小的当代浙江新诗潮，为共和国新诗的繁荣作出了重要贡献。而其中的佼佼者，当推艾青、唐湜、蔡根林和李苏卿四位诗人。

一

　　建国后不久，艾青即加入抒写颂歌的行列，写下了《我想念我的祖国》、《好》、《双尖山》和《新的年代冒着风雪来了》等歌唱祖国、人民和新生活的诗篇。其中的《双尖山》是较有影响的一首长诗。它以坐落于浙江中部的双尖山为中心意象，既写出他童年梦幻中的双尖山：那仿佛是一座温馨的"母亲山"，因为它哺育了山下千百万的居民；也写出了双尖山高大、险峻又有一点神秘的身影：在晴朗的日子，它"像一个古代的骑兵，/满身披挂着弓箭，/骑着紫铜色的骏马，/在天边驰骋"；在浓雾迷漫的阴天，它又"像一个被囚禁的武士，/那巨大而忧郁的影子，/谁看到了都会感到不安"，尤其是那阴森森的"千丈岩"，它虽高峻陡峭，却在悬岩的边沿开着"最魅人的花朵"。在诗人的笔下，这些自然景物本身已具备了相当高的审美价值，但诗人却赋予了更丰富的象征意义与人格内涵，寄托了他曾想做一个打富济贫、横扫人间不平的"强盗"的童年梦想，也寄寓了他对富有原始野性的力感美的崇尚，同时也体现出他对"无限风光在险峰"这一人生哲理的深刻感悟与审美把握。另外两首以故乡生活为题材的长诗也值得注意：一首是以家乡人民抗日斗争为题材写成的《藏枪记》，比较真实地塑造了杨大妈这位革命母亲的动人形象；另一首是根据舟山群岛上一个民间传说写成的《黑鳗》，诗作极力渲染以陈全、黑鳗为代表的贫苦渔民，与恶霸渔王为代表的剥削阶级之间的生死搏斗，表现出极强的阶级斗争意识，但由于穿插了一个极具传奇色彩的爱情故事，使这首演绎阶级斗争的长诗给人一种阅读上的情味，这在那个极左思潮泛滥的年代里是相当难能可贵的。

艾青对建国初诗坛的贡献还表现在咏物诗的创作上。早在抗战时期，艾青就写了大量优秀的咏物诗，其中有动物诗，如《驴子》、《骆驼》、《水牛》和《雪里钻》等；有植物诗，如《树》、《山毛榉》、《古松》和《Orange》等；有的描写自然现象，如《春》、《初夏雨》、《秋晨》和《风的歌》等；还有的吟咏路、桥、车、船等，如《公路》、《桥》和《手推车》等。建国后，艾青又在新的历史条件下写起了咏物抒怀的哲理小诗，如《西湖》、《小兰花》、《礁石》、《珠贝》、《鸽哨》、《黄鸟》、《启明星》等，这些小诗因从个性出发，抒写诗人自己的人生感慨与人格追求，艺术技巧也臻于成熟，所以显得诗意盎然。如传诵一时的《礁石》，就是一首颇具象征神韵的咏物诗佳作："一个浪，一个浪，/无休止地扑过来，/每一个浪都在它脚下/被打成碎沫，散开……//它的脸上和身上/像刀砍过的一样/但它依然站在那里/含着微笑，看着海洋……"从诗的表层看似乎是在写面对海浪撞击而依然站立、微笑着的礁石，但透过这一意象，读者似乎看到了那位饱经生活磨难而依然乐观向上的诗人自我人格形象；若再作进一步联想，便可将礁石视为曾经沧桑而仍然屹立的我们伟大祖国的象征。艾青的这类小诗，意象单纯，情景交融，含蓄蕴藉，深得象征之神韵，是那个时代里不可多得的艺术珍品。

国际题材的诗歌创作也是 20 世纪 50 年代艾青对中国新诗的又一重要贡献。尽管这类诗在艾青的创作历程中并不具有开拓意义，因他早在此前的 30 年代初就写下《巴黎》、《马赛》、《画者的行吟》等国际题材的诗，但这一时期写成的《南美洲的旅行》（诗集）仍具有鲜明的时代特征：表现殖民地人民的苦难生活，歌颂黑人兄弟坚强乐观的性格，鞭挞资本主义和殖民主义的罪恶。可贵的是在表现这些政治性主题时，诗人并没有完全陷入概念化的政治说教，而是坚持自己善于抒写苦难与希望的创作个性，将那些政治性诗情主题寓于动人的意象之中，如《一个黑人姑娘在歌唱》，诗人抓住描写对象的肤色和情绪的鲜明对比来构思全诗，揭示出殖民主义世界存在的深刻的阶级对立；《自由》、《在智利的纸烟盒上》等，诗人以敏锐的眼光捕捉美元上的"自由"两字，展开想象，深入开掘，从而戳穿了金钱制度下虚伪的自由；《维也纳》则运用讽喻性意象，把当时还处在德军控制下的维也纳比作一个"患了疯湿症的少妇/面目清秀而四肢瘫痪"，并将其与阴暗衰颓的氛围结合在一起，传达出诗人对殖民主义者的深切痛恨，对维也纳人民真挚的同情、希望与祝福。艾青这一时期的诗歌创作，虽不如抗战时期，但在当时的诗坛上仍属成就最高者之一，为浙江诗人在全国诗坛占得了一席之地。

二

与艾青一样为浙江诗歌作出重要贡献的还有温洲的唐湜。早在 40 年代他就出版了诗集《骚动的城》、《英雄的草原》、《飞扬的歌》和诗论集《意度集》和《新意度集》。建国后，他曾教过书，做过文艺编辑和戏曲编导，也写了大量的诗。但由于众所周知的原因，他被错划为右派，所有作品都没有发表的可能。直到新时期，这些被称作"潜写作"的诗作才得以公开发表，先后出版了《海陵王》、《幻美之旅》、《遐思：诗与美》、《泪瀑》和《霞楼梦笛》等多种诗集。部分诗作又被收入名噪一时的《九叶集》而成为"九叶"诗派的重要诗人。

从诗体形式上看，唐湜的艺术成就主要表现在叙事诗和十四行诗上，从诗情内容看，多以南方（主要是以群山、岛屿、大海为特征的温洲）的自然山水、风土人情、地方艺术和历史传奇为抒写对象，表现诗人对故乡的热爱、对现实的愤激、对理想与美好未来的憧憬与向往。写于 20 世纪 60 年代初的南方风土故事诗《划手周鹿之歌》，就是根据诗人年轻时在家乡听说过的一个有关木排划手的民间传说写成的。在传说中，周鹿是南方水车的发明者，又是砍伐森林、划木排的能手，他是个美少年，过着漂泊的生活，几个少女同时迷上了他，为他发迷发傻；但爱情却导致了他最终的惨死。诗人以这个奇幻的传说为基本故事框架，把"南方海边风土的描绘，民间生活的抒写，拿浪漫主义的色调融合起来"①, 同时又融进了诗人在逆境中遭受压抑的激情。为突出这个故事的悲剧性主题, 作者"挑了他的单纯的爱与为了爱的悲剧的死来描绘"②。基本情节是写划手周鹿与乡绅的养女产生爱情, 在周鹿去远方伐木时, 乡绅把小孤女许配给了一个官少爷。小孤女在幽愤中病倒, 灵魂化作一只小翠鸟去远方寻找周鹿, 周鹿回来后与小孤女在祭神的龙潭里沉入海底。长诗是在一片热闹而美丽的景象中写他们迎接死亡的:

> 他们的眼光默默相往着,
> 凝合成了一片无声的合唱!
>
> 呵, 不能让人间的婚礼把我们结合在一起,
> 那就叫水底的音乐把我们的灵魂凝合——;
>
> 叫水波来完成我们爱的旅程,
> 叫水波来完成我们青春的航行!
>
> 也叫水波来完成我们爱的抗议,
> 叫水波来歌唱我们青春的胜利!
>
> ……去一个欢乐的幻想,
> 去向那个水底蓝色的家乡!

整首诗就这样以浙南的标志性意象——蓝色的水波与诗所表现的各种情绪亲密无间地融合成一体。诗中无论是"纯洁安静"的牧歌情调, "神秘奇幻"的想象境界, 还是汹涌澎湃的情绪波动, 都与"水"这一意象的各个方面: 或平静透明, 或幽深虚幻, 或狂暴激烈融合在一起, 收到了极强的艺术效果。同样取材于家乡民间传说的风土故事诗, 还有《泪瀑》与《魔童》。前者写的是流传于海岸的一个有关瀑布的传说, 后者则是一则近于哪吒闹海的童话, 它们都充分展现了浙南沿海的民情风俗, 也使处于压抑状态下的诗人获得了艺术想象的巨大空间。

唐湜曾一度将此种想象拓展到了邈远的历史长河, 写下了一组吟咏古代诗人的作品:《桐琴歌》——呼唤流亡南国十二春的蔡伯喈,《边城》——寻访在边城奋战、刺虎的陆游,《春江花月夜》——聆听唐代诗人那凄凉悲怆的春

---

① 唐湜:《泪瀑》。人民文学出版社, 1985 年, 第 37 页。
② 唐湜:《泪瀑》。人民文学出版社, 1985 年, 第 37 页。

江花月夜，《敕勒人，悲歌的一代》——抒写北魏六镇大起义波澜壮阔的历史悲歌，还有那部在温州城武斗声中写下的，由近百首变体的十四行诗组成的历史叙事长诗《海陵王》。这部异彩纷呈的史诗般作品，线条流畅，情节动人，场面壮观，成功地塑造了海陵王与虞允中两个主要人物。为了写活野心勃勃、豪放而阴狠的性格，作者给他设置了爱妃珍哥这一人物作为陪衬。美丽而又残忍的珍哥与海陵王之间的原始性爱，既单纯又狂放，象两团荒蛮的野火，纠缠追逐，一直烧到大江边上才双双覆没。对西蜀文人虞允中，虽着墨不多，但给人留下的印象却相当深刻。对祖国大好河山的挚爱，对战争正义性的深刻理解，使他敢于率八千溃卒抗百万大军，利用有利地形挫其前锋，造成敌方内乱，挽救了南宋的危亡。这一形象的成功之处，不在于写出了他指挥若定、果断机警的军事才能，而在于写出了他报国之心以及他那文人头脑与大将风度相统一的儒将风采，读来令人神往。

唐湜对浙江乃至中国诗坛最重要的贡献，还在于他对十四行体中国化的不懈探索上。1995 年由燕山出版社出版的《蓝色十四行》，是诗人近 30 年间所作的十四行诗选集，是从此前出版的《幻美之旅》、《遐思：诗与美》和《新翠集》等一千多首十四行诗中筛选出来的 334 首精品。唐湜也是中国最为执着的十四行诗的实验者，《中国十四行诗选》（中国文联版）选入他的作品 43首，超过朱湘、冯至等名家。该书编写者钱光培先生认为他的创作与探索的丰富可以进入世界十四行史。唐湜十四行体的最大特色，在于他自觉而专注地力求将这种西方形式与本土内容和风格的结合，使二者形神合一，浑然一体，东、西诗艺的合璧，在他的诗里获得了近乎完美的体现。《新翠集》中有一辑15 首的《故事钩沉》最能见出这种特色。《王子猷》、《吴王小女》、《浴日》等本土的古代异闻、传说，借助外来的形式，创造出一个个瑰丽、神奇的艺术空间。请看其中的一首《绿珠女弟茔》：

> 这儿是南山，苍翠的海
> 围绕着兀的云石的银屏，
> 风流的琅琊太守可就爱
> 趁醉意，登上绿珠女弟茔；
>
> 望着金陵的陵谷崖岸，
> 对着那一片溶溶的夜月，

浩然长歌悲怆的《行路难》，

　　　　为美人的迟暮喟然吁嗟；

　　　　仿佛山灵会呼啸着舞起，

　　　　山间的松涛会灵蛇样晃动，

　　　　唤醒那沉睡的绿珠女弟，

　　　　拿长笛吹呜咽的一曲江南弄，

　　　　吹出梅花样纷飘的悲音，

　　　　叫一江满都是下坠的星辰！

　　外来的形式已彻底消溶在汉民族忧郁、苍凉的心态之中，但它仍然是严格的十四行规范。唐湜的十四行是最中国的，也是最西方的。

三

　　在建国初期的诗坛上，还有一位像艾青、唐湜一样因诗罹难的年轻诗人蔡根林。他是东阳人，中学时代即开始发表新诗习作，1954 年在《当代日报》上发表《站在地图面前》，1956 年在《浙江文艺》杂志上发表《铜锣山的故事》，以及同年发表于《东海》创刊号上的《一扇小窗向我打开》等，都在省内获得广泛好评。1956 年秋考入北京大学中文系，次年初发表抒情长诗《东阳江》① 而在燕园名噪一时。1957 年夏因写了一篇《放开嗓子唱》的诗体大字报，被错划成"右派"，毕业后发配内蒙，一颗刚刚升起的诗星即被无情扼杀，沉埋了 20 余年，其间只断断续续地发表过《爸爸给我讲的：缸覆笋、火焙羊》、《根》和《斗牛》等颇见功力的诗作。直到 20 世纪 90 年代中期，随着《东阳江》的重新发表，蔡根林的诗名才为人所知，他简直就像一块化石，一件珍贵的出土文物，在沉埋 40 余年之后，重新焕发出夺目的艺术光彩。因为它已成为他们那一代人"苦难而荣耀的青春时代的见证"。②

　　蔡根林的《东阳江》显然受到艾青的怀乡诗《大堰河——我的保姆》和《双尖山》的影响，有人甚至认为它是这两首诗的"富有才气的整合"③。"大堰河"与"东阳江"都是土地、故乡与母亲的象征，抒发的都是对于土地母亲感恩戴德的一片赤诚。《东阳江》整体的构思与想象上也明显受到《双尖

---

　　① 谢冕、钱理群：《百年中国文学经典》。北京大学出版社，1997 年，第 282 页。

　　② 沈泽宜：沧桑作证——评《东阳江》。《名作欣赏》，1995 年第 5 期，第 18 页。

　　③ 楼肇明：在沙滩上留下一行通向树丛的脚印——重读蔡根林的《东阳江》。《名作欣赏》，1995 年第 5 期，第 21 页。

山》的启发：艾青把故乡的双尖山想象为既是一位温馨的母亲，又是一位英武而忧郁的骑士；蔡根林的《东阳江》也基本上是这两种想象的融合：东阳江既是一条母亲河，也是一条父亲河。它温柔美丽而又粗犷骠悍，在蓝天下威严地自由地汩汩涌流。诗的前半部分先写东阳江那母亲般的温婉与宽厚："对岸柳树下歌声悠扬，/归鸦把身影投在江面。/我呆呆地站在沙滩上，/小手指含在嘴里，/望着远去远去的江水，/快要触到下垂的晚霞。"再写抒情主人公——那个顽皮的少年在母亲河里嬉戏的一幅幅图景：有时他"像一条小鱼在水底匍行"；有时为了报复顽皮的同伴，他会"钻出水面偷拿了他的衣裳"；有时他也会站在那狭窄的木板桥边，突然发出一声惊叫去吓唬胆小的姑娘；有时他还会来一个冒险的恶作剧：在午夜和小伙伴们一起偷偷解开渡船的缆绳，鲁莽地窜行于柳树丛中……，这是一幅多么令人神往的图景啊！然而，这充满童趣与温馨的时光是那么地短暂！在诗的后半部分，那温柔妩媚的东阳江突然间变成了一条脾性暴躁的父亲河："当被撩拨得难以忍受，/它也会凶猛地爆发：/它吼叫着，撕裂轰轰倒塌的堤岸"，顷刻之间，田园诗般美丽的土地变成了一片汪洋泽国。一场浩劫过后，只留下生锈的铁环、污浊的树杆、木桥的残骸以及村民们争夺土地的械斗……，这又是一片多么惨不忍睹的劫后景象！这哪里是在写一条江，这分明是在演绎一种生命的波动，是饱经沧桑的诗人与同样饱经沧桑的我们祖国的象征。就这样诗人"把一条江连同它的地域特点、人文背景一股脑儿地写进诗里，把自己儿子般的爱、童贞、善良连同父老乡亲的快乐与忧愁一起写在了诗里，如此地生动，如此地明亮，如此地忧伤。它是一颗未曾设防的纯洁灵魂的自语，以才华横溢的丰富性、生动性让人过目难忘，终身铭记。《东阳江》不仅远远超出了 50 年代北大校园的诗歌水准，也超出了当年整个国家的诗歌水准，作为当代诗歌的一首不可多得的名作它是当之无愧的。"①

四

如果说艾青、蔡根林的诗因受浙东"土性"文化影响而显得深沉厚重的话，那么处在浙西"水性"文化氛围中的湖州诗人李苏卿就显得比较清丽与灵动。李苏卿 14 岁参军，曾赴朝参战，立过二、三等功。1953 年发表第一首诗《守住和平的门闩》。在大跃进民歌运动中，因发表《小篷船》、《月下挖河泥》等民歌体新诗，受到过郭沫若、臧克家、田间等著名诗人的一致好评，

---

① 沈泽宜：沧桑作证——评《东阳江》。《名作欣赏》，1995 年第 5 期，第 18 页。

产生了全国性的影响。此后，他在繁忙的报社工作之余，仍笔耕不辍，一直坚持诗歌创作，已发表短诗二千余首，出版了《无花果》、《小篷船》、《野草莓》、《贝壳集》等四部诗集，1998 年 12 月由贵州人民出版社出版了《李苏卿诗选》。这部诗选以四部诗集为基础分为"小篷船"、"贝壳集"、"无花果"、"野草莓"和"脚印集"等五辑。其中最能代表诗人 50 年代诗歌创作成就的是第一和第五辑。

第一辑"小篷船"所选的均为民歌体乡土诗，这些诗的写作时间不同，但所表现的诗情主题与风格却基本一致，都写出了江南农村（太湖流域）的劳动生活、风土人情与自然美景，表现了农民纯朴善良的品格，以及对美好生活的向往与憧憬。其中有描写家乡自然风光的，如《苕溪》、《深秋夜景》、《摊平杭嘉湖一幅绸》和《春雨》等；也有抒写农民感情生活的《情歌五首》，那都是与劳动紧密结合在一起的纯洁、健康、崇高的爱情；还有组诗《太湖新渔歌》（五首）和《舟山二题》（二首）等反映渔民生活的作品，也写得很有生气；尤其是那组描写农业劳动的诗，如《月下挖河泥》、《挖水渠》、《烧肥》、《学插秧》、《除稗草》、《捻河泥》等，从诗题上即可看出诗人对农事劳动的熟悉，他几乎写尽了农业劳动的方方面面，而且写得那么富有诗意和情趣，如那首最得民歌神采的《小篷船》就是这方面的代表作品："小篷船，装粪来，/惊飞水鸟一大片。/摇碎满河星，/摇出满囱烟。//小篷船，装粪来，/橹摇歌响悠悠然。/穿过柳树云，/融进桃花山。"又脏又臭的送粪劳动，在诗人的笔下变得那么富有诗意：惊飞的水鸟、满河的星星、悠扬的橹声，与倒映在水中的柳树与桃花一起编织成一幅明丽动人、多姿多彩的水乡图景，艺术地传达出水乡人民乐观向上、奋发图强的精神气象。

第五辑"脚印集"收入了李苏卿 1953 年至 1962 年期间创作的兵歌。诗人走到哪里，哪里就留下他深深的脚印。1953 年他随中国人民志愿军赴朝参战，在朝鲜的五圣山下写成第一首雄壮的军歌《守住这和平的门闩》，表达了年轻的志愿军战士誓死保卫祖国与和平的决心："我愿意献出年轻的生命，/也要守住这和平的门闩"。这不是一个远离战火的诗人的豪情，而是一位在战场上随时都有生命危险的战士发自内心的呼声，这呼声是那样真切，那样有力！它没有美丽的词藻和眩人耳目的技巧，却有着热爱祖国、热爱和平的赤诚之情。近半个世纪后重读这首诗，仍给人以深深的感动。从朝鲜回国途中写下的《在三八线上》、《网》、《小手向我招扬》等作品，记录了诗人的真实感受。回国后，他曾随部队到过北京、兰州、唐山和福州，写下了《心啊，飞向北京》、《擦枪》、《给电话架线员》、《深山巡逻队》、《雪山上的兵》与《海防抒情》（二首）等诗作，真切形象地反映军营生活的各个方面，尤其是那组《军营情歌》（三首），想象丰富，感情真挚细腻，读后让人回味。如《我想做一颗露珠》，写"我"之所以渴望做"一颗露珠"，是因为想通过那露珠看到"心上的人儿"——那第一个迎接太阳的人，当他从"我"身边走过时，"我"就去吻湿他的军装；"我"还想落在椰子树上，"每晚等我心上的人儿，/出来迎接月亮，/跟他去巡逻大海，/共同享受碱盐芳香。"这虽是设想女主人公对军营战士的思恋与怀想，却更有效地表达了海防战士对纯洁爱情的渴望。还有那首《妈妈，请你不要想望》，写月夜站岗的儿子对母亲的无限思念，其情其景都显得异常的真切动人。战士具有钢铁般的意志和一往无前的献身精神，但他们也是有血有肉的人，他们也渴望友情、爱情和亲情，而这些都在李苏卿的兵歌里获得了相当传神的表现，这或许就是他的兵歌之所以感人的内在原因。

本文原载《浙江师范大学学报》2008 年第 1 期

后 记

　　杭州的暑天，在经历了长达 3 周的"烈日炎炎似火烧"的高温后，近几天又进入了后梅雨期，闷热潮湿，头晕目眩；而隔壁装修的电钻声时不时地刺进我的耳鼓，让人简直不堪忍受。我是在一种烦躁、倦怠和欲怒不怒的心境下校完书稿最后一页的。

　　书稿的付梓，总算了却了我多年的心愿。还是在浙江师范大学人文学院教授硕士生课程"现代诗学"时，就拟定了中国现代诗学三大思潮基本框架，并写出部分讲稿。调到浙江旅游学院后，由于整天忙于教学行政事务，很少有整块的时间用于写作，只是在原来讲稿的基础上，做一点修修补补的工作，也陆续发表了几篇论文。2005 年申报浙江省哲学社会科学规划课题，获准立项，到 2007 年底完成了初稿。但由于课题经费的不足，自身的财力又捉襟见肘，一直没有出版的机会。今年上半年，经申报与专家评审，获得了教育部教育发展研究中心组织的"高校社科学术文库"的部分资助，并安排在光明日报出版社出版。

　　本书稿原定名为"现代生命诗学论稿"。之所以将现代诗学认定为"生命诗学"，主要基于这样的想法，即从艺术哲学的角度来审视，诗歌文本就是一个具有完整内在机制的生命实体。首先，从创作主体来看，诗歌文本是由诗人这一生命实体创造的，这种生命实体不同于一般的生命实体，她具有特别敏锐的刺激——反应机制，她有特别丰沛的情智能量，也有与众不同的表现欲望与能力。因此，由她创造的诗歌文本就是她的整个生命的外化。其次，从创作客体来看，诗人写下一首诗后，这首诗就是一个有生命的客观实体，因为他承载了诗人的整个生命，包括她的情智、欲望与个性，就像母亲生下孩子后，这个孩子就是一个有独立存在价值和可能性的生命实体，他除了具有父母所有外在的生命体征外，还有内在的气质、性格等心理特征方面的遗传。因此，诗歌文本在脱离创作主体后，仍是一个自给自足的生命实体。第三，从主客体交融的关系来看，诗歌文本的真实生命存在于创作主体、写作客体与接受主体三者的交互场中。主体是用生命来写作的，写出的作品也具有了生命体征，但这些还离不开接受者用整个生命来创造性地阅读，否则这个作品就会失去活力，逐渐枯萎。也就是说具有生命元素和潜能的作品，必须由具有相似生命机能的接受者去激活，才能在创造性阅读中重构一个新的生命实体。应该说，诗歌作品的生生不息、代代相传，就源自于这种生命力的交流与传递中。同样，生命诗学也是建立在诗歌文本这种与生俱来的生命属性之上的。基于此，我试图依据近一个世纪中国新诗的理论与实践，构筑起一个以情为血脉、以智为骨骼、以言为肌体的现代生命诗学体系。但美好的愿望不等于现实，较为严密的体系却很难落实到每一个章节。所以，在定稿时还是选择了一个较为切合书稿内容的书名："现代诗学三大思潮论"。即便如此，本书稿仍有不完善之处，如语言诗学潮流的勾勒就留有缺憾，像20世纪50～60年代关于民间形式的争论和80年代初关于"字思维"的讨论等都没有写进去，只好留待下次再加以完善了。

在本书出版之际，我首先要感谢我的恩师骆寒超先生，他在百忙之中为我的书稿写了序；其次要感谢我院方敬华书记，他虽不是这方面的学者，却非常尊重我的学术劳动，鼓励并支持我出版这部书稿；再次我要感谢我的妻子多年的支持，她不仅包揽了所有的家务，为我提供了宝贵的写作时间，而且还撰写了部分章节；最后我要衷心感谢教育发展研究中心的樊老师和光明日报出版社的编辑，如果没有他们的支持和帮助我的出书梦也难以实现。

钱江潮涌浪滔天，辛勤耕耘整五年；欲问其中真滋味，酸甜苦辣意难全！

汪亚明记于杭州古运河之左岸花园

2009年8月1日